Les trois mousquetaires

par Alexandre Dumas

삼총사

Les trois mousquetaires

삼총사

알렉상드르 뒤마 원작
조정훈 편역

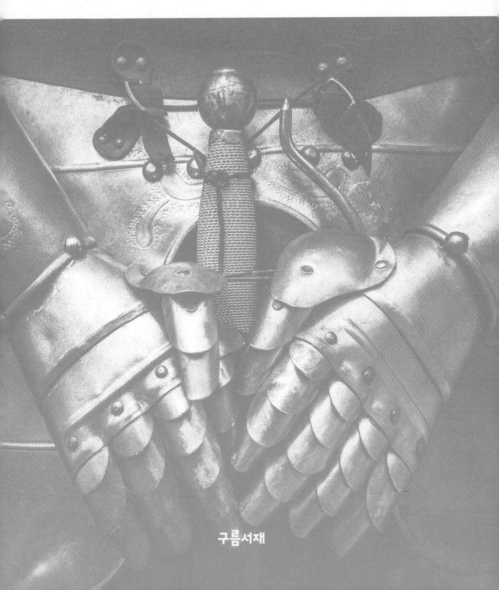

구름서재

하나는 모두를 위해 모두는 하나를 위해!
Tous pour un, Un pour tous!

차례

1. 아버지의 세 가지 선물

1625년 4월 첫 번째 월요일, 『장미 이야기』의 작가가 태어 난 묑Meung이라는 마을에서 한바탕 소동이 벌어졌다. 마치 위그노들이 소요를 일으켜 제2의 라 로셸[2]이라도 만들어 버린 듯한 분위기에 서 갑옷을 걸친 몇 명의 시민들이 머스킷 총과 미늘창을 들고 불안 한 기색을 감추며 프랑 뫼니에 호텔로 황급히 달려갔다. 여자들은 도망치고 아이들은 비명을 지르는 가운데, 호텔 앞에는 호기심 가 득한 사람들이 모여들어 웅성대고 있었다.

여관에 도착한 사람들은 소란의 원인을 직접 확인할 수 있었다.

---

1 프랑스 중세의 운문 소설 『장미 이야기』를 쓴 장 드 묑Jean de Meung을 말한다. 『장 미 이야기』는 전편과 후편으로 나뉘는데 전반 4,020행은 1237년경 기욤 드 로리스 Guilaume de Lorris가 썼고 후반 17,722행은 장 드 묑Jean de Meung이 썼다.

2 프랑스 서부의 항구도시. 16세기 프랑스에서 일어난 가톨릭과 칼뱅파 신교도들 사이 의 종교전쟁에서 라 로셸은 신교도들의 본거지가 되었다. 이후 앙리3세가 되는 앙주 공작은 1573년 라 로셸을 포위 공격했지만 점령하지 못했고, 1628에 리슐리외 추기경 이 신교도 주민들의 저항을 누르고 이 지역을 점령한다.

한 젊은이였다. 그의 모습을 간략하게 묘사하자면, 열여덟 먹은 돈 키호테를 생각하면 될 것 같았다. 길쭉하고 까무잡잡한 얼굴에 튀어나온 광대뼈가 용맹한 인상을 주었다. 또한 지나치게 발달한 턱 근육은 굳이 깃털 달린 베레모를 쓰지 않아도 그가 가스코뉴 사람임을 한눈에 알아볼 수 있게 해주었다. 커다랗고 영리해 보이는 눈에 코는 매부리코였지만 콧대가 가늘고 날렵했다. 소년이라 하기엔 너무 성숙해 보였고 완전한 어른이라 하기엔 조금 어려 보였다. 가죽띠에 찬 장검만 아니었으면 여행 중인 농부의 아들쯤으로 보였을 것이다. 그의 장검은 걸을 때마다 주인의 장딴지를 때렸고 말을 탔을 때엔 털로 빽빽한 말의 피부를 때렸다.

우리의 젊은이는 말을 한 마리 동반하고 있었는데, 이 말 또한 특이해서 사람들의 시선을 끌기에 충분했다. 이 베아른산 조랑말은 몸의 털은 누런색이었지만 꼬리엔 털이 하나도 없었고 걸을 때는 머리를 무릎 아래까지 푹 숙이고 걸었다. 이상한 털과 구부정한 자세때문에 말의 징짐들은 모두 사려져 있었다. 그래서 15분 전에 보장시 성문을 통과하여 묑에 모습을 보이자마자 사람들은 이 말에 주목하기 시작했고 평가는 말을 탄 인물에게까지 이어졌다.

아무리 말을 잘 다룬다고 해도 이런 말을 타고 다니면 웃음거리가 된다는 사실을 모르지 않는 젊은 다르타냥은(제2의 로시난테를 타고 등장한 이 돈키호테의 이름이 바로 다르타냥이었다.) 사람들의 이런 시선이 더욱 견디기 힘들었다. 그래서 아버지가 주는 말을 받으면서도 다르타냥은 깊은 한숨을 내쉴 수밖에 없었다. 하지만 말을 선사하며 아버지가 해 준 말씀은 값을 매길 수 없을 만큼 소중한 것이었다. 가스코뉴의 귀족은 아들에게 이렇게 말했다.

"아들아, 이 말은 아버지의 집에서 태어나 13년 동안 줄곧 여기에서 살아왔다. 그러니 너도 이 말을 사랑해야 한다. 절대 팔아먹어선 안 되고 평온하고 명예롭게 살다가 죽게 해야 한다."

이어서 아버지는 말했다.

"혹 네가… 그래 너는 유서 깊은 귀족의 자손이니 충분이 그럴 자격이 있지…. 궁정에 들어가는 영광을 누리게 되거든 너희 조상들이 500년 이상 지켜온 귀족 가문의 이름을 잘 받들어야 한다. 귀족이 출세하는 데 필요한 것은 오직 용맹함뿐이다. 너는 아직 젊다. 게다가 너에겐 용감하지 않으면 안 될 두 가지 이유가 있다. 첫째는 네가 가스코뉴 사람이기 때문이고 둘째는 내 아들이기 때문이다. 기회가 오면 두려워하지 말고 부딪쳐라. 나는 네게 검술을 가르쳤고, 너는 무쇠 같은 다리와 강철 같은 주먹을 가졌다. 필요하다싶으면 언제든 싸워야 한다. 결투가 금지되어 있으니 싸우려면 두 배의 용기가 필요하다. 아들아, 내가 네게 줄 수 있는 것은 15에퀴와 내 말 그리고 방금 들려준 충고뿐이다. 조금 뒤에 네 어머니가 어느 집시 여자에게서 배운 비방을 알려 줄 것이다. 이 비방을 쓰면 심장 빼고 어디에 난 상처라도 치료할 수 있다는구나. 그러니 우리가 준 모든 것을 사용해 오래 행복하게 살도록 해라.

끝으로 한마디 더 하겠는데, 예전 이웃에 살던 트레빌 씨에 관한 얘기다. 어린 시절부터 우리의 국왕이신 루이13세와 어울려 노는 영광을 누린 분이시다. 지금은 총사 대장, 그러니까 근위병의 제일 우두머리인데, 폐하께서 그를 각별히 아끼고 계시다. 모두 알듯이, 천하에 두려울 게 없는 추기경조차 그분을 두려워하고 계시지. 더구나 1년에 1만 에퀴나 되는 녹봉을 받고 있으니 참으로 대단하신 분이라 할 수 있다. 하지만 처음엔 그도 지금의 너와 다를 바 없는 처지였지. 이 편지를 가지고 그분을 찾아가거라. 그분처럼 되려면 그를 잘 받들어야 한다."

그러고 나서 아버지 다르타냥은 자기 검을 아들에게 넘겨주었고 다정하게 아들의 양쪽 볼에 입을 맞추며 축복해 주었다.

아버지의 방을 나오자 어머니가 용하다는 비방을 들고 서 있었다. 어머니와의 이별은 아버지와의 그것보다 훨씬 길고 애틋했다. 다르타냥 부인은 한없이 눈물을 쏟았다. 아들 다르타냥은 미래 총사대원으로서 의연함을 유지해 보려 했지만 본성이 앞서는 바람에 눈물이 났고, 겨우 절반의 눈물만 감출 수 있었다.

젊은이는 그닐로 길을 떠났다. 돈키호테가 풍차를 거인으로 잘못 알고 양떼를 군대로 착각했다면, 다르타냥은 다른 사람들이 웃기만 해도 자기를 모욕한다고 느꼈고 눈길만 마주쳐도 시비를 건다고 생각했다. 그래서 그는 타르브에서 묑까지 오는 길 내내 주먹을 불끈 쥔 채 하루에도 열 번씩 칼자루로 손을 가져갔다.

다르타냥이 프랑 뫼니에 호텔 앞에서 이르러 말에서 내렸을 때 아래 층 창문 너머로 건장한 체구를 가진 거만한 귀족 하나가 눈에 들어왔다. 그 귀족은 두 사람과 이야기를 하고 있었는데 두 사람은 귀족의 말을 열심히 듣고 있는 듯했다. 다르타냥은 이번에도 자기 이야기를 하고 있으려니 생각하며 귀를 기울였다. 하지만 그의 생각의 반만 맞고 반은 틀린 것이었다. 그들은 다르타냥이 아니라 그의 조랑말 이야기를 하고 있었던 것이다. 듣고 있는 두 사람은 말이 끝날 때마다 너털웃음을 쳤다. 다르타냥은 자신을 비웃는 건방진 자의 얼굴을 보고 싶어 불손한 눈길로 처음 보는 남자의 얼굴을 꼬나보았다. 남자는 마흔에서 마흔 다섯 살 정도 되어 보였는데, 검은 눈동자는 사람을 꿰뚫는 듯했고 창백한 안색의 높은 코 밑에는 검은 콧수염이 잘 다듬어져 있었다. 몸에는 자주색 윗옷과 반바지, 같은 색의 허리띠를 걸치고 있었다. 베레모를 눌러쓴 다르타냥은 가스코뉴를 여행하는 궁정 귀족들을 보고 배운 태도를 흉내 내어, 한 손은 칼자루에 한 손은 엉덩이에 댄 채 앞으로 나아갔다.

"이보시오!" 그가 소리쳤다. "도대체 뭐가 그리들 좋아서 시시덕거리는지 얘기 좀 들어 봅시다. 나도 같이 좀 웃게 말이오." 그러자 그 귀족은 더없이 오만한 투로 빈정대며 대꾸했다. "자네하곤 상관없는 얘기였네, 젊은이!"

"그래도 난 듣고 싶은데!" 오만함과 정중함이 뒤섞인 그의 말투에 화가 나 젊은이가 소리쳤다.

그러자 귀족은 가벼운 미소를 띤 채 한참 동안 다르타냥을 바라보다가 창문에서 물러나더니 천천히 호텔에서 나와 두 걸음 떨어진 곳에서 다르타냥의 말을 바라보며 섰다. "젊었을 때 이 말은 분명 미나리아재비 같은 황금색을 띠고 있었을 거야." 정체불명의 사내는 흥분한 다르타냥 따위는 안중에도 없다는 듯이 말을 이어갔다. "식물에선 흔히 볼 수 있지만 말들에게선 전혀 볼 수 없는 색이지."

"주인을 감히 비웃지 못하니 말을 비웃는 거군!" 젊은이가 화를 참지 못하고 소리쳤다.

"난 잘 웃는 편이 아니라네. 그래도 웃고 싶을 때 웃을 자유는 있지 않겠나?" 정체불명의 사내가 이렇게 말하고는 휙 돌아서 호텔 안으로 들어가려 했다. 하지만 다르타냥은 자신을 비웃는 걸 참아 넘길 성격이 아니었다. 그는 칼집에서 칼을 빼들고 귀족을 쫓아가며 소리쳤다. "이봐 빈정대기 좋아하는 양반. 뒤를 돌아보시지. 난 뒤에서 찌르고 싶지 않으니까."

"나를 공격하시겠다?" 뒤돌아선 사내가 비웃음과 놀라움이 뒤섞인 표정으로 그를 쳐다보았다.

격노한 다르타냥이 순식간에 칼을 뻗어 그를 찔렀다. 그가 재빨리 물러서지 않았다면 이것이 그의 마지막 농담이 되었을 것이다. 더 이상 농담으로 넘어갈 상황이 아님을 알아챈 사내가 마침내 자기 칼을 빼들었다. 사내는 상대에게 인사를 한 뒤 진중하게 방어 자세를 취했다. 바로 그때 호텔에 있던 사내의 일행이 호텔 주인과 함께 몽둥이와 삽과 부지깽이를 들고 다르타냥에게 달려들었다. 공격을 막아내는 동안 칼은 몽둥이에 맞아 두 동강이 났고 뒤이은 가격이 이마를 강타하면서 다르타냥은 피투성이가 된 채 쓰러지고 말았다.

그러자 사방에서 사람들이 사건 현장으로 몰려들었고 소문에 휘말릴까봐 두려워진 여관 주인은 종업원들과 함께 다르타냥을 부엌으로 옮겨 대충 상처를 치료해 주었다.

그 사이 귀족은 다시 창가의 제자리로 돌아가 아직도 구경거리를 찾아 얼쩡대는 군중들을 귀찮다는 듯이 바라보고 있었다.

"그래! 그 미치광이는 어떻게 되었나?" 자신의 상태를 물으러 온 여관 주인이 문을 여는 소리에 그가 뒤돌아보며 물었다.

"완전히 뻗어 버렸습죠. 하지만 기절하면서도, 만약 파리에서였다면 나리께서 당장 후회하셨겠지만 여기라서 후회가 좀 늦춰졌을 뿐이라고 중얼대던걸요. 그리고는 주머니를 탁탁 치면서, 트레빌 씨가 자신의 피보호자가 당한 모욕을 어떻게 생각하실지 두고 보자고 떠들어대더군요.

"트레빌 씨라고?" 미지의 사내가 골똘히 생각에 잠기며 말했다.

"이보게 주인장, 기절해 있는 동안 분명 그자의 주머니를 뒤져보았겠지? 그래 주머니에 뭐가 있던가?"

"총사 대장인 트레빌 씨에게 보내는 편지 한 통이 있었습죠."

"그랬군!" 이렇게 말하고 미지의 사내는 한참 동안 생각에 잠겨 있었다.

"밀레디가 그 바보 같은 녀석에게 발각되면 안 되는데…. 트레빌에게 보내는 편지 내용을 알 수 있으면 좋으련만."

미지의 사내는 이렇게 중얼거리며 부엌 쪽으로 갔다.

위층으로 올라간 여관 주인은 다르타냥이 정신을 차린 것을 확

인하고, 그에게 아직 몸이 회복되지 않았지만 어서 일어나 떠나는
게 좋을 거라고 말했다. 아직 완전히 정신을 못 차리고 머리에 붕대
를 감고 있던 다르타냥은 주인장에게 등을 떠밀려 아래층으로 내
려갔다. 하지만 그가 부엌에 이르러 맨 처음 발견한 것은 커다란 노
르망디산 말 두 마리가 끄는 육중한 사륜마차의 발판에 발을 올린
채 조용히 이야기를 나누고 있는, 자신을 화나게 했던 바로 그 사내
였다.

　그와 대화하고 있는 상대의 얼굴이 창문 너머로 보였다. 상대는
스물두 살 정도의 여인이었다. 다르타냥은 첫눈에 그녀가 아주 젊
고 아름다운 여인이라는 걸 알아볼 수 있었다. 다르타냥이 살았던
남쪽 지방에서는 볼 수 없던 아주 이국적인 아름다움을 지녔기에
그녀의 모습은 더욱 강렬한 인상을 주었다. 그녀의 피부는 창백해
보일 정도로 하얬고, 양 어깨 위로 드리운 금발의 긴 머리에 슬픔을
머금은 듯 파란 눈과 장밋빛 입술, 순백의 하얀 손을 가지고 있었
다. 그녀는 미시의 사내와 열심히 뭔가에 대해 이야기하고 있었다.

　"그래서 예하께서 내리신 명령은요?" 여자가 말했다.

　"당장 영국으로 돌아가서 공작이 런던을 떠났는지 알려 달라는
것이오."

　"다른 당부는 없었나요?" 마차 안의 아름다운 여자가 물었다.

　"당부 내용은 이 상자 안에 다 들어 있소. 다만 해협을 건널 때까
지 열어봐서는 안 되오."

　"알았어요. 당신은 어떻게 하실 건가요?"

미지의 사내가 대답하려 할 때 이야기를 다 듣고 있던 다르타냥이 문간에서 뛰어나왔다.

"신중히 행동하세요!" 귀족이 칼을 뽑으려 검에 손을 갖다 대자 여인이 소리쳤다.

"조금만 늦어도 모든 게 수포로 돌아갈 수 있다는 걸 명심하세요."

"당신 말이 맞소." 귀족이 소리쳤다. "당신도 지금 곧 떠나시오. 나도 그리 할 테니." 그는 고개를 끄덕여 여인에게 인사하곤 재빨리 말에 올라탔다. 사륜마차의 마부는 있는 힘껏 말을 채찍질했다.

"아이고, 돈을 내셔얍죠!" 여관 주인이 소리쳤다.

"저 자에게 돈을 줘라!" 여행자는 계속 말을 몰며 자기 하인에게 소리쳤다. 그러자 하인이 여관 주인의 발치에 은화 두세 냥을 던지고 주인을 따라 말을 달렸다.

"저런, 겁쟁이! 비겁한 놈! 가짜 귀족 같으니!" 다르타냥이 쫓아가며 소리쳤다.

하지만 격심한 분노를 견뎌내기에 부상자의 몸은 아직 온전치 못했다. 열 걸음도 가기 전에 귀가 멍해지고 피가 눈으로 흘러들며 먹구름이 낀 듯 어지러워졌다. 결국 그는 길 한가운데 쓰러지고 말았다.

"두 사람은 놓쳤지만 저 녀석이 남았으니 어쨌든 다행이야. 적어도 며칠은 있을 게 분명하니 11에퀴는 충분히 벌 수 있겠어." 여관 주인이 중얼거렸다.

여관 주인은 다르타냥이 열하루 정도는 머무를 거라 생각하고 하루에 1에퀴씩만 받으면 11에퀴는 벌 수 있을 것이라고 기대했다.

하지만 그것은 자기 손님을 잘 모르고 한 생각이었다. 다음날 아침 5시에 일어난 다르타냥은 혼자 부엌으로 내려와 아직까지도 쓰임새를 알 수 없는 여러 재료들을 포함해 포도주와 기름과 로즈마리를 가져다 달라고 했다. 그리고 손에 어머니에게 받은 비방의 처방대로 여러 재료들을 섞어 약을 만들었고 이어서 여러 군데에 난 상처에 그 약을 바르고 스스로 거즈까지 갈았다. 비방에 있는 재료 외엔 어떤 다른 약도 바르지 않았지만 보헤미아 여인의 비방이 효과가 있었는지 다르타냥은 의사의 도움 없이도 그날 저녁 바로 걸을 수 있었고, 그 다음날에는 상처가 거의 아물었다.

다르타냥은 아무것도 먹지 않았기에, 로즈마리와 포도주와 기름 값만 더 내면 된다고 생각하고 값을 치르려 했다. 그러자 여관 주인은 당신은 아무것도 먹지 않았지만 말은 자기 몸집의 세 배나 되는 여물을 먹어치웠냐고 대꾸했다. 11에퀴가 들어있는 낡은 벨벳 지갑을 꺼내려고 주머니를 뒤지던 다르타냥은 트레빌 씨에게 전할 편지가 사라진 걸 알아차렸다.

"내 소개편지!" 다르타냥이 소리쳤다. "제길, 내 편지! 당장 편지를 내 놓지 않으면 멧새처럼 꼬치에 꽂아 버릴 테다!"

손님의 요구가 정당하다고 생각한 여관 주인의 머릿속에 번뜩 괜찮은 생각이 하나 떠올랐다. "편지는 잃어버린 게 아닙니다." 그가 소리쳤다.

"그럼?"

"도둑맞은 거지요."

"도둑맞았다고? 누가 훔쳐간 거지?"

"어제 그 귀족이요. 그 사람이 부엌에 내려갔을 때 손님 윗도리가 그곳에 있었습죠. 거기에 그 사람 혼자 있었고요. 그가 편지를 훔쳐간 게 분명합니다."

"트레빌 씨에게 어서 가서 이 사실을 알려야겠군. 그럼 트레빌 씨가 폐하께 사실을 고할 거야." 다르타냥이 대답했다. 그리곤 위엄 있게 주머니에서 2에퀴를 꺼내어 여관 주인에게 주었다. 주인은 모자를 손에 들고 문까지 그를 배웅했다.

다르타냥은 자신의 누런 말에 올라타고 별 사고 없이 파리의 생-앙투안 성문까지 갈 수 있었다. 그리고 마침내 뤽상부르궁 근처의 포수아외르 거리에 있는 다락방을 얻을 수 있었다.

다르타냥은 이렇게 지난 일은 모두 잊고 미래의 희망을 꿈꾸며 잠들 수 있었다. 시골에서의 습관대로 그의 잠은 아침 9시까지 이어졌고 그제야 잠이 깬 다르타냥은, 아버지에 따르면 프랑스 왕국에서 세 번째 권력인, 저 유명한 트레빌 씨를 만나기 위해 길을 나섰다.

2. 트레빌 씨 댁 대기실

비유콜롱비에 거리에 있는 트레빌 씨의 저택은 마치 병영을 방불해서, 오륙십 명의 총사들이 어떤 상황에도 즉시 대비할 수 있도록 무장한 채로 대기하고 있었다. 요즈음이라면 집 한 채는 들어설 만치 너른 계단으로 그에게 청탁하러 온 파리 사람들, 총사대에 지원하려는 시골 귀족들, 주인의 편지를 전하러 온 다양한 입성의 하인들이 술을 지어 오르내렸다. 대기실에는 선택된 자들, 그러니까 초청을 받아 온 자들이 앉을 수 있는 긴 의자가 있었다.

아침부터 저녁까지 늘 시끌벅적한 이곳 대기실과 맞닿은 방에서 트레빌 씨는 손님을 맞이하고 그들의 청원을 들어주거나 부하들에게 명령을 내리기도 했다. 트레빌 씨가 휘하의 총사대원들을 사열하려면 루브르 궁전에 있는 왕의 발코니처럼 자기 방의 창가로 다가가기만 하면 되었다.

다르타냥이 찾아간 날에도 그곳엔 많은 사람들이 모여 있었다.

우리의 젊은이는 두근거리는 가슴을 안고 시골뜨기가 대담해 보이고 싶을 때 짓는 옅은 미소를 띠고, 장검을 여윈 다리춤에 바짝 붙이고 한손으로는 모자챙을 잡은 채, 이 혼잡한 공간을 헤치고 앞으로 나아갔다. 그렇게 한 무리의 사람들을 헤치고 지나와 한숨을 돌릴 즈음 그는 문득 무리들이 자기를 돌아보고 있다는 사실을 깨달았다. 이제껏 스스로를 높이 평가하고 있던 다르타냥은 평생 처음 자신이 얼마나 우스꽝스러운 모습을 하고 있는지 느낄 수 있었다.

계단에서 사람들은 여자 이야기를 했고 대기실에서는 궁정 이야기를 나누었다. 다르타냥은 대기실에 모인 사람들이 추기경의 사생활을 이야기하고 전 유럽을 공포로 몰아넣은 그의 정책을 큰 소리로 비난하는 것을 듣고 놀라지 않을 수 없었다. 다르타냥의 아버지가 존경해마지않는 위대한 인물이 트레빌의 총사들에게는 한낱 조롱의 대상이었던 것이다. 심지어 이들은 추기경의 안짱다리와 구부정한 등을 한껏 비웃기도 했다.

하인이 그에게 다가와서 무슨 일로 왔느냐고 물었다. 다르타냥은 공손히 자기 이름을 대고 트레빌 씨와 같은 고향 사람으로서 만나 주기를 희망한다고 청했다. 하인은 보호자 같은 말투로 적당한 기회를 보아 그의 요청을 전해 주겠다고 말했다.

처음의 당황스러움이 조금 가시고 나서야 다르타냥은 주변 사람들의 옷차림과 생김새를 살펴볼 수 있었다.

가장 활발해 보이는 무리의 중심에 키가 크고 거만해 보이는 얼굴에다 독특한 옷차림으로 눈길을 끄는 총사 하나가 눈에 들어왔다. 그는 제복 대신 낡아빠지고 색이 바란 하늘색 윗옷에 금실로 수를 놓은 화려한 어깨띠를 두르고 있었다. 그 어깨띠는 강한 햇빛을 반사하여 비늘처럼 반짝거렸다. 그의 어깨에는 자줏빛 벨벳 망토가 걸쳐져 있었고 앞쪽으로 내려진 어깨띠 끝에는 커다란 검이 매달려 있었다.

"뭐가 어때서?" 그 총사가 말했다. "과하기는 하지만, 이게 요즘 유행인 걸 모르나보군."

"이봐, 포르토스!" 총사 중 하나가 대꾸했다. "그 어깨띠는 지난 일요일에 자네와 마주쳤을 때 보았던 베일 쓴 여인에게 받은 거지?"

"천만에! 내 명예를 걸고 말하건대 이건 내가 산거야. 이걸 위해 12피스톨이나 지불했다고. 그렇지, 아라미스?" 포르토스가 또 다른 총사를 향해 물었다.

또 다른 총사는 질문을 던진 총사와 완벽히 대조되는 모습이었다. 나이는 셔우 스물두세 살 정도밖에 안 돼 보였고, 순진하고 부드러운 얼굴과 검은 눈에 무르익은 가을 복숭아처럼 발그레한 볼을 가졌는데, 콧수염이 윗입술과 나란히 가느다란 직선을 이루고 있었다. 말도 조곤조곤했고 상냥해 보이는데다 매우 사려 깊은 성격인 듯 웃을 때도 하얀 이를 드러내며 조용조용 웃었다. 친구의 질문에 그가 그렇다고 고개를 끄덕였다.

바로 그때 그들의 대화를 막으며 집무실 문이 열리고 하인이 나타났다. "트레빌 씨께서 다르타냥 씨를 기다리십니다." 모두들 입을 다물었고 그 침묵을 뚫고 가스코뉴의 젊은이가 대기실을 가로질러 총사 대장의 방으로 들어갔다.

3. 접견

이때 그의 기분은 몹시 좋지 않았지만, 머리가 땅에 닿을 정도로 인사를 하는 젊은이에게 트레빌 씨도 정중히 답례했다. 그리고 젊은이의 베아른 지방 억양을 듣자 자신의 젊은 시절과 고향이 떠오르며 살며시 미소가 지어졌다. 하지만 그는 대기실 쪽으로 성큼 걸어가며 접견하기 앞서 마무리해야 할 일이 있다는 양해의 손짓을 보냈다. 그는 세 사람의 이름을 불렀다.

"아토스! 포르토스! 아라미스!"

우리가 이미 이름을 들어본 두 명의 총사가 집무실 쪽으로 다가왔고 그들이 문턱을 넘자 바로 문이 닫혔다. 트레빌 씨는 노한 눈빛으로 그들을 훑어보며 말했다.

"바로 어제 저녁에 폐하께서 내게 뭐라고 하셨는지 아나?" 트레빌 씨가 소리쳤다.

"모르겠습니다. 대장님"

"폐하께서 이제는 근위대 총사를 추기경의 친위병들 가운데서 뽑아야겠다고 말씀하셨네! 김빠진 포도주에 좋은 포도주를 섞어 맛을 살리겠다는 거지."

두 총사들의 얼굴은 물론 눈 흰자위까지 붉어졌다.

트레빌 씨가 다시 목청을 높여 말을 이었다. "그래, 폐하 말씀이 옳아. 왕실에서 보기에 총사들은 맥이 없어 보이거든. 어제 추기경이 폐하와 체스를 두면서 말하더군. 그저게 지옥 불에 떨어질 총사들이 페루 거리에 있는 술집에서 밤늦도록 배회하기에, 추기경의 친위대들이 그 부랑아놈들을 억지로 잡아들였다고 말야. 빌어먹을! 자네들도 이일에 대해 알고 있겠지? 총사들이 체포당하다니! 자네들도 거기에 있었지? 부인할 생각일랑 말게나. 자네들을 보았다는 사람들이 있어. 아토스! 아토스가 안 보이는군. 어디 있나?"

"대장님." 아라미스가 침울한 목소리로 대답했다. "아토스는 아픕니다. 아주 많이요."

"아프다고…. 그럴 리가! 다친 거겠지. 아니면 칼에 찔려 죽었거나. 제기랄, 이보게들! 나는 자네들이 이상한 곳에 드나들며 길거리에서 싸움질이나 하고, 네거리에서 칼 장난이나 하는 걸 원치 않아. 게다가 추기경의 친위대원들의 웃음거리나 되고 말이야."

포르토스와 아라미스의 몸은 분노에 떨리고 있었다. 그들은 입술을 꽉 깨물고 힘껏 칼자루를 쥐었다.

"대장님!" 포르토스가 말했다. "저희들이 당한 건 사실입니다. 하지만 우리 쪽에서 칼을 빼기도 전에 공격하는 바람에 두 명이 먼저 죽었고 아토스도 부상을 당해 거의 힘을 쓸 수 없었습니다."

"맹세컨대, 저는 상대방의 칼을 빼앗아 그를 죽였습니다." 아라미스가 말했다. "제 검이 싸움을 시작하자마자 부러졌거든요."

"음, 그 점에 대해서는 몰랐었군." 트레빌이 조금 부드러워진 어조로 말했다. "추기경이 상황을 과장해서 말했어."

바로 그때 문이 열리더니 귀공자풍의 미남이지만 매우 창백해 보이는 얼굴 하나가 술 장식 밑으로 나타났다.

"아토스!" 두 명의 총사가 외쳤다.

"부르셨습니까?" 아토스가 작지만 침착한 목소리로 말했다.

그 총사는 이렇게 말하고는 허리띠를 졸라매며 집무실로 곧바로 걸어 들어왔다. 트레빌도 그 용기에 감동하여 그에게로 달려갔다.

"지금 대원들과 얘기하고 있었네." 트레빌이 말했다. "우리 총사들이 쓸데없이 위험을 무릅쓰는 일이 없어야 한다고 말이야. 자네들처럼 용감한 대원들은 국왕 폐하께 매우 소중한 사람들이기 때문이야. 폐하께서도 우리 총사늘이 누구보다도 용감하다는 걸 알고 계시네. 자, 악수나 하세, 아토스."

트레빌이 방금 온 총사의 오른손을 꽉 쥐었다. 아토스는 고통을 참으려 애썼지만 얼마 안 가서 믿을 수 없을 만큼 얼굴이 새하얘졌다. 순간 트레빌은 그가 쓰러지기 직전인 것을 알아차렸다. 아토스는 온 힘을 다해 버텨보았지만 결국 견디지 못하고 시체처럼 땅에 쓰러졌다.

"의사를 불러!" 트레빌이 소리쳤다. "내 주치의든 폐하의 주치의든, 최고 의사를 부르게!" 트레빌의 목소리에 놀란 사람들이 한꺼번에 집무실로 뛰어들어 부상자를 부축했다. 하지만 마침 의사가 그 장소에 있었기에 더 이상 부산을 떨지 않아도 되었다. 의사가 총사를 옆방으로 옮겨 달라고 부탁했다. 포르토스와 아라미스가 친구를 부축했고 트레빌이 문을 열고 총사를 옆방으로 인도했다.

얼마 뒤 의사와 트레빌만 부상자 옆을 지켰고 포르토스와 아라미스는 방으로 되돌아왔다. 잠시 뒤에는 트레빌도 방으로 되돌아왔다. 부상자가 의식을 되찾았기 때문이었다. 의사는 총사가 걱정할 만한 상태는 아니고 단지 출혈이 심할 뿐이라고 말했다.

트레빌이 손짓하자 총사들은 물러갔고 다르타냥만 자리를 지키게 되었다.

"미안하네." 트레빌이 미소를 지으며 말했다. "고향 친구를 까맣게 잊고 있었군. 대장이란 자리는 한 가정의 아버지와 다를 게 없지…. 병사들은 다 큰 아이들과도 같다네. 내, 자네 아버지를 무척이나 좋아했네. 그분의 아들을 위해서 내가 무엇을 해 줄 수 있을까? 빨리 말해 보게나. 나는 시간이 별로 없어."

"대장님." 다르타냥이 말했다. "대장님께서 잊지 않고 계시는 우정을 생각해서 총사 제복을 입게 해달라고 부탁드리려 했습니다. 하지만 두 시간 전부터 지켜본 바로 그것이 너무나 큰 호의라는 걸, 그리고 제게 그럴 자격이 없다는 걸 알게 되었습니다."

"자네가 생각하는 것만큼 엄청난 특혜는 아닐지도 몰라. 그러나 폐하께서는 전투에 몇 번이라도 참여 했다든지 다른 부대에서 2년 동안 근무했다든지 하는 경력이 없으면 누구도 총사 대원으로 받아들이지 말라고 명령하셨다네."

다르타냥은 말없이 현실을 받아들였다. 하지만 총사 제복을 얻기가 이토록 어렵다는 것을 알고 나니 제복을 입고 싶은 마음은 더욱 간절해졌다.

"하지만…." 트레빌이 말을 이었다. "나는 자네에게 무언가 해주고 싶네. 지금 왕립아카데미 교장에게 편지를 써 주겠네. 수업료를 내지 않고도 내일부터 당장 다닐 수 있을 거야. 내 작은 호의를 거절하지 말게나. 자네는 승마와 펜싱과 춤을 배울 것이고 좋은 친구도 사귈 수 있을 거야. 가끔씩 내게 들러서 거기서 무엇을 했는지 말해주면 고맙겠군."

궁정의 예의에 대해선 잘 몰랐지만, 다르타냥에게 그의 호의는 왠지 냉대처럼 느껴졌다.

"유감스럽게도." 다르타냥이 말했다. "아버지께서 대장님께 드리는 편지를 써주셨는데 지금은 가지고 있질 않습니다!"

"그렇군!" 트레빌이 대답했다. "여비와 다름없는 소개장도 없이 긴 여행을 했다니 놀랍군."

"원래는 정식 소개장을 가지고 있었지만, 어떤 놈에게 도둑맞고 말았습니다."

다르타냥은 묑에서 있었던 일을 모두 이야기했고, 특히 그 정체불명의 사내에 대해 상세히 설명했다. 다르타냥의 열성적이고 진실한 말투가 트레빌의 관심을 끌었다.

"혹시 그 귀족의 관자놀이에 가벼운 흉터 같은 게 없던가?"

"있었습니다. 총알이 스쳐서 난 상처 같았어요."

"키가 크고 창백한 얼굴에 갈색 머리였고?"

"예, 맞아요."

"혹시 그자가 여자를 기다리고 있지 않던가?" 트레빌은 계속해서 물었다.

"네, 그 여자와 잠시 대화를 나누고 곧바로 떠나 버렸어요."

"둘이 무슨 얘기를 하는지 혹시 들었나?"

"귀족이 여자에게 상자 하나를 주며 그 안에 지시사항이 있다고 말했습니다. 그리고 런던에 가서 열어보라고 했습니다."

"그 여자는 영국인이었나?"

"그가 밀레디라고 불렀습니다."

"그자야!" 트레빌은 중얼거렸다.

"대장님! 그자에 대해 아신다면 어디에 있는지 가르쳐주십시오. 먼저 그놈에게 갚아줄 게 있어요." 다르타냥이 목소리를 높였다.

"젊은 친구, 자네는 아주 순수한 젊은이인 것 같군. 하지만 충고하는데, 그자를 찾지 않는 게 좋아. 자네 몸을 잘 지키게나. 언젠간 반드시 자네가 원하는 걸 얻게 될 거야. 지금 내가 해 줄 수 있는 얘기는 그것밖에 없네."

"제가 자격을 갖출 때까지 기다리시겠다는 말씀이시군요. 걱정마십시오. 오래 기다리지 않으셔도 될 겁니다." 그리고 다르타냥은 물러나기 위해 인사를 했다.

"잠시만 기다리게나. 자네에게 소개장을 써주겠다고 하지 않았나?"

편지를 다 쓴 트레빌 씨가 젊은이에게 와서 소개장을 건넸다. 하지만 트레빌은 상대방이 그것을 손에 쥐려는 순간 갑자기 경련을 일으키며 분노로 얼굴이 빨개지는 걸 보고 깜짝 놀랐다. 다르타냥이 고함을 지르며 그의 집무실에서 뛰쳐나가려 했다.

"이 나쁜 놈! 이번엔 절대 내 편지를 훔쳐갈 수 없을 거다!"

"누군데 그러나?" 트레빌이 물었다.

"내 편지를 훔쳐간 그 나쁜 놈입니다!" 이렇게 소리치고 다르타냥은 사라졌다.

4. 아토스의 어깨, 포르토스의 어깨띠, 아라미스의 손수건

화가 난 다르타냥은 단 세 걸음에 대기실을 가로질러 계단으로 돌진했다. 그러나 쫓아가는 데에만 정신이 팔려 총사 한 명과 어깨를 부딪치고 말았다. 그 총사가 비명을 질렀다.

"죄송합니다. 죄송합니다. 하지만 제가 지금 몹시 바빠서요." 다르타냥이 다시 달려가려는 자세를 취하며 말했다. 하지만 강철처럼 억센 손아귀가 그를 막아 세웠다.

"바쁘다고?" 수의만큼이나 얼굴이 창백한 총사가 소리쳤다. "이런 식으로 부딪혀 놓고 죄송하다면 다인가?"

"맹세컨대, 일부러 그런 게 아닙니다. 그래서 죄송하다고 분명 말씀드렸고요. 그거면 충분한 거 아닌가요?" 비로소 아토스를 알아본 다르타냥이 대꾸했다.

"이것 봐라?" 아토스가 다르타냥을 놓아주면서 말했다. "어느 촌구석에서 왔는지 아주 예의가 없군."

"제기랄, 이봐요! 내가 어느 구석에서 왔건 당신이 예절까지 가르칠 필요는 없지 않소. 아, 내가 바쁘지만 않았어도….”

"이봐, 바쁘신 양반, 나를 찾으려면 굳이 서두를 필요도 없어. 무슨 말인지 알겠나?”

"어디로 가면 될까요?”

"카름데쇼 수도원 근처.”

"알겠어요. 그리고 가죠.”

그리고 다르타냥은 마치 악마라도 쫓아오는 듯 뛰기 시작했다. 그 정체불명의 사내를 다시 찾을 수 있으리라는 희망으로….

거리로 통하는 대문 앞에서 포르토스가 보초병과 이야기를 나누고 있었다. 대화를 나누는 둘 사이엔 겨우 사람 한 명이 지나갈 공간이 있었다. 충분히 빠져나갈 수 있다고 생각한 다르타냥이 그 사이로 내달렸다. 하지만 그는 바람을 계산하지 못했다. 그가 둘 사이를 빠져나가려 할 때 포르토스의 망토가 바람에 펄럭였고 다르타냥은 그민 밍도 속으로 뛰어들고 말았다. 포르토스가 쥐고 있던 망토 자락을 놓지 않고 자기 쪽으로 당기는 바람에 다르타냥은 벨벳 망토에 둘둘 감기고 말았다.

다르타냥은 총사가 퍼붓는 욕설을 들으며 깜깜한 망토 속에서 헤어나려 안간힘을 썼다. 동시에 그는 총사의 멋진 어깨띠가 상하지 않았을까 걱정이 됐다. 하지만 눈을 뜸과 동시에, 자기 코가 포르토스의 양 어깨 사이, 정확히 말하면 어깨띠에 짓눌려 있는 걸 알아차렸다.

그런데, 아뿔싸! 겉치레를 중시하는 세상의 물건들이 다 그렇듯, 그 어깨띠의 앞은 금으로 장식되어 있었지만 뒤는 그냥 물소 가죽이었다. 뽐내기 좋아하는 포르토스도 전체가 금으로 덮인 어깨띠는 구할 수 없었는지 절반만 금장식이 된 걸 택했던 것이다. 그가 고집스레 망토를 걸치려 했던 이유도 사실은 그 때문이었다.

"죄송합니다." 다르타냥이 거인의 어깨 밑으로 얼굴을 내밀며 말했다. "하지만 제가 지금 너무 급하거든요. 누구를 쫓고 있어서요…."

"눈알을 어디다 빼어놓고 뛰어다니는 거야?"

이 말에 다르타냥이 발끈하며 대꾸했다. "천만에요. 나는 눈이 좋아서 다른 사람들이 보지 못하는 것도 볼 수 있거든요."

그의 말을 이해했는지 못했는지 포르토스는 계속 화를 내며 말했다.

"이봐, 혼쭐이 나고 싶나?"

"혼쭐이라… 말이 지나치신데요?"

"늘 적들과 마주봐야 하는 사람들에겐 적당한 말이지."

"오, 그런가요? 하지만 난 당신이 동료들에게 등을 돌리지 못하는 이유를 잘 알고 있죠." 젊은이는 자기 농담에 흡족했는지 껄껄 웃으며 떠나려했다. 하지만 분노를 참지 못한 포르토스가 다르타냥에게 덤벼들려 했다.

"나중에, 나중에요." 다르타냥이 포르토스를 향해 말했다. "당신이 망토를 입지 않았을 때!"

"한 시에 뤽상부르궁 뒤에서."

"좋아요. 한 시." 다르타냥이 뛰어 모퉁이를 돌며 대답했다. 하지만 아무리 달리고 주위를 둘러보아도 다르타냥이 찾는 사람은 거리 어느 곳에도 없었다. 더구나 그 정체불명의 사내가 누구인지조차 오리무중이었다.

그때서야 다르타냥은 조금 전까지 일어났던 일들을 곰곰이 되새겨 볼 수 있었다. 아침의 일로 인해 그는 트레빌 씨의 신망을 잃었다. 그런 식으로 방에서 뛰쳐나온 그를 분명 예의 없는 녀석이라고 생각했을 것이다. 거기에 그치지 않고 자기 같은 조무래기는 세 명도 해치울 수 있는 두 사내와 결투 약속까지 했다.

생각해 보면 참으로 암담한 일이었지만 사람이라면 누구나 마지막 희망의 끈을 놓지 않는 법이다. 그의 마음속에는 상처를 입더라도 살아남을 수는 있을 거란 희망이 솟았다. 일단 살아남을 수 있다고 생각하자 이제 그는 자신의 경솔함을 책망하기 시작했다. "얼마나 바보 같은 짓이었나? 비키라는 소리도 없이 그렇게 무작정 달려들었으니! 만약 살아남게 된다면 앞으로는 완벽하게 예의를 갖추는 사람이 되어야지! 남들로부터 존경받을 수 있도록 말이야. 사려 깊고 예의바른 건 비겁한 것과 다르잖아. 아라미스를 봐! 그는 한없이 부드럽지만 아무도 비겁하다고 얘기하지 않잖아. 이것 봐, 마침 저기 아라미스가 있네!"

다르타냥이 중얼거리며 다다른 에귀용 저택 근처에는 마침 아라미스가 세 명의 근위병 귀족들과 웃으며 이야기를 나누고 있었다.

아라미스도 다르타냥을 알아보았지만 못 본 체했다. 다르타냥은 온화한 미소를 띠며 네 명의 젊은이들 앞으로 다가가 최대한 정중하게 인사를 건넸다. 아라미스도 가볍게 고개를 끄덕였지만 웃지는 않았다. 게다가 네 사람 모두 이 훼방꾼 앞에서 입을 다물어 버렸다.

다르타냥도 쓸데없이 남들의 대화에 끼어들 만큼 눈치가 없지는 않았다. 하지만 그렇다고 난처한 상황에서 깨끗하게 물러설 만큼 상류사회의 예법에 익숙하지도 못했다. 그가 어색하지 않게 물러설 방도를 찾고 있을 때 마침 아라미스가 자기 손수건을 떨어뜨렸고, 그 사실을 깨닫지 못했는지 발로 밟는 것이 보였다. 다르타냥은 지금이야말로 실수를 만회할 기회라고 생각했다. 그는 고개를 숙여 최대한 상냥한 표정을 지으며 총사의 발아래 손수건을 억지로 당겨 집어 들었다. "총사님, 손수건을 잃어버리시면 곤란하실 텐데요." 그가 총사에게 손수건을 건네주며 말했다.

손수건엔 고급스러운 수가 놓여 있었고 귀퉁이엔 왕관과 문장紋章이 새겨져 있었다. 순간 아라미스의 얼굴이 몹시 빨개지며 가스코뉴 청년에게서 손수건을 빼앗다시피 낚아챘다.

근위대 사병 중 한 명이 소리쳤다. "이것 봐! 그래도 여전히 부아-트라시 부인과 사이가 좋지 않다고 말할 텐가, 입이 무거운 아라미스?"

"자네들이 오해하고 있는 거야." 아라미스가 말했다. "이 손수건은 내 것이 아니야. 이 사람이 이걸 왜 나한테 주는지 알 수가 없군."

아라미스의 친구들이 웃음을 터뜨림으로써 상황이 마무리되었다. 세 명의 근위병들과 총사는 다정하게 악수를 나누고 헤어졌다.

'지금이야말로 이 정중한 사람과 화해할 기회야.' 한 걸음 떨어져 있던 다르타냥이 이런 생각을 하며 자리를 뜨려던 아라미스에게 다가갔다.

"총사님… 죄송했습니다. 그러니까 제 뜻은….'"

"아! 아직도 거기 있었군." 아라미스가 그의 말을 끊었다. "자네가 아까 상황에서 한 짓은 신사답지 못한 행동이었다는 걸 가르쳐 주고 싶네."

"아니, 뭐라고요?" 다르타냥이 소리쳤다. "그러니까 지금 얘기는….'"

"그래, 나도 자네가 바보는 아닐 거라고 생각해. 하지만 아무리 가스코뉴 같은 촌구석에서 왔어도 내가 손수건을 밟고 있을 때는 그만한 이유가 있을 거라고 생각해야지."

"시금 내게 모욕을 주려는 거라면 잘못 생각한 겁니다." 평화적인 해결을 바랐던 다르타냥이 본래의 발끈하는 성격을 드러내며 말했다.

"자네가 손수건을 돌려주는 바람에 귀부인이 모욕을 당하게 되었다는 걸 알아두란 말이었네."

"그러는 당신은 왜 손수건을 떨어뜨렸나요?"

"아! 가스코뉴 양반, 말투 한번 멋지군! 좋아! 세상을 어찌 살아야 하는지 내가 한 수 가르쳐주지. 두 시에 트레빌 씨 저택에서 기다리겠네. 거기서 좋은 장소를 말해 주지."

　두 젊은이는 서로 인사를 나눈 뒤 아라미스는 뤽상부르그로 쪽으로 멀어졌고 다르타냥은 시간이 많이 지난 걸 깨닫고 카름데쇼 수도원으로 향했다. 다르타냥은 길을 재촉하며 중얼거렸다.

　"결국, 이 길을 다시 돌아오지 못하겠군. 하지만 그래도 총사의 손에 죽게 되었으니 다행이야."

5. 왕의 총사들과 추기경의 근위병들

타르타냥은 파리에 아는 사람이 전혀 없었다. 그래서 결투 참관인 없이 혼자서 아토스를 만나러 갔다. 그 점잖은 총사에게는 다시 적당히 사과할 생각이었지만 그렇다고 비굴해지고 싶진 않았다.

다르타냥이 수도원 밑에 펼쳐진 작은 공터 가까이 다다랐다. 아토스는 이미 5분 전부터 기다리고 있었다. 때마침 정오를 알리는 종소리가 울렸다.

"이보게, 나는 분명 두 명의 친구들이 입회할 거라고 말했는데."

"나는 입회인이 없습니다, 총사님. 어제 혼자 파리로 왔고 그래서 아는 사람이 아무도 없거든요."

"아, 그렇군…." 아토스는 반쯤 혼잣말처럼 중얼거렸다. "내가 자네를 죽이면 아이를 살해한 놈 취급을 받겠군."

"그렇게까지 생각하실 필요는 없습니다. 총사님은 부상을 입었음에도 나를 대적해주는 호의를 베풀었으니까요."

"그래, 몹시 불편하긴 하군. 게다가 자네 때문에 더 심해졌다는 말도 해야겠어. 하지만 난 왼손을 쓸 거네. 난 양손을 모두 잘 쓰니 자네에게 유리할 것도 없어."

"혹시 허락해 주신다면…." 다르타냥이 조심스럽게 말했다. "제게 어머니께서 전수해주신, 상처에 기적처럼 잘 듣는 약이 있습니다. 직접 써 보았는데, 확신컨대 당신 상처도 사흘이면 모두 나을 겁니다. 괜찮다면, 사흘 뒤 상처가 나은 뒤 결투를 하는 건 어떨까요?" 다르타냥은 자신의 용맹함을 손상시키지 않는 범위 안에서 최대한 예의를 갖춰 진실되게 말했다.

"거 괜찮은 생각이군!" 아토스가 말했다. "마음에 드는 제안이긴 하지만 받아들이진 않겠네. 사흘 뒤라면 우리의 결투 소식이 사람들에게 쫙 퍼져 방해를 받게 될 테니 말이야. 하지만 자네 제안에는 신사다운 아량이 느껴지는군. 나는 자네 같은 성격의 사람을 좋아해. 우리가 서로를 죽이지 않는다면 나중에 허심탄회한 대화를 나누는 즐거움을 맛보길 바라겠네. 아! 누가 오는 모양이군." 고개들어보니 정말로 길 끝에 포르토스의 거구가 눈에 띄었다.

"저런!" 다르타냥이 소리쳤다. "당신의 첫 번째 증인이 포르토스 씨인가요?"

"그렇다네. 무슨 문제라도 있나?"

"아닙니다."

"저기 두 번째 입회인도 오는군."

다르타냥이 돌아보니 이번엔 아라미스가 보였다.

"저런! 당신의 두 번째 증인이 아르미스 씨인가요?"

"그렇다네. 자네는 우리가 늘 함께 다녀서 삼총사라고 불리는 걸 모르는 모양이군."

"정말 좋은 이름이네요. 그리고 방금 전 내가 벌여놓은 일들이 소문나면 당신들이 천생연분이란 게 입증될 겁니다."

그러는 동안 포르토스가 다가와 아토스에게 손짓으로 인사를 건넸고 다르타냥 쪽을 향해 돌아서다가 깜짝 놀랐다. 잠시 여기서 그가 어깨띠를 바꾸고 망토를 벗어버렸다는 사실을 말하고 넘어가야 하겠다.

"아, 어떻게 된 거지?" 포르토스가 말했다.

"내가 싸우기로 한 게 바로 이 청년일세." 아토스가 손으로 다르타냥을 가리키며 말했다.

"내가 싸울 상대도 이 청년인데." 포르토스가 말했다.

"하지만 우린 한 시에 약속했죠." 다르타냥이 대꾸했다.

"나도 이 청년과 싸우기로 했는데." 때마침 그곳에 도착한 아라미스가 말했다.

"하지만 당신과는 두 시에 약속했습니다." 이어서 다르타냥이 침착하게 말했다. "자, 마침 세 분이 함께 계시니 일단 모두에게 사과를 드리겠습니다."

사과라는 말에 아토스의 이마엔 어둠의 그림자가, 포르토스의 입술에는 비웃는 표정이 흘렀으며 아라미스는 어이없다는 반응을 보였다.

"아, 총사님들께서는 오해하지 마시기 바랍니다." 다르타냥이 다시 고개를 들며 말했다. "세 분 모두에게 책임을 다하지 못할 것 같아 미리 용서를 구하는 거니까요. 아토스 씨가 가장 먼저 저를 죽일 권리가 있으니 이 때문에 포르토스 씨의 권리가 상당부분 훼손될 것이고 아라미스 씨께서는 거의 권리를 행사하지 못하겠죠. 그래서 미리 세 분께 사과드리는 것입니다. 자, 그럼 시작하죠!"

다르타냥은 이렇게 말하고 자신이 보일 수 있는 가장 기사다운 몸짓으로 검을 빼들었다.

"언제든지 들어오게." 아토스가 방어 자세를 취하며 말했다.

"기다렸던 바입니다." 다르타냥이 상대의 칼과 자기 칼을 교차시키며 말했다.

하지만 두 개의 칼날이 서로 부딪쳐 소리를 내는 순간 쥐사크가 지휘하는 추기경의 친위대 한 무리가 수도원 모퉁이에서 모습을 드러냈다.

"저런! 여기서 싸우고들 계셨군. 그런데 결투를 금지한 칙령은 어쩔 셈인가?"

"친위대원님들, 참 자비롭기도 하시지." 아토스가 이를 갈며 말했다. 쥐사크가 바로 전날 그를 공격한 친위대원 중의 하나였던 것이다.

"우리를 내버려두는 게 어떤가? 그러면 무상으로 재미난 구경을 하게 될 텐데 말이야."

"이보게 신사분들." 쥐사크가 말했다. "우리의 임무가 무엇보다 먼저야. 그러니 부디 칼을 집어넣고 우리를 따라오게."

"이보게 신사분" 아라미스가 쥐라크를 흉내 내며 말했다. "불행하게도 그럴 수는 없네. 트레빌 대장님께서 그러지 말라고 하셨거든. 그냥 가던 길이나 계속 가시게나. 그게 당신들에게도 좋을 거야."

그의 비아냥거림에 쥐라크는 몹시 화가 났다.

"명령에 따르지 않으면 우리도 공격하겠어." 그가 말했다.

"저들은 다섯 명이고 우린 세 명이라…." 아토스가 작은 소리로 중얼거렸다. "여기서 죽는 수밖에 없겠군. 대장님 앞에서 다시 패배한 모습을 보여드릴 수는 없으니까."

쥐라크가 그의 병사들을 준비시키는 동안 아토스와 포르토스, 아라미스가 가까이 붙어 섰다.

다르타냥이 자기 입장을 정리하는 데는 오랜 시간이 걸리지 않았다. 이것은 한 남자의 인생을 결정하는 중대한 사건이었다. 왕의 편에 서느냐 아니면 추기경의 편에 서느냐의 선택이었고, 한번 선택하면 끝까지 그 선택을 고수해야 했다. 결투를 한다는 것, 그러니까 법을 어긴다는 것은 목숨을 잃을 수도 있는 일이고, 한순간 왕보다 더 강한 권력을 가진 재상을 적으로 만드는 일이기도 했다. 우리의 젊은이는 이 모든 것을 감수해야 했다. 그리고 이것이 그의 칭찬할 만한 점이라고 할 수 있겠지만, 그는 잠시의 망설임도 없이 아토스와 그의 친구들을 향해 돌아섰다.

"총사님들, 세 명이라고 하셨는데 제가 보기엔 네 명 같은데요."

"하지만 자네는 총사가 아니잖나." 포르토스가 말했다.

"맞아요. 제가 총사복을 입지는 않았지만 그 정신만은 간직하고 있죠."

"젊은이, 자네는 가도 좋아. 허락해 주지. 갈 길 계속 가게나." 쥐사크가 소리쳤다.

하지만 다르타냥은 미동도 하지 않았다.

"자네는 진짜 멋진 청년이야." 아토스가 젊은이의 손을 잡으며 말했다. "그래 이름이 뭔가?"

"다르타냥입니다."

"좋아! 아토스, 포르토스, 아라미스, 다르타냥, 앞으로!" 아토스가 외쳤다.

그렇게 아홉 명의 결투자들은 나름대로의 전략을 가지고 서로에게 덤벼들었다.

아토스는 추기경의 사랑을 받고 있는 카위자크를, 포르토스는 비스카라를 상대했고 아라미스는 두 명의 적들과 마주했다.

다르타냥은 쥐사크에게 달려들었다. 젊은 가스코뉴 청년의 심장은 두려움이 아닌 승부욕으로 고동치고 있었다. 그는 상대의 주위를 열 번이나 돌고 자세와 위치를 스무 번이나 바꾸며 마치 성난 호랑이처럼 싸웠다. 쥐사크로 말하자면 칼싸움의 명수였다. 그런 그가 오늘은 민첩하게 뛰어다니며 교과서적인 검술에서 벗어난 공격을 해대는 상대를 겨우 막아내기에 급급했다.

쥐사크는 마침내 인내심을 잃고 말았다. 어린아이라고 얕보던 상대의 맹공에 그는 실수를 거듭했다. 그럴수록 다르타냥의 민첩

함은 더해갔다. 초조해진 쥐사크가 싸움을 빨리 끝내려고 필살의 공격을 감행했다. 하지만 다르타냥은 재빨리 그의 칼을 피했고, 쥐사크가 자세를 고쳐 잡으려는 사이 그의 몸을 칼로 찔렀다. 쥐사크의 몸이 큰 쇳덩이처럼 쿵 하고 쓰러졌다.

다르타냥은 다른 사람들을 걱정하며 재빨리 결투 현장을 훑어보았다. 아라미스는 이미 적수들 중 한 명을 죽인 뒤였다. 비스카라와 포르토스는 동시에 서로를 찔렀다. 포르토스는 팔을 찔렸고 비스카라는 허벅지를 찔렸다.

카위자크의 공격에 재차 상처를 입은 아토스는 눈에 띄게 창백해졌지만 한 발짝도 물러서지 않았다.

그 시대의 결투 규정에 따르면 다르타냥은 다른 사람을 도와줄 수 있었다. 그는 펄쩍 뛰어 카위자크의 옆쪽으로 달려들며 소리쳤다.

"친위대 양반, 내가 당신을 죽여주지!"

카위자크가 돌아보았다. 바로 그때, 극도의 용기로 혼자 버티던 아토스가 한쪽 무릎을 굽히며 주저앉았다.

"제기랄!" 아토스가 다르타냥에게 소리쳤다. "그를 죽이면 안 돼. 내가 다 나으면 그와 해결할 일이 있으니 말야. 무기만 빼앗아 주게. 그래! 좋아! 아주 잘했어!"

아토스가 이렇게 감탄 한 것은 카위자크의 칼이 그로부터 스무 걸음 밖으로 날아가 버렸기 때문이었다. 다르타냥과 카위자크가 칼을 향해 함께 달려갔지만 좀 더 날렵한 다르타냥이 먼저 가서 칼을 발로 밟았다.

카위자크는 다시 아라미스가 죽인 친위대원에게 달려갔다. 그의 칼을 들고 다르타냥과 다시 맞서기 위해서였다. 하지만 돌아오던 중 다르타냥 덕분에 잠깐 숨을 돌리던 아토스를 만났다. 아토스는 전의가 다시 살아났다. 다르타냥은 아토스를 말리면 기분 나빠 할까봐 가만히 서서 둘의 싸움을 지켜보았다. 얼마 뒤, 마침내 카위자크가 아토스의 칼에 찔려 주저앉았다.

같은 시각, 아라미스도 쓰러진 적수의 가슴에 칼을 겨누고 자신에게 목숨을 구걸하라 강요하고 있었다.

이제 포르토스와 비스카라만 남았다. 비스카라는 혼자서 모두를 상대하더라도 끝까지 싸울 각오였다. 하지만 팔꿈치로 버틴 채 몸을 일으킨 쥐사크가 그를 향해 항복하라고 소리쳤다. 비스카라는 펄쩍 뛰어 뒤로 물러섰고 칼을 빼앗기지 않으려 무릎으로 칼을 두 동강냈다. 그는 부러진 칼 조각들을 수도원 담장 너머로 던져버린 뒤 팔짱을 끼고 추기경을 위한 콧노래를 불렀다.

아무리 적이라도 용기는 언제나 존경받는 법. 총사들은 칼을 들어 비스카라에게 경의를 표한 뒤 칼집에 집어넣었다. 다르타냥도 그들과 똑같이 행동했다. 그리고는 비스카라의 도움을 받아 쥐사크와 카위자크 그리고 아라미스의 상대 중 상처만 입은 한 명을 수도원 현관 앞으로 옮겼다. 이렇게 수도원의 종이 울리는 가운데 총사들은 상대방 다섯 명의 칼 중 네 개를 가지고 기쁨에 취해 트레빌 씨의 저택으로 향했다.

그들은 서로 팔짱을 낀 채 온 거리를 쏘다녔다. 도중에 그들이 만난 총사들이 모두 합세하는 바람에 나중엔 거의 개선행렬처럼 되어 버렸다. 기쁨으로 가슴이 부풀어 오른 다르타냥은 아토스와 포르토스 사이에서 두 사람과 다정하게 팔짱을 끼고 걸었다.

"아직 총사가 아니지만 적어도 견습 총사로는 받아주시지 않을까요?" 트레빌 씨의 저택 문을 넘으며 다르타냥이 새로 사귄 친구들에게 말했다.

6. 국왕 루이 13세

이들의 결투 사건은 큰 소란을 불렀다. 트레빌 씨는 큰 소리로 자신의 총사들을 꾸짖었지만 뒤에서는 낮은 소리로 격려했다. 지체 없이 왕에게 이 사실을 알려야 했던 트레빌은 서둘러 루브르궁으로 향했다. 하지만 한 발 늦고 말았다. 왕은 추기경과 문을 걸어 잠근 채 방 안에 있었고, 집무 중이니 아무도 만나지 않겠다고 했다. 그날 저녁 트레빌은 왕의 오락 시간에 다시 찾아왔다. 왕이 게임에서 이기고 있었다. 욕심 많은 폐하의 기분은 몹시 좋은 상태였다. 멀리서부터 트레빌을 알아본 왕이 반겼다.

"이리로 오시오, 총사 대장. 내가 꾸중을 좀 해야겠어. 추기경이 와서 당신의 총사들에 대한 불만을 털어놓더군. 그대의 총사들이 교수형에 처해 마땅한 일을 저질렀다고 말이야!"

"그렇지 않습니다. 폐하." 트레빌이 대답했다. "그들은 천성이 착한 자들입니다. 오직 폐하를 위해 칼을 빼어 들길 원합니다. 하지만 추기경의 친위대원들이 늘 시비를 걸어오기에 가엾은 젊은이들이 총사대의 명예를 위해 방어할 수밖에 없는 겁니다."

그러는 중에 게임의 판세가 바뀌어 왕이 땄던 판돈을 잃기 시작했다. 하지만 핑계거리가 생긴 왕은 그동안 딴 돈을 모두 주머니에 집어넣으며 말했다.

"라 비외빌, 내 대신 여기 앉으시오. 나는 트레빌과 긴히 할 얘기가 있어서."

트레빌 쪽으로 돌아선 왕은 그를 데리고 창가로 갔다.

"그러니까 그대의 말은 추기경의 친위대원들이 총사들에게 먼저 시비를 걸었다 이 얘기지?"

"예, 폐하. 늘 그랬습니다."

"그런데 어떻게 싸움이 벌어진 거요? 그대도 알겠지만 재판관은 양쪽의 말을 다 들어 봐야 하거든."

"아! 예! 사건의 시작은 늘 그렇듯 단순합니다. 저의 대원들 중 가장 뛰어난 세 명의 총사인 아토스와 포르토스, 아라미스가 그날 아침 제가 소개해준 가스코뉴 출신의 한 청년과 함께 놀러갔던 모양입니다. 놀이를 위해 카르멜 수도원에서 만나기로 했었는데 그곳에서 쥐사크, 카위자크, 비스카라 외에 두 명의 친위대원들이 와서 훼방을 놓은 겁니다. 그렇게 우르르 몰려온 걸 보면 분명히 칙령을 위반하려는 의도가 있었던 것 같습니다."

"경의 말대로라면 친위대원들은 분명 결투를 하러 갔던 게로군."

"그들을 고발할 생각은 없습니다만, 무장한 친위대원들이 사람도 잘 드나들지 않는 카르멜 수도원까지 무엇하러 갔겠습니까?”

“그래, 경의 말이 옳아. 맞는 말이야.”

“그런데, 저의 총사들을 본 그들이 부대 사이의 원한을 핑계로 개인의 원한을 뒷전으로 미룬 거죠. 폐하께서도 아시다시피 오직 폐하를 위해서만 복무하는 우리 총사들은 당연히 추기경의 친위대원들과 적대적이니까요.”

“그러니까 경의 말은, 친위대원들이 총사들에게 먼저 시비를 걸었다는 거지?”

“그랬을 거라고 추측할 뿐 확실하게 단언할 수는 없습니다. 진실을 밝혀내는 게 얼마나 어려운지 폐하도 아시지 않습니까? ‘공정한 루이’라 불리는 폐하처럼 엄청난 직관을 타고나시지 않는 한은요….”

“맞는 말이오, 트레빌. 그런데 총사들과 함께 어린 친구도 한 명 있었다고 하던데?”

“그렇습니다, 폐하. 그중 한 명은 부상 중이었습니다. 부상자를 포함한 왕의 총사 세 명과 아이 하나가 사납기 짝이 없는 추기경의 친위대원 다섯 명과 싸운 겁니다. 그리고 그들 네 명을 거꾸러뜨렸지요.”

“오, 명실상부한 승리로군!” 왕이 활짝 웃으며 소리쳤다. “완벽한 승리야! 세 명의 총사와 어린아이 한 명이라고 했지?”

“이제 겨우 청년이 된 친구입니다. 이번에 그가 용맹스러운 행동을 하였기에 폐하께 천거 드리려 합니다.”

“이름이 뭐라고?”

"다르타냥이라고 합니다, 폐하. 제 오랜 친구의 아들이지요. 그 친구도 선왕 폐하와 함께 전쟁에 참전했었습니다."

"그 어린 친구가 쥐사크에게 부상을 입혔다고?" 왕이 소리쳤다.

"아직 나이도 어린데, 트레빌! 믿을 수 없군."

"그렇기에 폐하께 말씀드리는 겁니다."

"이 나라에서 으뜸가는 검객인 쥐사크를?"

"그렇습니다. 폐하! 제대로 상대를 만난 거지요."

"트레빌, 내 그 젊은이를 꼭 만나보고 싶소. 그에게 뭘 해줘야 할지 우리 생각해 봅시다."

"언제 만나보실 예정입니까?"

"내일 정오에 만납시다. 트레빌."

"그 친구 혼자만 데려올까요?"

"아니오. 네 명 모두 오라고 하시오. 내 그들 모두를 치하하고 싶소. 그런 충성스러운 신하들은 찾기 힘드오. 충성에는 보상이 따라야 하는 법이지."

"정오에 뵙겠습니다, 폐하. 저희 모두 루브르로 오겠습니다."

"아, 뒤쪽 계단으로 가시오, 트레빌. 추기경이 알아서 좋을 건 없으니…."

트레빌은 웃었다. 어린 왕이 스승인 추기경에게 반항하게 된 것 자체가 이미 큰 성과였다.

왕에게 돌아가도 좋다는 허락을 받은 그는 아주 공손하게 절을 한 뒤 물러났다.

그날 저녁 세 명의 총사들은 자신들에게 허락된 영광에 관하 기쁜 소식을 들었다. 그들은 이미 오래전부터 왕을 알고 있었기 때문에 별로 흥분하지 않았지만 다르타냥은 가스코뉴 출신다운 상상력으로 자신에게 다가올 엄청난 행운을 예감하고 황금빛 꿈속에서 그날 밤을 보냈다.

트레빌은 세 명의 총사대원들과 그들의 어린 친구를 데리고 왕궁으로 갔다. 트레빌은 작은 계단 밑에 그들을 기다리게 하고 혼자서 왕의 특별 접견실로 올라갔다.

왕이 다가왔다. "아, 트레빌, 당신이군! 그대의 총사들은 어디 있나? 내 그들을 데려오라 했을 텐데."

"폐하, 그들은 아래층에 있습니다. 허락하신다면 라셰네를 시켜 올라오도록 하겠습니다."

"그렇게 하시오. 당장 오라고 하시오."

라셰네가 곧바로 명령을 받들었고 총사들과 다르타냥이 계단 난간 위에 모습을 나타냈다.

"어서 오게, 나의 용사들!" 왕이 그들을 맞았다. "내 자네들을 좀 혼내줘야겠어."

총사들은 고개를 숙인 채 다가갔고 다르타냥은 뒤에서 그들을 따랐다.

"세상에! 자네들 넷이서 추기경의 친위대원들 다섯을 단번에 해치웠다고? 너무했군, 너무했어. 어쩌다 한 사람이라면 몰라도 다섯 명은 너무했어."

"폐하, 보시다시피 이들은 진심으로 후회하고 반성하며 폐하께 용서를 빌러 왔습니다."

"흠, 진심으로 후회하고 있다?" 왕이 말했다. "나는 저들의 위선적인 얼굴을 신뢰하지 않아. 특히 저 가스코뉴 사람으로 보이는 친구는 말야. 자네 이리로 와 보겠나?"

다르나탕은 왕의 찬사가 자신을 지칭하는 것임을 알고 최대한 절망적인 표정으로 왕에게 다가갔다.

"그런데 트레빌, 그가 젊은이라고 하지 않았나? 이건 어린아이잖소. 정말 어린아이야! 쥐사크에게 결정적인 타격을 입힌 게 정말 이 친구란 말이오?"

"바로 그렇습니다!"

"그렇다면 이 베아른 소년은 귀신이 틀림없어. 선왕이셨다면 아마 '제기랄!' 하고 한마디 내뱉으셨을 거야. 이런 일을 하면 옷에 구멍도 나고 칼도 부러지고 할 텐데 말이오. 한데, 가스코뉴 사람들은 늘 가난하게 살아오지 않았소?"

"폐하, 가스코뉴의 산에서 아직 금광이 발견되지는 않았지만 선왕 폐하를 지지한 보답으로 반드시 기적이 일어날 거라 믿습니다."

"그러니까 가스코뉴 사람들이 나를 왕으로 만들어준 셈이군. 내가 선왕의 아들이니 말이오. 안 그렇소, 트레빌? 라셰네! 가서 내 돈 자루를 열어 봐라. 샅샅이 뒤져보면 40피스톨은 찾을 수 있을 테니 그걸 가져와. 자 그건 그렇고, 젊은이는 양심에 손을 얹고 어떻게 그런 일을 벌일 수 있었는지 내게 말해줄 수 있겠나?"

다르타냥은 사건의 자초지종을 자세히 설명했고 왕은 고개를 끄덕이며 그를 격려했다. "그래 아끼는 부하를 다섯 명이나 잃었으니 추기경도 가엾게 됐군! 그 정도면 됐네. 자네들은 페루 거리에서의 일에 복수를 한 셈이니, 이제 그걸로 만족하게."

"폐하께서 그렇게 생각하신다면, 저희도 만족합니다." 트레빌이 말했다.

"그래, 나는 만족하오." 왕은 라셰네의 손에서 황금을 한 줌 집어 다르타냥에게 쥐어주었다.

"자, 이게 내가 만족했다는 표시야." 왕이 말했다. "자, 이만 물러들 가시오. 나는 그대들의 충성에 늘 고마워하고 있소. 그대들의 충심을 믿어도 되겠지?"

"물론입니다. 폐하." 네 명의 친구들은 한목소리로 대답했다. "폐하를 위해서라면 몸이 부서져도 좋습니다."

"좋아, 좋아. 무엇보다 그대들이 온전해야지. 그것이 내게는 제일 중요해." 젊은이들이 물러선 뒤 왕이 트레빌에게 낮은 목소리로 덧붙였다. "트레빌, 우리가 만든 규정에 총사대에 들어가려면 반드시 수습 과정을 거쳐야 한다고 규정되어 있으니, 저 젊은이를 먼저 그대의 처남인 에사르 근위대에 배치하도록 하시오. 오, 맙소사! 추기경이 오만상을 찌푸릴 걸 생각하니 너무나 기분이 좋군. 추기경은 화를 내겠지만 나는 상관없소. 내게도 나의 권한이 있으니까."

왕이 트레빌에게 손짓으로 인사를 했다. 트레빌은 물러나와 즉시 그의 총사들에게로 갔다.

7. 총사들의 속마음

루브르궁에서 나온 뒤 다르타냥은 친구들에게 자기 몫으로 받은 돈을 어디에 써야 할지 모르겠다고 토로했다. 아토스는 '폼 드 팽'에서 맛있는 식사를 하라고 권했고, 포르토스는 하인을 구하라 했고, 아라미스는 좋은 애인을 구하라고 충고했다.

식사는 그날 바로 실행에 옮겼다. 하인도 그 자리에 당장 불러 시중을 들게 했다. 식사는 아토스가, 하인은 포르토스가 소개해 주었다. 하인은 피카르디 출신이었는데, 위풍당당한 이 총사는 그날 투르넬 다리 위에서 침을 뱉어 물 수면에 원을 만들고 있던 사내를 집으로 데려왔다.

포르토스는 사내의 골똘한 모습을 보고는 매우 사려 깊고 조용한 사람일 거라 판단했다. 플랑셰(이 피카르디 사람의 이름이다)는 이 풍채 좋은 귀족이 자신이 모시게 될 주인이라고 생각했다. 하지만 막상 그의 집에 가 보니 다른 하인이 있었고, 앞으로 다르타냥의 시중을 들게 될 거라고 하자 조금은 실망했다. 그러나 저녁만찬의 시중을 들 때 새 주인이 주머니에서 금화 한 움큼을 꺼내 지불하는 걸 보고는 자신의 행운을 믿어 의심치 않았다. 하지만 밤이 되어 주인의 잠자리를 준비하면서 플랑셰의 환상은 다시 깨지고 말았다. 집에는 침실과 아랫방이 전부인데다 침대도 하나밖에 없었다. 플랑셰는 아랫방에서 다르타냥의 침대에서 가져온 담요를 깔고 자야 했고 덕분에 다르타냥도 담요 없이 잠을 자야 했다.

아토스에게도 하인이 한 명 있었는데 아주 특이한 방법으로 하인을 훈육했다. 하인의 이름은 그리모였다. 아토스의 말은 간결했고 다른 수사 없이 늘 용건만을 전했다. 그래서 그가 하는 말에는 곁가지가 없었다.

아토스는 이제 서른 살이었고 육체와 마음씨 모두 훌륭했지만 아무도 그에게 애인이 있다는 얘길 들어보지 못했다. 그는 한 번도 여자 이야기를 꺼낸 적이 없었다. 그렇다고 남들이 자기 앞에서 여자 이야기를 하는 걸 싫어하지도 않았다. 신중하고 말이 없는 성격 때문에 그는 늙은이처럼 보였다. 이런 습성 탓인지 몰라도 그는 간단한 동작이나 입술 움직임만으로 그리모가 자신의 명령에 복종하도록 만들었다. 그는 시급한 일이 아니면 결코 하인에게 말을 하는 법이 없었다.

아토스는 뤽상부르그 공원에서 가까운 페루 거리에 살고 있었다. 작은 방 두 개가 있는, 가구가 갖춰진 집이었다. 그의 수수한 방 벽에는 과거 훌륭한 업적의 흔적들이 빛을 내며 걸려 있었다. 예를 들면 프랑수아1세 시대 양식의 금은으로 상감된 화려한 칼이 있었고, 앙리3세 시대의 귀족 초상화도 있었는데, 우아한 옷차림에 성령 기사단의 훈장을 단 귀족의 얼굴 생김새는 아토스와 매우 비슷했다. 기사단에 소속된 그 높은 귀족이 아토스의 조상이라는 증거였다. 또한 그의 방에는 화려한 세공으로 수놓은 상자가 놓여있었는데, 거기엔 칼이나 초상화에 있는 것과 같은 문양이 새겨져 있었다.

아토스는 늘 이 상자 열쇠를 몸에 지니고 다녔다. 한번은 그가 포르토스 앞에서 상자를 열었는데, 포르토스가 그 안에서 발견한 것은 편지들과 서류 몇 개뿐이었다. 아마 연애편지와 집안의 문서들이었을 것이다.

책략가의 머리를 타고난 대부분의 사람들이 그렇듯이 강한 호기심을 타고난 다르타냥은 아토스와 포르토스, 아라미스의 정체를 알아 보려고 백방으로 노력했다. 그도 그럴 것이 이들은 원래의 귀속 이름을 감추고 가명을 쓰고 있었기 때문이다. 특히 아토스는 거대한 지역의 대영주 같은 풍모를 지니고 있었지만 불행히도 트레빌 씨를 제외하곤 이들의 본명을 아는 이가 아무도 없었다.

다르타냥은 아직 총사가 아니었지만 성실하게 시간에 맞춰 회합에 참석했다. 세 친구가 임무를 수행하는 곳에 늘 따라다녔기 때문에 그도 상시로 근무하는 것처럼 보였다. 때문에 총사 집합소에서도 많은 사람이 알아보았고 모두 그를 좋은 친구로 생각했다. 그에게 진심어린 애정을 갖고 있던 트레빌도 끊임없이 그를 왕에게 천

거했다.

　어느 날 왕은 에사르 기사에게 다르타냥을 그의 부대 수습 근위
병으로 받아들이라고 명령했다. 다르타냥은 근위대 제복을 입고
한숨을 내쉬었는데, 이 제복을 총사의 제복으로 바꿀 수 있다면 자
기 수명의 10년을 내놓아도 좋겠다고 생각했기 때문이었다.

8. 궁정의 모략

다르타냥은 젊고 용감하고 활동적인 네 남자가 뭉쳤으면 거들먹거리며 거리를 배회하거나 검술을 배우거나 실없는 농담을 지껄이는 것보다 더 높은 목표가 있어야 한다고 생각했다. 다르타냥이 놀란 것은 친구들 누구도 이런 생각을 하지 않는다는 것이었다.

그가 홀로 이 문제를 고심하고 있을 때 누군가 조용히 문을 두드렸다. 다르타냥은 플랑셰에게 문을 열어주라고 소리쳤다.

상인처럼 보이는 수수한 외모의 남자 하나가 안으로 들어왔다. 다르타냥은 플랑셰를 내보내고 손님에게 자리를 권했다.

"사람들이 다르타냥 씨를 대단히 용감한 젊은이라고 칭찬하더군요. 그래서 이런 평판을 받으시는 분께 저의 비밀 얘기를 털어놓아야겠다고 결심했습니다."

"말씀해 보세요." 다르타냥은 뭔가 좋은 일이 있을 거라 직감했다. 상인은 잠시 뜸을 들이다가 말을 이었다. "제게는 아내가 있는

데 왕비님의 속옷 담당 시녀로 있습니다. 똑똑하고 외모도 나쁘지 않은 편이지요. 아내와는 삼 년 전에 결혼했는데 왕비님의 망토 시종인 라 포르트 씨가 아내의 대부라서 돌보아주고 있습니다….”

“그래서요?” 다르타냥이 물었다.

“그런데 말입니다. 아내가 어제 아침 작업실에서 나오다가 누군가에게 납치를 당했지 뭡니까.”

“누가 당신의 아내를 납치했다는 겁니까?”

“자세한 것은 저도 모릅니다. 다만 의심 가는 사람이 하나 있지요. 오래전부터 어떤 남자가 제 아내를 쫓아다니고 있었습니다. 저는 그것이 연정 때문이 아니라 어떤 정치적인 이유 때문이라고 확신합니다. 다시 말하면, 제 아내의 연애가 아니라 지체 높으신 어떤 부인의 연애 문제인 거지요.”

“아! 그럼 부아 트레시 부인의 연애 문제입니까?” 다르타냥이 궁정의 사건을 꿰뚫고 있는 것처럼 보이고 싶어서 물었다.

“그보다 더 높으신 분입니다.”

“그럼 에귀농 부인?”

“더 높으신 분입니다.”

“슈브뢰즈 부인?”

“더 높으신 분이지요. 굉장히 높으신 분입니다.”

“그렇다면….” 순간 다르타냥이 입을 다물었다.

“네, 그렇습니다.” 상인이 겁에 질린 얼굴로 대답했다.

“그분이 누구와 연애를 하고 있다는 겁니까?”

"그 공작 나리가 아니면 누구겠습니까?"

"공작이라….."

"그렇습니다! 제 아내에게 들었습니다."

"부인은 그걸 어떻게 안답니까? 누구에게 들었다고 하던가요?"

"라 포르트 씨에게 들었다고 했습니다. 왕비님이 전적으로 신뢰하는 분이지요. 그가 제 아내를 왕비님 곁에 들였습니다. 우리의 불쌍한 왕비님께서는 왕에게 버림받고 추기경에게 염탐당하고 모두에게 배신을 당하신지라 의지해야 할 사람이 필요하셨던 겁니다. 그런데 나흘 전에 집에 들른 아내가 하는 말이, 추기경이 요즘 왕비의 뒷조사까지 하며 심하게 괴롭히고 있다고 하더군요."

"그래요?"

"누군가 왕비님이 보낸 것처럼 버킹엄 공작에게 편지를 써서 파리로 오도록 유인했다는 겁니다. 함정에 빠뜨리기 위해서요."

"세상에! 그런데 당신 부인과 이 일이 무슨 상관이 있는 거지요?"

"제 아내가 왕비님께 충성을 바치는 건 누구나 알고 있는 사실입니다. 그래서 아내를 왕비님으로부터 멀리 떼놓거나, 아내를 협박해서 왕비님의 비밀을 알아내거나, 아니면 아내를 꼬드겨 스파이로 이용하려는 거지요."

"누가 부인을 납치했는지 알고 계시다고 했나요?"

"방금 말씀드렸듯이 대충은 짐작이 갑니다. 거만한 표정의 귀족인데 머리털은 검은색이고 까무잡잡한 피부색에 눈매가 날카롭고

이가 아주 하얬습니다. 그리고 관자놀이에 흉터도 있었어요."

"관자놀이에 흉터라!" 다르타냥이 소리쳤다. "묑에서 보았던 그 놈이야!"

"아는 사람인가요?"

"그래요. 하지만 이번 일과는 상관이 없습니다. 아니, 오히려 일이 간단해진 것 같군요. 당신이 찾는 사람이 내가 찾는 그자라면 한꺼번에 복수할 수 있으니 말이오. 하지만 그놈을 어디 가서 찾지?"

"저도 그자에 대해서 전혀 아는 게 없습니다. 한번은 아내를 루브르궁까지 데려다준 적이 있죠. 그런데 마침 궁에서 나오는 그를 보고 아내가 저에게 말해주더군요."

"모든 게 너무 막연하군." 다르타냥이 중얼거렸다. "부인이 납치됐다는 건 누구에게 들었죠?"

"라 포르트 씨에게서요. 저, 보나시외의 이름을 걸고 말하건 대…."

"성함이 보나시외 씨이군요." 다르타냥이 끼어들었다.

"네, 제 이름이 그렇습니다만."

"저런, 말씀을 끊어 죄송합니다. 많이 들어본 이름 같아서요."

"그러실 겁니다. 제가 이 집 주인이니까요. 저희 집에 들어오신 지 석 달이 되었는데… 업무가 많아서였겠지만 집세 내는 걸 잊으셨더군요. 그래도 저는 한 번도 닦달한 적이 없습니다. 난처한 제 입장도 충분히 알고 계시리라 믿습니다."

"그럼요, 보나시외 씨! 그 점에 대해선 깊이 감사드리고 있습니다.

그래서 제가 도움을 드릴 수만 있다면….”

“댁을 믿습니다. 다시 한 번 말씀드리지만, 이 보나시외의 명예를 걸고 댁을 믿겠습니다.”

상인은 주머니에서 종이 한 장을 꺼내 다르타냥에게 주었고, 다르타냥은 그 종이를 펼쳐 보았다.

네 아내를 찾지 마라. 필요 없을 때까지 우리가 데리고 있다가 돌려보내겠다. 만약 아내를 찾으려 조금이라도 섣부른 짓을 했다간 큰 화를 당할 것이다.

“아주 간단명료하군. 협박편지야.”

“그렇습니다. 하지만 저는 이런 협박이 무섭습니다. 선생님, 저는 칼을 전혀 다룰 줄 모릅니다. 바스티유 감옥도 너무 두렵고요. 하지만 당신은 늘 당당하고, 멋진 총사들과 어울리는 것 같더군요. 당신과 친구들이라면 우리 불쌍한 왕비님을 구하고 추기경을 골탕 먹이는 데 앞장서 주실 거라고 생각해서….”

“물론이지요.”

“그래서 저는…. 댁이 이미 석 달 치 월세를 빚지고 있지만, 밀린 월세는 물론 우리 집에 사시는 동안 앞으로의 월세도 받지 않기로 작정했답니다….”

“그거 괜찮네요.”

“거기다 필요하시다면 50피스톨을 더 드릴 생각입니다. 혹시라도 지금 형편이 좀 곤란하실 수도 있으니까요."

"와, 굉장하군요. 댁은 무척 부자이신가 보죠?"

"그저 사는 데 별 어려움이 없을 정도입니다…. 아! 저기!" 갑자기 상인이 외쳤다.

"왜 그러십니까?"

"저기 길가 창문 앞에요…."

"그자다!" 다르타냥과 상인이 동시에 사내를 알아보고 소리쳤다.

"아! 이번에는 절대 놓치지 않겠다." 다르타냥이 칼을 꺼내들고 소리치며 급히 집밖으로 나갔다.

다르타냥은 집 계단 위에서 그를 만나러 올라오던 아토스와 포르토스와 마주쳤다. 두 친구가 길 양편으로 비켜서자 다르타냥이 화살처럼 그 사이를 지나갔다.

"아니, 어딜 그렇게 뛰어가는 거야?" 친구들이 소리쳤다.

"묑에서 만난 그놈이에요!"

그 미지의 사내에 대해선 다르타냥에게 귀가 닳도록 들었기에 친구들은 무슨 일이 일어났는지 금세 알 수 있었다. 하지만 다르타냥이 집으로 다시 돌아올 거라 믿었기에 그들은 상관 않고 다르타냥의 집 계단을 올라갔다.

9. 다르타냥의 활약

아토스와 포르토스가 예상한 대로 다르타냥은 30분도 채 되지 않아 집으로 돌아왔다. 사내를 놓쳐 버린 것이었다. 이번에도 사내는 마법이라도 부린 듯이 사라져 버렸다.

다르타냥이 거리를 뛰어다니며 여기저기 문을 두드리고 있는 동안 아라미스도 합류해 있었기에, 그가 집으로 돌아왔을 때는 네 명이 모두 모이게 되었다.

"그래서 어떻게 됐나?" 세 명의 총사들이 동시에 물었다.

"놓쳤어요!" 다르타냥이 큰소리로 외쳤다. "정말 유령처럼 사라져 버렸어요. 그놈은 나를 저주하기 위해 태어난 놈 같아요. 그놈이 사라지는 통에 우리에게 좋은 일거리를 놓쳐 버렸지 뭐예요."

"그게 무슨 말이야?" 포르토스와 아라미스가 동시에 물었다.

"플랑셰." 다르타냥이 대화를 엿들으려 고개를 빼고 있던 하인에게 명령했다. "지금 내려가서 주인 보나시외 씨에게 보장시 와인 여섯 병만 방으로 보내달라고 해. 내가 제일 좋아하는 포도주 말야."

"자네! 이제 집주인과 외상거래까지 텄나?" 포르토스가 물었다.

"네, 오늘부터요. 이제 술 걱정일랑 말아요. 마음에 안 들면 다른 것으로 바꿔 달라면 되니까요."

다르타냥은 친구들에게 집주인과 있었던 일을 상세히 얘기해 주었다. 그리고 집주인의 아내를 납치한 자가 자신이 프랑 뫼니에 여관에서 상대했던 사내와 동일인물이라는 사실도 말해 주었다.

"괜찮은 거래로군." 아토스가 미식가답게 와인을 한 모금 홀짝이며 말했다. "고민해 봐야 할 것은 고작 50피스톨 정도에 우리 네 사람의 목숨을 걸어도 되느냐 하는 거야."

"하지만 명심할 것은…." 다르타냥이 소리 높여 말했다. "이 일엔 한 여인이 관련되어 있고, 그 여인이 누군가에게 위협당하고 있다는 거예요. 어쩌면 지금 고문을 당하고 있을지도 몰라요. 충심으로 주인을 섬겼다는 이유만으로 말이에요."

"그렇다면!" 아토스가 말했다. "더 충분한 대가를 받을 수 있도록 먼저 그녀의 남편과 협상해 봐."

"그럴 필요 없어요." 다르타냥이 말했다. "만에 하나 그 사람이 대가를 지불하지 않더라도 다른 곳에서 받아낼 수 있어요."

"이때 누군가 서둘러 올라오는 발소리가 계단을 울리더니 벌컥 문이 열리며 그 불행한 남편이 대화 속으로 끼어들었다.

"오! 나리들" 그가 소리 쳤다. "저 좀 살려 주세요! 네 명의 사내들이 저를 잡으러 왔습니다. 절 구해주세요. 제발!"

포르토스와 아라미스가 일어섰다.

"잠깐만요." 다르타냥은 반쯤 칼을 빼든 친구들에게 다시 넣으라고 손짓하며 소리쳤다. "지금 필요한 것은 용기가 아니라 신중함이에요."

"하지만, 놈들을 가만 내버려두라고?" 포르토스가 말했다.

"다르타냥이 하자는 대로 해." 아토스가 말했다. "우리 중에서 제일 머리가 비상하니까 난 다르타냥의 말을 따를 거야."

바로 그때 네 명의 친위대원들이 문 앞에 나타났다. 그들은 옆구리에 칼을 차고 서 있는 총사들을 보더니 주뼛거리며 더 다가오지 못했다.

"들어들 오시오." 다르타냥이 소리쳤다. "당신들은 저희 집에 온 손님이고, 우리는 국왕 폐하와 추기경님의 충실한 부하들입니다."

"그렇다면 총사님들, 우리가 명령을 집행하는 걸 반대하지 않는 거죠?" 그중 대장으로 보이는 사내가 물었다.

"물론입니다. 필요하시다면 우리도 기꺼이 협조하겠습니다."

"하지만 우리들의 약속은…." 불쌍한 상인이 기어들어가는 목소리로 말했다.

"우리가 자유로워야 당신을 구할 수 있어요." 다르타냥이 낮은 소리로 재빨리 대답했다. "우리가 당신을 보호하는 것처럼 보이면 우리도 함께 체포될 거예요."

"자 이리로 오시오." 다르타냥이 큰 소리로 말했다. "내가 이 사람을 보호할 이유는 전혀 없습니다. 우리도 오늘 처음 보는 사이니까 말이에요. 이 사람은 집세를 받으려 온 겁니다. 안 그렇습니까, 보나시외 씨? 대답해 주세요."

"맞습니다." 상인이 큰 소리로 대답했다.

"자, 여러분, 이 사람을 잡아가세요."

다르타냥은 당황해 어쩔 줄 몰라 하는 상인을 그들 앞으로 내몰았다.

근위대들은 감사를 표한 뒤 달려들어 자신들의 사냥감을 데리고 나갔다.

"자네 지금 무슨 짓을 한 거야?" 포르토스가 말했다. "제기랄! 네 명의 총사들이 도와 달라고 애걸하는 불쌍한 사람을 눈앞에서 붙잡혀 가도록 내버려두다니!"

"포르토스." 아라미스가 말했다. "자네가 바보 멍청이라는 건 이미 아토스가 이미 귀띔 해주었지. 나도 그와 같은 의견이야. 나는 다르타냥의 의견을 따르겠어."

"이거야, 뭐가 뭔지 영 헷갈리는군." 포르토스가 말했다. "그럼 다르타냥이 지금 한 짓이 잘했다는 얘긴가?"

"아무렴." 아토스가 말했다. "다르타냥이 잘했다고 생각할 뿐 아니라 칭찬해주고 싶네."

"자, 여러분" 다르타냥은 자신이 한 일에 대해 포르토스에게 더 설명하려 들지 않았다. "모두는 하나를 위해, 하나는 모두를 위해! 이것이 우리의 좌우명 맞죠?"

"그렇긴 하지만⋯." 포르토스가 중얼거렸다.

"손을 내밀어 맹세하자!" 아토스와 아라미스가 동시에 외쳤다. 모두 손을 내밀자 포르토스도 손을 내밀었고, 그래서 네 친구들은 한목소리로 다르타냥이 외치는 구호를 따라했다.

"모두는 하나를 위해, 하나는 모두를 위해"

"좋아요, 지금은 각자 집으로 돌아가는 거예요." 평생 명령을 내리는 것 외에는 다른 일을 해본 적이 없는 사람처럼 다르타냥이 말했다. "그리고 조심하세요. 왜냐하면 이제부턴 추기경과 싸움을 벌여야 하니까요."

10. 17세기의 쥐덫

쥐덫은 이 시대의 발명품이 아니다. 사회가 만들어지고 경찰이란 것이 생기면서 이미 쥐덫은 발명되었다.

범죄 용의자 하나가 체포되면 그 사실은 비밀에 붙여진다. 네댓 명이 용의자의 집 문간방에 잠복해 있다가 누구든 문을 두드리는 사람에게 문을 열어준다. 그리고 그가 안으로 들어오도록 하여 가둬버린 다음 체포하는 것이다. 이런 식으로 이삼일 정도 작업하면 그 집에 드나드는 거의 모든 사람들을 붙잡을 수 있다.

이것이 바로 쥐덫이다.

보나시외의 집도 쥐덫이 되었다. 이 집에 드나든 사람들은 누구든 추기경의 사람들에게 체포되어 심문을 받았다.

그러는 사이 다르타냥은 자기 집에서 꼼짝 않고 있었다. 다르타냥의 방은 골목에서 드나드는 문이 따로 있어 그를 찾아오는 사람들은 조사를 받지 않아도 되었다. 그는 자기 방을 염탐의 장소로 이

용했다. 그는 창문을 통해 이 집에 들렀다가 체포되는 사람들을 볼 수 있었다. 그는 방바닥의 타일을 뜯고 바닥에 구멍을 냈다. 이렇게 그는 1층의 얇은 천장을 사이에 두고 심문관과 체포된 사람들 사이에 일어나는 일들을 속속들이 알 수 있었다.

불쌍한 보나시외 씨가 체포된 다음날 저녁 누군가 현관문을 두드렸다. 이번에도 곧바로 문이 열렸다가 닫혔다. 누군가가 또 쥐덫에 걸린 것이다. 다르타냥은 타일을 벗겨낸 곳으로 달려가 배를 바닥에 깔고 아래층에서 나는 소리를 들었다.

얼마 안 있어 비명소리가 들렀고 이어 신음소리가 났다. 누군가가 소리 나는 것을 막으려 하는 것 같았다.

"저런!" 다르타냥이 혼잣말을 했다. "저건 틀림없이 여자야. 몸을 수색하고 반항하는 여자에게 폭력까지 쓰고 있어. 미친놈들!"

"저는 이 집 안주인이라고 말씀드렸잖아요. 보나시외 씨의 안사람이라구요. 그리고 저는 왕비님을 모시고 있어요!" 불쌍한 여인이 소리쳤다.

여자의 소리는 점점 더 작아졌다. 완강히 저항하는 움직임이 바닥을 울렸다. 그녀는 여자로서 할 수 있는 모든 힘을 짜내 네 명의 남자에게 저항하고 있었다.

"저놈들이 여인에게 재갈을 물려 끌고 가려 하는군." 다르타냥이 용수철처럼 몸을 일으키며 소리쳤다. "내 칼! 좋아, 여기 있군! 플랑셰!"

"네, 나리!"

"빨리 가서 아토스와 포르토스, 아라미스를 모셔오게."

"그런데 어디 가시려고요, 나리?"

"조용히 해. 바보 같으니." 다르타냥이 나무라며 한손으로 창틀을 잡고 아래층으로 뛰어 내렸다. 다행히 아래층까진 별로 높지 않았다. 곧이어 그는 아랫집 문을 두드렸다.

젊은이의 손이 망치처럼 문을 두드리자 소란이 멈추었다. 이윽고 발소리가 가까워지더니 문이 열렸다. 칼을 빼든 다르타냥이 돌진하듯 안으로 쳐들어갔다. 보나시외 씨 건물에 사는 사람들과 이웃들은 한동안 큰 비명소리와 발 구르는 소리, 칼이 부딪치는 소리, 가구가 삐걱대는 소리들을 들어야 했다. 그리고 잠시 후 문이 열리더니 검은 옷을 입은 네 명의 남자들이 도망치듯 사라졌다.

다르타냥은 별로 힘 들이지 않고 승리자가 될 수 있었다. 왜냐하면 경관들 중 한 명만 무기를 지니고 있었기 때문이었다.

보나시외 부인과 단둘이 남게 된 다르타냥은 그녀 쪽으로 몸을 돌렸다. 이 불쌍한 여인은 반쯤 넋이 나간 상태로 의자에 푹 처박혀 있었다.

그녀는 스물다섯 살 정도 되어 보이는 매력적인 여인이었다. 갈색 머리에 푸른 눈동자, 하얗게 빛나는 치아에 장밋빛을 띤 흰 피부를 지니고 있었다. 보나시외 부인을 살펴보던 다르타냥은 바닥에 흰 삼베 손수건이 떨어져 있는 것을 발견했다. 그는 손수건을 주웠다. 손수건 끝에는 그가 아라미스에게 목을 베일 뻔했을 때 문제의 손수 건에서 보았던 문양이 수놓아져 있었다.

다르타냥은 아무 말 없이 손수건을 주워서 보나시외 부인의 주머니에 넣어 주었다.

이때 보나시외 부인이 다시 정신을 차렸다. 눈을 뜬 그녀는 두려움에 가득 찬 시선으로 주위를 둘러보았다. 그리고 집에 둘 밖에 남아 있지 않다는 사실을 알아차리고 자신을 구해준 사람에게 미소를 지으며 손을 내밀었다. 보나시외 부인의 미소는 더없이 매력적이었다.

"아, 당신이 저를 구해주셨어요. 제가 감사를 표할 수 있게 허락해 주세요." 부인이 말했다.

"부인, 저는 신사라면 누구나 했을 일을 당연히 했을 뿐입니다. 그러니 고마워하지 않으셔도 됩니다."

"당신이 배은망덕한 사람을 위해 헛수고하지 않았다는 걸 알아주셨으면 해요. 그런데 남편은 왜 집에 없을까요?"

"어제 체포되어 바스티유 감옥으로 끌려갔습니다."

"남편이 바스티유 감옥에요? 대체 무엇 때문이죠? 그는 아무 잘못도 없는데!"

"남편께 죄가 있다면, 당신의 남편이 된 불운과 행운을 동시에 차지했다는 것이겠지요."

"그런데 당신께선 그걸 어떻게 알고 계신지…."

"부인, 저는 당신이 납치됐었다는 것도 알고 있습니다."

"누가 납치했는지도 알고 계시나요?"

"검은 머리에 까무잡잡한 피부, 왼쪽 관자놀이에 상처가 있는 남자지요."

"맞아요. 혹시 그의 이름도 아시나요?"

"이름은 모릅니다. 그런데 어떻게 도망쳐 나왔죠?"

"그자들이 저를 혼자 남겨둔 틈을 이용했어요. 침대시트를 이용해 창문으로 내려왔죠. 남편이 여기 있을 줄 알고 달려왔는데…"

"제가 쫓아낸 놈들이 곧 지원병을 데리고 올 겁니다. 여기 있다가 놈들에게 발각되면 우린 끝장이에요."

"그래요, 분명 그럴 거예요." 겁에 질린 보나시외 부인이 소리쳤다.

젊은 남녀는 문도 제대로 닫지 않고 서둘러 포수아외르 거리를 지나 생-쉴피스 광장까지 갔다.

"자, 이제 우린 어디로 가야 하죠?" 다르타냥이 물었다.

"저는 남편을 통해 라 포르트 씨에게 알릴 생각이었어요."

"제가 라 포르트 씨에게 가서 알리겠습니다."

"루브르궁에선 당신이 누군지 모르니 문도 열어주지 않을 텐데요?"

"당신을 도와줄 만한 경비대 같은 분들이 계실 테니, 그들과 암호 같은 걸 주고받으면…"

"만약 제가 암호를 말씀드리면 사용하신 뒤에 곧 잊어주실 수 있죠?"

"맹세합니다. 신사의 명예를 걸고!" 다르타냥이 누구도 진심을 의심하지 못할 확고한 어조로 말했다.

"한데, 그 동안 저는 어디에 있어야 하죠?"

"지금 우리가 있는 곳이 아토스라는 제 친구의 집 근처네요."

아토스는 집에 없었다. 다르타냥은 그의 얼굴을 아는 아토스의 집주인에게서 열쇠를 받아 보나시외 부인을 집안으로 안내했다.

"당신 집처럼 편히 계십시오." 다르타냥이 말했다. "안에서 문을 걸어 잠그고 아무에게도 문을 열어주지 마세요. 이렇게 세 번 두드리는 소리가 들릴 때까지…." 그리고 다르타냥은 처음 두 번은 연달아 강하게, 마지막은 조금 쉬었다가 가볍게, 세 번 문을 두드려 보였다.

"알았어요." 보나시외 부인이 말했다. "지금 레셸 거리 쪽에 있는 루브르궁 출입문으로 가서 제르맹이란 분을 찾으세요. 그분이 당신께 무슨 일이냐고 물으면 단어 두 마디만 말씀하시면 돼요. '투르, 브뤼셀'이라고요. 그리고 라 포르트 씨를 찾아달라고 하면 당신 말대로 해 줄 거예요."

"그래서 라 포르트 씨가 오면?"

"그분을 제게 보내세요."

"좋아요. 그런데 언제 어떻게 당신을 다시 뵐 수 있을까요?"

"저를 다시 만나고 싶으신가요?"

"그럼요."

"걱정 말고 절 믿으세요."

"당신 말을 믿겠습니다."

다르타냥은 예의를 갖춰 보나시외 부인에게 인사했고 이 매력적인 여인에게 연모의 눈길을 보냈다.

그는 한달음에 루브르 궁전에 도착했다. 모든 것이 보나시외 부인의 말대로 진행되었다. 암호를 대자 제르맹은 고개를 끄덕였다. 십 분쯤 뒤 라 포르트 씨가 경비실로 왔다. 다르타냥은 짧은 몇 마디로 지금의 사정을 얘기하고 보나시외 부인이 지금 어디에 있는지 알려주었다. 그러자 라 포르트 씨가 곧바로 뛰어나가다간 몇 걸음 못 가 다시 돌아왔다.

"젊은이, 충고하나 하지." 그가 다르타냥에게 말했다. "앞으로 자네가 곤란해질 수도 있어. 혹시 친구들 중 늦게 가는 시계를 가진 친구가 있나?"

"예, 있습니다만."

"지금 곧 그 친구에게 가게. 자네가 아홉 시 삼십 분에 그의 집에 있었다는 걸 친구가 증명해 줄 수 있도록 말이야. 법정에서는 이런 걸 가리켜 알리바이라고 하지."

이때 열 시를 알리는 괘종소리가 들렸다. 매우 사려 깊은 충고라고 생각한 다르타냥은 말을 달려 트레빌 씨 댁으로 달려가 집무실에서 접견을 요청했다. 오 분 뒤 트레빌이 집무실로 들어왔다.

"죄송합니다. 대장님!" 혼자 기다리는 동안 벽시계를 사십오 분 늦춰놓은 다르타냥이 말했다. "아직 아홉 시 이십오 분밖에 안 됐으니 대장님을 봬도 괜찮을 거라 생각했습니다."

"아홉 시 이십오 분이라!" 트레빌이 시계를 보며 외쳤다. "아직 그것밖에 안 됐군. 난 시간이 훨씬 더 지난줄 알았어. 그나저나 무슨 일인가?"

다르타냥은 트레빌 씨에게 왕비에 얽힌 긴 이야기를 늘어놓았다.

그는 아주 침착하고 차분하게 이야기했고 트레빌 씨도 그 말을 잘 이해했다. 열 시를 알리는 시계소리가 울렸을 때 다르타냥은 트레빌 씨와 헤어졌다. 트레빌은 자신에게 정보를 알려줘서 고맙다고 말하고 거실로 돌아갔다.

계단을 내려왔을 때에야 다르타냥은 지팡이를 놓고 온 것이 생각났다. 그는 서둘러 올라가 집무실로 다시 들어갔고 아무도 눈치 못 채도록 손가락으로 시계바늘을 원래대로 맞춰 놓았다. 그는 이렇게 자신의 알리바이를 입증해줄 증인을 만든 것에 안도하며 계단을 내려와 거리로 나왔다.

11. 계략

깊은 생각에 빠진 다르타냥은 일부러 먼 길을 돌아서 집으로 갔다. 그는 무슨 생각을 그리 깊이 했던 것일까? 다름 아닌 보나시외 부인 생각이었다. 이 젊은 여인은 수습 총사에게 가장 이상적인 사랑의 상대로 여겨졌다. 예쁘고 신비로우며, 궁정의 거의 모든 비밀을 알고 있는데다, 그에게도 무심하지 않은 것 같았다. 연애 초보인 그에게는 저항할 수 없는 끌림이었다.

다르타냥은 포수아외르 거리에 이르렀다.

"불쌍한 아토스" 그가 말했다. "나를 기다리다 잠이 들었겠군. 온통 수수께끼뿐이야. 어쨌든 일이 어떻게 결말이 날지 정말 궁금하군."

"안 좋게 끝날 겁니다. 나리. 안 좋게." 누군가 대답했는데 다르타냥은 곧 그것이 플랑셰라는 걸 알아차렸다. 방으로 올라가는 계단에서 그는 크게 혼잣말을 하고 있었다.

"나쁘게 끝나다니? 무슨 일이라도 있었나?"

"일단, 아토스 씨가 체포되었습니다."

"체포되었다고? 왜?"

"나리 방에 계시다가 나리인 줄 알고 잡혀갔습죠."

"어떤 놈이?"

"나리와 싸우다 도망친 검은 옷들이 친위대를 데려왔어요."

"그런데 아토스는 왜 자신과 관계없다고 변명하지 않았을까?"

"일부러 그러신 거예요. 제게 슬쩍 이렇게 말씀하시더군요. '네 주인은 지금 잡혀가선 안 돼. 삼일 후면 내가 누구인지 말할 테고, 그러면 나를 풀어줄 수밖에 없을 거야.'라고요."

"브라보, 아토스! 이 얼마나 고결한 희생인가? 한데, 아라미스와 포르토스는?"

"뵙지 못했습니다. 여긴 오시지도 않았는걸요."

"좋아, 여기서 꼼짝 말고 있게. 그들이 오거든 내게 일어난 일들을 잘 얘기해 주고 폼 드 팽에서 나를 기다리라 전해. 여기는 위험해. 나는 일단 트레빌 씨 댁으로 가야겠어. 무섭지는 않지?"

"걱정 마세요, 나리." 플랑셰가 말했다. "나리는 아직도 저를 모르시는군요. 저는 마음만 먹으면 용감해집니다. 전 피카르디 출신이라고요."

다르타냥은 발걸음을 재촉해 콜롱비에 거리로 향했다. 트레빌 씨는 집에 없었다. 그의 부대가 루브르궁의 경비를 담당하고 있었기 때문에 자기 부대와 함께 있었던 것이다.

하지만 다르타냥은 트레빌 씨를 만나야 했다. 무엇보다 그에게 지금까지 일어난 일들을 알리는 게 중요했다. 다르타냥은 루브르 궁으로 들어가기로 결심했다.

그가 게네고 거리 끝에 이르렀을 때, 도핀 거리에서 나오는 수상한 두 사람이 눈에 띄었다.

두 사람은 남자, 한 사람은 여자였다.

여자는 보나시외 부인과 비슷했고 남자는 아라미스와 닮아 보였다.

그들은 퐁 뇌프 다리를 건너 걸어가고 있었다. 다르타냥과 같은 방향이었다.

젊은 남녀는 자신들이 미행당하고 있다는 걸 알아차린 듯 걸음을 배로 빨리했다. 다르타냥은 뛰어서 그들을 지나쳤다가 다시 뒤돌아 그들 쪽으로 왔다.

다르타냥은 그들 앞에 섰고 그들도 걸음을 멈추었다.

"무슨 일입니까?" 남자가 외국인 억양으로 물었다. 다르타냥은 자신의 추측이 틀렸다는 걸 알았다.

"아라미스가 아니었네!" 그가 외쳤다.

"그렇소. 나는 아라미스가 아니오. 당신이 놀라는 걸 보니 나를 다른 사람으로 착각한 모양이군요. 하지만 내가 용서해드리리다."

"당신 말이 맞습니다." 다르타냥이 말했다. "당신에게는 볼일이 없어요. 이 부인에게 볼일이 있지요."

"아!" 보나시외 부인이 비난하듯 말했다. "당신은 제게 신사로서 맹세하셨지요. 저는 그 말을 믿었는데….”

“부인 제 팔을 잡으시지요.” 외국인이 말했다. “어서 갑시다.”

그 남자는 두 걸음 앞으로 나와서 손으로 다르타냥을 밀어냈다.

다르타냥은 뒤로 펄쩍 뛰어 칼을 꺼내들었다. 그와 동시에 그 남자도 재빠르게 자신의 칼을 꺼내들었다.

“제발요! 각하!” 보나시외 부인이 두 사람 사이로 몸을 던지며 외쳤다.

“각하라니!” 문득 어떤 생각이 떠오른 다르타냥이 외쳤다. “그렇다면 당신이…. 오, 저를 용서해 주십시오.”

“버킹엄 공작이십니다.” 보나시외 부인이 목소리를 낮춰 말했다. “당신이 지금 일을 망치고 있어요.”

“각하, 그리고 부인, 용서하십시오. 천번만번 사과드립니다. 하지만 저는 그녀를 사랑하고 있습니다, 각하. 그래서 질투심이 발동한 겁니다. 사랑이란 게 어떤 건지는 각하께서도 잘 알고 계시겠지요? 부디 용서하시고 제가 각하를 위해 죽을 수 있는 방법을 가르쳐 주십시오.”

“용감한 젊은이군.” 버킹엄 공작이 다르타냥에게 손을 내밀며 말했다. 다르타냥이 공손하게 손을 맞잡았다. “나를 위해 헌신하겠다는 제의를 받아들이겠소. 우리에게서 스무 걸음 떨어져 루브르까지 따라오시오. 혹 그 사이 우릴 미행하는 자가 있다면 처치해 버리시오!”

다르타냥은 칼을 빼 팔에 끼고 보나시외 부인과 공작에게서 스무 걸음 정도 떨어져서 걸어갔다. 다행히 젊은 경호원이 목숨을 바쳐야 할 상황은 일어나지 않았다. 젊은 여인과 그녀의 동행인은 레셀 거리 쪽 출입문을 통과해 무사히 루브르로 들어갔다.

다르타냥은 포르토스와 아라미스가 기다리고 있는 폼 드 팽으로 발길을 돌렸다.

12. 버킹엄 공작 조지 빌리어스

보나시외 부인과 버킹엄 공작은 누구의 저지도 받지 않고 루브르궁으로 들어갈 수 있었다. 보나시외 부인은 왕비의 시녀로 이미 얼굴이 알려져 있었고 공작은 그날 저녁 총사대 근무자였던 트레빌의 총사복을 빌려 입고 있었기 때문이다. 궁으로 들어선 공작과 젊은 여인이 담장을 끼고 스물다섯 걸음 정도 걸어가니 시녀들이 드나드는 작은 문 하나가 나타났다. 보나시외 부인이 문을 밀고 들어갔다. 두 사람이 안으로 들어서는 순간 어둠이 밀려왔다.

보나시외 부인이 공작의 손을 잡고 더듬거리며 몇 걸음 나아가더니 난간을 붙잡고 발로 계단을 확인하며 올라갔다. 공작이 2층에 이르렀다고 생각할 즈음 보나시외 부인이 오른쪽으로 방향을 틀어 긴 복도를 지나갔다. 그녀가 램프 하나만 켜져 있는 방문을 열고 공작을 들여보냈다. "여기 잠시만 계세요. 곧 오실 겁니다."

그녀는 문 밖으로 다시 나와 문을 잠갔다. 공작은 방에 갇힌 꼴이 되었다.

하지만 공작은 조금도 두려워하지 않았다. 그는 활달한데다 용기 있고 담대한 사내였다. 목숨이 왔다 갔다 하는 모험은 그에게 처음이 아니었다.

안 도트리슈 왕비가 보낸 편지를 믿고 파리에 도착한 그는 곧 그것이 함정이란 걸 알아차렸다. 하지만 그는 영국으로 돌아가지 않았다. 오히려 위기를 기회로 삼아 왕비에게 따로 전갈을 보냈다. 그녀를 보지 않고는 떠나지 않겠다는 생각이었다. 처음에 왕비는 그의 청을 거절했다. 하지만 공작이 격분하면 무슨 일을 벌일지 모르기에, 직접 그를 설득하여 영국으로 돌려보내기로 결심했다. 한데 그날 저녁에 공작을 루브르궁으로 모셔오는 임무를 맡은 보나시외 부인이 납치당한 것이다. 궁에서는 이틀 동안이나 보나시외 부인의 행방을 찾을 수 없었고, 모든 계획은 중단되었다. 하지만 그녀가 천신만고 끝에 도망쳐 나오면서 일은 다시 진행되었다. 납치 사건이 없었더라면 사흘 전에 끝났을 위험한 만남이 이제야 성사된 것이다.

당시 서른다섯 살의 버킹엄 공작은 최고의 미남이었으며 품위 있는 귀족이자 기사로 프랑스와 영국에서 명성이 자자했다. 두 명의 왕으로부터 총애를 받고 있었고 백만장자였으며 한 왕국을 좌지우지할 정도의 막강한 권력을 지녔던 조지 빌리어스, 즉 버킹엄 공작은 수세기 동안 후세 사람들의 입에 오르내릴 만큼 전설적인 인물이었다.

다른 사람들에게 군림하는 어떤 법도 자신만은 어찌하지 못할 것이라 확신했던 그는 누구도 꿈꾸지 못하는 높고 찬란한 목표를 향해 주저 없이 나아갔다. 여러 차례의 시도 끝에 그는 마침내 아름답고 자존심 강한 안 도트리슈에게 다가가는 데 성공했고 결국 사랑을 얻어내기에 이르렀다.

그런 조지 빌리어스가 지금 거울 앞에 서 있었다. 그의 가슴은 기쁨과 자랑으로 부풀어 올랐다. 그는 거울 속의 자신을 향해 만족스런 미소를 지어 보였다.

그때, 휘장으로 가려진 문이 열리며 한 여인이 나타났다. 버킹엄은 거울을 통해 그녀의 모습을 확인하고 낮은 신음소리를 토해냈다. 왕비가 거기에 있었다!

당시 안 도트리슈의 나이는 스물예닐곱 살, 절정의 아름다움을 뽐낼 나이였다. 그녀의 자태는 마치 여신과도 같았고, 완벽한 아름다움을 지닌 에메랄드빛의 두 눈은 부드러움과 위엄을 동시에 보여주었다. 반짝이는 그녀의 조그만 입술은 웃을 때 더욱 빛나며 우아함을 뽐냈다. 그녀의 살결은 벨벳처럼 부드러웠고 손과 팔은 너무 아름다워서 당시의 모든 시인들이 견줄 데 없는 아름다움이라고 칭송했다. 마지막으로 분가루를 듬뿍 바른 그녀의 곱슬곱슬한 머리카락은 기막힌 조화를 이루며 얼굴을 감싸고 있었다.

버킹엄은 잠시 눈이 부신 듯 멍하니 서 있었다. 이때까지 안 도트리슈가 이렇게 아름다워 보인 적은 없었다. 무도회에서도, 파티에서도, 마상곡예장에서도, 수수한 흰색 공단 드레스를 입은 지금의 모습만큼 그녀가 아름다웠던 적은 없는 것 같았다. 왕비는 에스테파니아 부인과 동행했는데, 그녀는 왕비가 데려온 스페인 시녀들 중 왕의 질투와 추기경의 박해에도 쫓겨나지 않은 유일한 인물이었다.

안 도트리슈가 두 걸음 앞으로 걸어왔다. 버킹엄도 두 걸음 다가섰다. 버킹엄은 서둘러 무릎을 꿇었다. 그리고 왕비가 말릴 새도 없이 그녀의 옷자락 끝에 입을 맞추었다.

"공작, 편지를 보낸 것이 제가 아니라는 사실을 알고 계시지요?"

"오! 알고 있습니다, 왕비님. 제가 어리석었다는 것도요. 대리석이 따뜻해지고 눈이 온기를 품을 수 있다고 믿는 어리석음을 범하고 말았습니다. 하지만 누구나 사랑에 빠지면 쉽게 그 사랑을 믿어 버리게 되죠. 그래도 이번 여행에서 모든 걸 잃지는 않았습니다. 당신을 뵙게 되었으니까요."

"그래요." 안이 대답했다. "하지만 제가 어떻게, 왜 당신을 만나려 했는지도 알고 계시겠죠? 당신을 위해서예요. 자칫 당신의 목숨과 제 명예가 모두 위태로워질 수 있어서죠. 모든 상황이 우리 사이를 멀어지게 하고 있다는 걸 명심하세요. 그것을 거역하는 건 신성을 모독하는 것과도 같습니다. 결론적으로 우리가 더 이상 만나선 안 된다는 것을 말씀드리고 싶군요."

"왕비님, 계속하세요. 당신의 부드러운 목소리는 냉혹한 통보마저도 덮어주는군요. 하지만 서로를 위해 신께서 만들어주신 심장을 갈라놓은 것이야말로 신을 모독하는 일이 아닐까요?"

"공작님!" 왕비가 소리쳤다. "잊으신 모양이군요. 전 한 번도 당신을 사랑한다고 말한 적이 없어요."

"하지만 절 사랑하지 않는다고 말씀하신 적도 없죠. 알아요, 제게 그런 말을 하신다면 당신의 폐하께 큰 모욕이 되겠죠… 하지만 아무리 시간이 흘러도, 서로 볼 수 없어도, 절망적이어도 결코 꺼지지 않는 그것이 저의 사랑이랍니다. 잃어버린 리본 하나, 순간의 작은 눈길, 무심코 던진 말 한마디에도 만족하는 것이 바로 저의 사랑입니다. 그런 사랑을 어디서 다시 만날 수 있을까요? 말씀해 보세요, 왕비님! "

"미쳤군요!" 왕비가 중얼거렸다. "그런 쓸데없는 열정에 힘을 쏟는 게 얼마나 어리석은 줄 모르시나요? 제 뜻과 무관한 당신의 망상 덕분에 궁정에선 온갖 모험들이 들끓고 있답니다. 추기경의 부추김으로 인해 폐하께서도 머리끝까지 화가 나 계시고요. 당신이 대사 자격으로 프랑스에 오기를 청했을 때 폐하께서 친히 거절의 뜻을 밝힌 것도 그 때문이에요.

"그래요. 그리고 당신네 폐하의 거절 덕분에 프랑스는 전쟁을 치르게 될 거예요. 제가 라 로셸의 신교도들과 동맹을 맺고 원정계획을 세운 목적이 무어라 생각하십니까? 당신을 만나는 기쁨을 맛보기 위해서지요! 이 전쟁을 평화적으로 마무리하려면 협상이 필요하겠죠. 그 협상 당사자는 제가 될 것입니다. 그렇게 되면 아무도 저를 거절하지 못할 것이고, 이후 저는 파리로 와서 다시 당신을 뵙는 행복을 누리게 될 겁니다."

"아, 공작님! 당신이 저에게 보내는 사랑의 증표들은 모두가 죄악으로 가득 차 있어요."

"당신이 저를 사랑하지 않는다면 그렇게 되겠죠. 하지만 당신이 저를 사랑한다면 이 모두가 달라질 겁니다. 당신이 말씀하셨듯이 저는 함정에 빠졌습니다. 그것 때문에 저는 목숨을 잃게 될 지도 몰라요. 이상하게도 얼마 전부터 제가 죽을 것 같다는 예감이 계속 들었으니까요."

"오! 맙소사!" 안 도트리슈가 겁에 질린 목소리로 외쳤다. 지금까지 말했던 것과 달리 왕비가 얼마나 공작을 생각하고 있는지 짐작할 수 있는 탄식이었다.

"왕비님, 당신을 놀라게 하려고 말씀드린 건 결코 아닙니다. 사실 저는 꿈 같은 건 조금도 신경쓰지 않아요."

"공작님, 실은 저도 꿈을 꾸었어요. 당신이 상처를 입고 피투성이가 되어서 쓰러져 있는 꿈을요."

"혹시 칼에 왼쪽 옆구리를 찔리지 않았나요?" 버킹엄이 물었다.

"맞아요. 칼에 왼쪽 옆구리를 찔렸어요. 내가 그런 꿈을 꾸었다는 걸 대체 누가 당신께 말해 주었죠? 기도 속에서 하느님께 말씀드린 적밖에 없는데요."

"저는 더 이상 바랄게 없습니다. 당신께서 저를 사랑하고 계시니까요."

"제가 당신을 사랑한다고요?"

"그렇습니다. 저를 사랑하지 않는다면 신께서 저와 똑같은 꿈을 당신께 보내주셨을까요? 우리 두 사람의 마음이 서로 통하지 않는다면 똑같은 것을 예감할 수 있을까요? 당신은 저를 사랑하고 있습니다. 오, 왕비님, 제가 죽으면 저를 위해 울어주실 테죠?"

"오! 맙소사!" 안 왕비가 소리쳤다. "더 이상 참을 수 없군요. 제발 떠나 주세요. 어서 가세요. 제가 당신을 사랑하는지 어떤지 알 수 없지만, 확실한 것은 절대 제가 부정을 행하진 않으리라는 사실이에요. 떠나세요. 제발요. 그리고 나중에 다시 돌아오세요. 그때는 당신을 지켜줄 호위병들에 둘러싸여서 오셔야 해요. 그래야 당신의 목숨을 걱정하지 않고 제가 당신을 기쁘게 만날 수 있을 것 같아요."

"지금 하신 말씀이 모두 진실인가요?"

"그래요….."

"좋아요! 그렇다면 당신의 호의를 보여주는 징표로 지니고 계신물건을 하나 주세요. 그것을 보며 제가 꿈을 꾼 게 아니라는 걸 확인하겠습니다."

"요구하는 걸 드리면 떠나실 건가요?"

"예."

"당장이요?"

"예."

"프랑스를 떠나 영국으로 돌아가실 거죠?"

"맹세합니다."

"그렇다면, 잠시만 기다리세요."

안 왕비는 자신의 방으로 갔다가 곧 다시 돌아왔다. 왕비의 손에는 전체가 금으로 상감되고 그녀의 고유번호가 적힌 작은 장미목 상자가 들려 있었다.

"이걸 가져가세요. 공작님." 그녀가 말했다. "나에 대한 추억으로 간직하세요."

버킹엄은 상자를 받아들고 두 번째로 무릎을 꿇었다. 안 왕비는 눈을 감고 한 손을 내밀었고 다른 한 손은 에스테파니아를 붙잡고 있었다. 온몸에 힘이 빠져버린 것 같아서였다.

버킹엄은 그녀의 아름다운 손에 열정적으로 입을 맞춘 뒤 일어섰다.

"여섯 달 안에… 제가 죽지 않고 살아난다면 세상을 온통 뒤집어서라도 다시 돌아오겠습니다."

이렇게 말하고 그는 약속한 대로 방을 빠져나갔다.

복도에서는 보나시외 부인이 그를 기다리고 있었다. 그녀는 조심스럽게 그를 안내했고 무사히 궁 밖으로 빠져나갈 수 있었다.

13. 꿈에서 만난 남자

마차는 낮은 출입문 앞에서 멈춰 섰다. 두 명의 간수가 경관에 기대 있던 보나시외를 마차에서 끌어내린 뒤 계단을 오르더니 일종의 대기실 같은 곳에 밀어 넣었다.

보나시외가 주위를 둘러보았지만 위험을 감지할 만한 것은 찾아볼 수 없었다.

그는 자신이 지나치게 겁을 먹고 있었다는 걸 깨닫고 머리를 좌우상하로 흔들었다.

바로 그때, 잘 생긴 장교 하나가 문을 열고 죄수 쪽을 바라보며 물었다.

"당신이 보나시외란 사람이오?"

"그렇습니다. 장교님." 겁에 질려 얼이 빠져버린 상인이 더듬더듬 대답했다. "잘 부탁드립니다요."

"들어오시오." 장교가 말했다.

장교는 상인이 지나가도록 비켜섰다. 상인은 아무 방해도 받지 않고 누군가 기다리고 있는 방으로 들어갔다.

아주 넓은 방이었다. 벽에는 병기들이 가득 진열되어 있었다. 답답하게도 문이란 문은 모두 닫혀 있었다. 이제 겨우 9월 말인데도 벌써 벽난로엔 불이 피워져 있었다. 방 한가운데를 차지한 네모난 책상에는 책과 서류들이 가득 쌓여 있었고, 그 위에는 라 로셸 시의 커다란 지도가 펼쳐져 있었다.

벽난로 앞에는 중간 키에 오만해 보이는 얼굴의 남자가 서 있었다. 그의 이마는 넓었고 눈매는 날카로웠다. 안 그래도 마른 얼굴은 뾰족하게 기른 콧수염 때문에 더욱 야위어 보였다.

이 사람이 바로 아르망-장 뒤플레시, 즉 리슐리외 추기경이었다. 그는 모든 사람들에게 알려져 있듯이 늙고 구부정한 몸에 꺼져가는 목소리를 가진, 오직 자신의 재능에만 의지해서 살아가는 인물의 모습이 아니었다. 실제로 본 그는 능력 있고 용맹스런 기사처럼 보였다.

"이 자가 보나시외인가?" 잠시 침묵하던 추기경이 물었다.

"그렇습니다." 장교가 대답했다.

"좋아, 서류를 이리 주고 나가 보게."

장교는 책상에 놓여있던 서류를 추기경에게 건네주고, 머리가 땅에 닿도록 인사한 뒤 밖으로 나갔다.

보나시외는 그 서류들이 바스티유 감옥에서 작성한 취조서라는 걸 알 수 있었다. 벽난로 앞의 남자는 이따금씩 서류에서 눈을 떼고 가엾은 잡화상인을 쳐다보았는데, 마치 칼로 가슴 깊은 곳을 찌르듯 매서운 눈초리였다.

"자넨 엄청난 반역죄로 고발당했군." 추기경이 천천히 말했다.

"거듭 말씀드리지만, 정말 맹세컨대 전 아무것도 모릅니다요, 나리!"

"자넨 아내와 음모를 꾸몄어. 부인이 도망쳤다는데 알고 있었나?"

"몰랐습니다, 나리. 저도 친절하신 취조관님께 들어서 알게 되었습죠."

추기경이 억지로 웃음을 참으며 말했다.

"아내가 도망친 뒤 어찌되었는지 모른단 얘기군."

"전혀 모릅니다, 나리. 아마 집사람은 루브르궁으로 갔을 겁니다."

"새벽 한 시까지는 궁으로 돌아오지 않았네."

"오, 맙소사! 그렇다면 집사람이 어떻게 된 걸까요?"

"그건 곧 알게 될 테니 걱정 말게. 추기경 앞에선 아무것도 숨길수 없어. 추기경은 모든 걸 알 수 있거든."

"그렇다면, 나리…. 추기경께서 친히 제게 집사람이 어떻게 되었는지 말씀해 주실 거란 말씀이십니까?"

"아마도…. 하지만 먼저 자네 아내와 슈브뢰즈 부인의 관계에 대해 알고 있는 걸 모두 털어놓아야 하네."

"하지만, 나리. 저는 아무것도 모릅니다요. 그 부인을 본 적도 없는 걸요."

"자네가 루브르궁까지 마중 나갔을 때 부인은 곧장 집으로 돌아
오곤 했나?"

"거의 그렇지 않았습니다. 집사람이 포목점에 볼일이 있다고 해
서 제가 동행하곤 했지요."

"어디에 있는 포목점인가?"

"하나는 보지라르 거리에 있고 다른 하나는 라 아르프 거리에 있
습니다."

"부인과 함께 직접 가게 안에 들어갔나?"

"아닙니다, 저는 그냥 문 밖에서 기다렸습니다."

"그 가게들을 찾을 수 있겠나?"

"물론입니다. 보지라드 거리 25번지와 라 아르프 거리 75번지에
있는 가게들입니다."

"좋아." 추기경이 말했다.

추기경은 은종을 집어 소리를 울렸고 곧 장교가 들어왔다.

"나가서 로슈포르를 찾아보게. 찾거든 당장 오라고 해."

"백작께선 이미 와 계십니다." 장교가 말했다. "예하께 드릴 말씀
이 있답니다."

"예하라고?" '예하'가 추기경을 부르는 칭호임을 아는 보나시외
가 중얼거렸다.

장교는 방에서 뛰어나갔다. 그가 나간 지 5초도 지나기 전에 새
로운 인물이 들어왔다.

"저 사람이야!" 보나시외가 소리쳤다.

"저 사람이라니!" 추기경이 물었다.

"저 사람이 제 아내를 납치했습니다."

추기경은 두 번째 종을 울렸다. 장교가 다시 나타났다.

"이 자를 간수들에게 보내고 내가 다시 부를 때까지 기다리게."

"아닙니다요. 각하. 그 사람이 아닙니다." 보나시외가 외쳤다. "제가 착각했습니다. 다른 사람입니다. 저 분은 좋은 분이십니다."

"이 멍청이를 데려가!" 추기경이 말했다.

장교는 보나시외의 팔을 끼고 두 명의 간수들이 기다리는 대기실로 끌고 갔다.

방금 들어온 새로운 인물은 보나시외를 초초하게 바라보다가 문이 닫히자 재빨리 추기경에게 다가가 말했다. "그들이 만났습니다."

"누가?"

"그녀와 그가요."

"왕비와 공작이?" 리슐리외가 외쳤다. "어디서?"

"루브르궁에서 만났답니다."

"흠. 우리가 한발 늦었군. 하지만 이제 우리가 반격해야지."

"각하, 제 모든 영혼을 바쳐 각하를 돕겠습니다."

"그런데 그들이 얼마 동안이나 만났다고 하던가?"

"45분 정도랍니다."

"왕비와 동행한 사람은 없었고?"

"에스테파니아 부인만 따라갔다고 합니다."

"부인은 다시 돌아왔고?"

"네, 그런데 왕비가 자신의 고유번호가 새겨진 작은 장미목 상자를 들고 다시 방으로 갔답니다."

"그래서, 다시 돌아왔을 때도 그 상자를 들고 있었나?"

"아닙니다."

"그 상자 안에는 무엇이 들어있었나?"

"폐하께서 왕비께 선물한 다이아몬드 목걸이가 들어있었답니다."

"좋아, 좋아, 로슈포르! 아직 우리가 진 게 아니야. 어쩌면 더 잘된 일일지도 몰라. 슈브뢰즈 부인과 버킹엄 공작이 어디에 숨었는지 알고 있나?"

"모릅니다, 예하. 제 부하들도 아직 단서를 못 잡지 못하고 있습니다."

"난 이미 알고 있어. 아니 짐작 가는 데가 있지. 아마 한 사람은 보지라르가 25번지에, 다른 한 사람은 아르프가 75번지에 있을 거야."

"당장 찾아보겠습니다, 예하."

로슈포르가 급히 뛰어 나갔다.

혼자 남은 추기경은 한동안 생각에 잠기더니 세 번째로 종을 울렸다. 장교가 다시 들어왔다.

"그 죄수를 다시 데려오게." 추기경이 말했다.

보나시외가 다시 불려왔고 추기경이 손짓을 하자 장교는 물러갔다.

"자네가 나를 속였더군." 추기경이 엄하게 말했다.

"제가요? 제가 나리를요?" 보나시외가 소리쳤다.

"자네의 아내는 포목상에게 간 게 아니야. 슈브뢰즈 부인과 버킹엄 공작을 만나러 간 거였어."

"그래요. 나리님 말씀이 맞아요. 포목상이 그런 집에 산다는 게 이상하다고 아내에게 몇 번이나 말했었죠. 그때마다 집사람은 웃기만 했어요. 아! 그런데 예하!" 보나시외가 추기경의 발 아래 무릎을 꿇으며 말했다. "아, 나리께서 바로 그 위대한 추기경님이시군요. 온 세상이 존경하는 천재…."

"일어나게. 그대는 선량한 친구로군."

"추기경님이 친히 손을 잡아주시다니! 이토록 위대하신 분이 날 친구라고 불러주시다니!"

"그렇다네, 친구. 자네는 부당하게도 의심을 받았어. 그러니 보상을 받아야지. 자, 백 피스톨이 든 이 자루를 받고 나를 용서하게나."

"예하를 용서하라굽쇼?" 보나시외가 돈 자루 받기를 주저하며 말했다. "추기경님은 마음대로 저를 체포할 수도 고문할 수도, 아니면 교수형에 처할 수도 있는 분이십니다."

"아, 나의 친애하는 보나시외! 부디 이 자루를 받아주고 다음에 다시 만나세. 자네와 다시 만날 일이 있을 걸세."

"아, 추기경님."

"잘 가게, 보나시외."

추기경이 손으로 인사를 하자 보나시외는 머리가 땅에 닿도록 몸을 굽히고 뒷걸음질하여 나갔다.

"좋아, 나를 위해 목숨을 바칠 인간이 하나 늘었군." 추기경이 말했다.

보나시외가 물러난 뒤 그는 라 로셸의 지도를 주의 깊게 살피며 그 위에 연필로 줄을 그었다. 18개월 뒤 포위된 도시의 항구를 봉쇄하기 위해 저 유명한 제방이 만들어질 바로 그 지점이었다.

문이 열리고 로슈포르가 들어왔다.

"그래, 어찌되었나?" 추기경이 급하게 물었다.

"실제로 스물여섯에서 스물여덟 살 정도 된 여자와 서른다섯 살에서 마흔 살 정도 된 남자가 묵었답니다. 예하께서 말씀하신 그 집에서 한 사람은 나흘 동안, 다른 한 사람은 닷새 동안 머물렀다고 합니다. 그리고 여자는 밤에, 남자는 오늘 아침에 떠났다고 합니다.

"그자들이야!" 추기경이 소리쳤다.

"이제 어떻게 할까요? 분부를 내려 주십시오."

"절대로 이 일을 발설해선 안 돼. 우리가 비밀을 알아차린 걸 왕비가 절대 눈치 못 채도록 해야 해."

"그 보나시외란 자는 어떻게 하셨습니까?"

"내가 조치를 취해 놓았네. 자기 아내의 밀정으로 심어놓았지."

로슈포르 백작은 상전의 탁월한 지략에 경의를 표한 뒤 물러났다.

혼자 남은 추기경은 다시 책상 앞에 앉아 편지를 썼고 특별히 봉인을 한 다음 종을 울렸다. 장교가 네 번째로 다시 들어왔다.

"비트레를 오라고 하게." 그가 말했다. "당장 여행 떠날 준비를 하고 말이야."

잠시 후 추기경의 부름을 받은 남자가 장화에 박차까지 단 차림으로 대령했다.

"비트레." 추기경이 말했다. "빨리 런던으로 달려가게. 그리고 밀레디에게 이 편지를 전하도록 해. 여기 2백 피스톨짜리 어음이 있네. 내가 맡긴 일을 잘 처리하고 엿새 안으로 돌아온다면 2백 피스톨을 더 주겠네."

심부름꾼은 가타부타 대답도 없이 고개 숙여 인사하곤 편지와 2백 피스톨의 어음을 받아 떠났다.

추기경이 건넨 편지의 내용은 이랬다.

밀레디에게,

버킹엄 공작이 참석할 첫 번째 무도회를 찾으시오. 그의 윗옷에 12개의 다이아몬드가 박힌 목걸이가 있을 것이오. 그에게 접근해 그중 두 개를 빼내 오시오. 두 개의 다이아몬드를 빼내는 대로 내게 연락 주시오.

14. 법관과 무사

일련의 사건들이 있던 다음날, 아토스가 전혀 모습을 보이지 않았으므로 다르타냥과 포르토스는 트레빌 씨에게 그가 실종되었다고 보고했다.

트레빌 씨는 자신의 부하들에게 아버지와도 같은 존재였다. 아무리 별 볼 일 없고 눈에 띄지 않은 인물도 그의 부대 제복을 입은 것만으로 친형제처럼 도움을 청할 수 있었다. 트레빌은 곧장 범죄 담당 재판관을 찾아갔고 그에게 얻은 일련의 정보들을 통해 아토스가 포르-라베크에 갇혀있다는 것을 알아냈다.

그 시간 추기경은 루브르궁에서 왕을 만나고 있었다. 모두 알다시피 왕은 왕비에 대해 좋지 않은 감정을 가지고 있었다. 그런 감정의 가장 큰 이유 중 하나는 안 도트리슈 왕비가 슈브뢰즈 부인에게 깊은 신뢰를 가지고 있다는 사실이었다. 왕은 슈브뢰즈 부인이 왕비를 정치적 음모에 끌어들일 뿐 아니라 왕비의 사랑놀이에도 관여하고 있다고 확신했다. 그래서 투르로 추방되었던 슈브뢰즈 부인이 파리에 와서 경찰을 피해 다니며 닷새 동안이나 머물렀다는 추기경의 말에 왕은 진노했다. 추기경 자신이 이 음모의 결정적인 실마리를 풀기 위해 나섰고, 추방당한 여자를 찾아간 왕비의 밀사를 현행범으로 체포하려는 순간 한 총사가 검을 들고 나타나 임무를 수행하던 사법 집행관에게 덤벼들었다는 말을 덧붙이자 루이13세는 참을 수 없는 울분을 터뜨렸다.

바로 그때 트레빌이 들어왔다. 냉정하고 예의바른 태도에, 옷차림도 트집 잡을 만한 곳 하나 없이 깔끔했다.

"잘 오셨소. 트레빌 경." 왕이 말했다. "방금 경의 총사들에 대해 너무나 터무니없는 얘기를 들어서 말이오."

"아, 저는 폐하의 사법 집행관들에 대해 터무니없는 얘기를 들었습니다. 검찰관, 재판관, 경찰관들은 만인으로부터 존경받아야 함에도 무슨 원한이라도 있는 것처럼 구는군요. 제 총사 중 한 명을 모처에서 체포하여 포르-라베크에 처넣었다고 합니다. 제 총사, 아니 폐하의 총사는 바로 나무랄 데 없는 품행에 폐하께서도 총애해 마지않는 아토스입니다."

그러자 추기경은 왕에게 '제가 조금 전에 말씀드린 그 사건입니다.'라는 눈짓을 보냈다.

"다 알고 있소." 왕이 대답했다. "그게 다 우리를 위한 일이었소."

"그렇다면, 간수 두 명이 달라붙어 죄 없는 총사를 무슨 흉악범처럼 체포한 것도 폐하를 위한 일이겠군요…."

"트레빌 씨가 말씀드리지 않은 게 있군요, 폐하." 추기경이 끼어들었다. "그 죄 없는 총사가 바로 한 시간 전 아주 중요한 업무를 위해 제가 파견한 네 명의 조사관들에게 칼을 휘둘렀습니다."

"그게 정말인지 추기경께 입증해 달라고 말씀드리고 싶군요." 트레빌이 외쳤다. "왜냐하면 아토스는 한 시간 전 저의 집에 와서 저녁식사를 했고 마침 동석했던 라트레뮤 공작이며 샬뤼 백작과 저희 집 거실에서 얘기를 나누고 있었거든요."

왕이 추기경을 바라보았다.

"현장검증이 이루어진 집에는…." 추기경이 말을 이었다. "그 총사의 친구인 베아른 출신의 그자가 세 들어 살고 있는 것으로 알고 있습니다."

"예하께서는 다르타냥을 말씀하시는 건가요?"

"그렇소, 트레빌 씨. 당신이 보호하고 있는 그 젊은이를 말하는 거요."

"맞습니다, 예하, 바로 그 친구입니다. 하지만 다르타냥은 그날 저녁 저희 집에 있었지요."

"아, 그래요? 모든 사람이 그날 저녁 당신 집에 모여 있었군요."

"예하께서는 제 말을 의심하시는 겁니까?" 화가 나서 얼굴이 붉어진 트레빌이 물었다.

"아니오, 당치 않소! 한데 그 젊은이가 몇 시에 당신 집에 있었소?"

"그건 확실하게 말씀드릴 수 있습니다, 예하. 왜냐하면 그가 저의 집에 왔을 때 시계가 아홉 시 반을 가리키고 있는 걸 제가 확인했었거든요. 저는 시간이 그것밖에 안 돼서 꽤나 놀랐습니다."

"그가 당신 집을 떠난 건 몇 시였소?"

"열 시 반이었습니다. 그 사건이 일어난 지 한 시간 후이지요."

"하지만 실제로…." 트레빌의 말에서 진실성을 감지한 추기경은 잡았던 승리가 손에서 빠져나가는 것을 느끼며 말했다. "아토스는 포수아외르 거리에 있는 그의 집에서 붙잡혔소."

"친구의 집에 가는 게 금지되기라도 했습니까?"

"그럴 수도 있지. 그 친구의 집이 감시를 받고 있다면."

"그 집은 감시를 받고 있었소. 트레빌 경." 왕이 말했다. "경은 그 사실을 몰랐소?"

"전혀 몰랐습니다, 폐하. 그가 사는 집 전체가 의심을 받을 수는 있습니다. 하지만 다르타냥이 사는 곳까지 의심을 받는 건 부당합니다. 왜냐하면 폐하를 위해 그처럼 헌신적이고 그보다 더 추기경 각하를 존경하는 사람은 없기 때문입니다."

"언제가 쥐사크에게 상처를 입혔다던 그 다르타냥을 말하는 거요?" 왕이 실망으로 얼굴이 벌개진 추기경을 보며 물었다.

"맞습니다, 폐하. 저의 총사를 돌려주시던가, 아니면 재판에 넘기도록 명령을 내려 주십시오." 트레빌이 말했다.

"그가 지금 포르-레베크에 있단 말이지?" 왕이 물었다.

"예, 폐하. 더구나 그는 중죄인처럼 독방에 갇혀 있습니다."

"저런, 저런, 이걸 어쩐다?" 왕이 중얼거렸다.

"석방 명령서에 서명만 하시면 됩니다. 저도 폐하와 마찬가지로 트레빌 씨의 보증만 있으면 충분하다고 생각합니다만." 추기경이 말했다. 트레빌은 정중히 감사를 표했지만 그 인사에는 기쁨과 함께 일말의 우려가 숨어있었다. 추기경이 갑자기 이렇게 부드럽게 나오는 것보다 차라리 강하게 항의하는 편이 낫다고 생각했기 때문이다.

왕은 석방명령서에 서명했고 트레빌은 그것을 가지고 지체 없이 그의 총사가 갇혀있는 포르-레베크로 향했다.

하지만, 추기경이 이쯤으로 물러서지 않을 거라는 트레빌의 경계는 적중했다. 왜냐하면 총사 대장이 문을 닫고 나가자마자 추기경이 왕을 향해 이렇게 말했기 때문이다.

"이제 폐하와 단둘이 남았으니, 허락하신다면 폐하와 더 진지한 얘기를 나눠 보려 합니다. 버킹엄 경이 닷새 전부터 파리에 머무르다가 오늘 아침 떠났습니다."

이 몇 마디가 루이13세에게 어떤 영향을 주었을지는 아무도 상상하지 못할 것이다. 왕의 얼굴이 붉어졌다가 다시 창백하게 변했다. 추기경은 자신이 잃어버렸던 영역의 절반을 되찾았다는 걸 직감했다.

"버킹엄이 파리에 있었다고! 그가 무엇 때문에 왔다는 거요?" 왕이 외쳤다.

"우리의 적인 위그노들 그리고 스페인 사람들과 음모를 꾸미기 위해서였을 겁니다."

"아니, 천만에! 슈브뢰즈 부인과 함께 내 명예를 더럽히려는 음모를 꾸미러 온 거겠지."

"아, 폐하, 어찌 그런 생각을 하십니까? 너무나도 지혜로우신 왕비님은 폐하를 누구보다도 사랑하십니다."

"여인은 연약한 존재라오, 추기경. 나를 많이 사랑한다고 하지만 그 사랑에 대해서는 나도 나름대로의 견해를 갖고 있소."

"폐하, 왕비님께서는 저를 항상 적으로 여기십니다. 제가 폐하의 뜻을 거스르면서까지 늘 왕비님 편에 서 왔다는 걸 알아주시기 바랍니다. 하지만, 왕비님께서 폐하의 명예를 훼손하셨다면 그것은 얘기가 다릅니다. 만약 그렇다면 제가 먼저 나서서 폐하께 용서하지 말라고 간언드릴 것입니다. 하지만 다행히도 사실은 그렇지 않습니다. 왕비님께선 헌신적이고 순종적이며 나무랄 데 없는 배우자이십니다. 폐하께서 처음부터 실수하셨다면 그것은 왕비님을 의심하신 겁니다. 그러니 폐하께서 왕비님을 기쁘게 해드릴 뭔가를 베푸셔야 합니다."

"어떤 걸 말하는 거요?"

"무도회를 여십시오. 왕비님께서는 춤추는 것을 좋아하시지 않습니까?"

"하지만 추기경, 내가 그런 세속적인 유흥을 좋아하지 않는 걸 아시지 않소?"

"왕비님도 그걸 아시니까 더욱 폐하께 고마워하실 것입니다. 게다가 폐하께서 왕비님 생신에 선물하셨던 그 아름다운 다이아몬드 목걸이를 착용할 기회도 가지시게 될 겁니다. 아직 그 목걸이를 자랑할 기회조차 없지 않으셨습니까?"

이렇게 왕비와 화해할 것을 간청한 뒤 추기경은 깊이 머리 숙여 인사하고 물러갔다.

다음날 왕이 곁으로 다가와 화해의 제스처를 취하고 곧 파티를 열게 될 것이라고 말하자 안 왕비의 안색은 창백해졌다. 파티를 언제 열 것인가 물었지만 왕은 추기경과 의논해야 한다고 대답할 뿐이었다.

실제로 왕은 추기경에게 언제 무도회를 열어야 하냐고 여러 차례 물어보았다. 그럴 때마다 추기경은 이런저런 구실을 내세우며 정확한 날짜 정하길 피했다.

그렇게 열흘이 흘렀다.

어느 날 추기경은 런던에서 다음과 같이 적힌 편지를 받았다.

'그것을 입수했습니다. 하지만 돈이 없어 영국을 떠나지 못하고 있습니다. 제게 5백 피스톨을 보내주시면 받은 후 나흘이나 닷새 안에 파리에 도착할 수 있을 겁니다.'

추기경이 편지를 받던 날도 왕은 그에게 무도회 날짜를 물었다. 리슐리외는 손가락을 꼽으며 생각했다. '돈을 받으려면 사오 일은 걸릴 것이고 그 여자가 돌아오는 데도 사오 일이 걸린다면 다 합해서 열흘 걸리겠군. 역풍이 부는 계절이라는 것과 예기치 못한 일 그

리고 여자라는 약점을 모두 감안하면 열이틀이면 되겠어.'

"자, 추기경! 계산이 끝났소?" 왕이 물었다.

"네, 폐하! 오늘이 9월 20일이니, 시 행정관들에게 10월 3일에 축제를 열라고 명령하겠습니다. 그날이 가장 적합할 것 같습니다. 그때쯤이면 폐하께서 왕비님의 비위를 맞추려 한다는 인상은 주지 않을 테니까요." 그리고 추기경이 덧붙여 말했다. "그런데 폐하, 축제 전날 왕비님께 다이아몬드 목걸이가 얼마나 잘 어울리시는지 보고 싶다고 말씀하시는 걸 잊지 마십시오."

15. 연인과 남편

추기경이 다이아몬드 목걸이에 대해 언급한 것은 이번이 두 번째였다. 루이13세는 이런 집요한 요구에서 뭔가 낌새를 느꼈고 추기경이 목걸이를 강조하는 데에는 어떤 비밀이 숨어있을 거라고 짐작했다.

왕은 추기경이 경찰을 장악하고 거대한 정보력을 통해 자기 부부의 사생활에 대해 자신보다 더 잘 알고 있는 것에 모욕감을 느끼고 있었다. 왕은 안 왕비와 대화를 통해 뭔가 단서를 잡을 수 있고, 그래서 추기경이 알거나 모르는 왕비의 비밀을 알아내면 추기경에 눌려있는 자신의 위상을 회복할 수 있을 거라 생각했다.

그래서 왕은 왕비를 찾아갔고, 늘 하던 대로 왕비의 측근들을 비난하는 방식으로 왕비와의 대화를 시도했다. 안 왕비는 왕의 말도 안 되는 협박에 아랑곳 않고 외쳤다. "하지만 폐하, 저는 폐하께서 무슨 말씀을 하시려는지 하나도 모르겠습니다."

"왕비, 머지않아 시청에서 무도회가 열리게 될 것이오. 내 용감한 신하들에게 경의를 표하는 의미로 성대한 예복을 입고 오셨으면 좋겠소. 특히 내가 선물한 다이아몬드 목걸이로 장식을 했으면 하오. 이게 나의 대답이오."

왕의 대답은 무서웠다. 안 왕비는 루이13세가 모든 것을 알고 있다고 믿었다. 왕비는 새파랗게 질린 얼굴로 왕을 바라보며 "네, 폐하!"라고 더듬거리며 대답할 수밖에 없었다.

"무도회에 참석하겠다고 약속하는 거지요?"

"예"

"목걸이도 착용하고?"

"네." 왕비의 얼굴은 더없이 창백해졌다. 왕은 그것을 알아차렸고 그의 나쁜 성격 중 하나인 냉혹함과 잔인함으로 그것을 즐기고 있었다.

"무도회는 언제 열리나요?" 왕비가 물었다.

"곧 열릴 거요, 부인. 정확한 날짜는 기억이 잘 안 나지만 추기경에게 물어보겠소."

"이 무도회를 열도록 건의한 사람이 추기경이군요?"

"그렇소, 부인."

"제가 목걸이를 걸고 그 무도회에 오도록 폐하께 말씀드린 것도 추기경이구요?"

"그렇소, 부인…. 하지만 누가 했건 무슨 상관이오? 어쨌든 무도회에는 참석할 거지요?"

"네, 폐하."

"좋아요. 내 기대하고 있겠소." 왕이 자리를 뜨며 말했다.

왕은 기뻐하면서 나갔다.

"이제 끝장이야." 왕비가 중얼거렸다. "정말이지 끝장이야. 추기경이 모든 것을 알고 있어. 아직 아무것도 모르는 폐하를 그자가 부추기고 있는 거야. 하지만 폐하도 곧 모든 걸 알게 되겠지? 정말 난 끝장이야!" 자신을 압박하는 불행 앞에서 모든 걸 포기한 왕비가 흐느껴 울기 시작했다.

"제가 왕비님을 도와드려도 될까요?" 어디선가 부드러운 목소리가 들렸다.

왕비는 재빨리 뒤돌아보았다. 목소리로 보아 그녀의 편이 틀림없다고 생각했다.

왕비의 방으로 통하는 문 앞에 나타난 건 다름 아닌 보나시외 부인이었다.

"이곳에 배신자들이 있는 건 분명한 사실이에요." 보나시외 부인이 말했다. "하지만 맹세컨대 전 누구보다도 왕비님께 헌신할 각오가 되어 있습니다. 폐하께서 말씀하신 그 목걸이를 버킹엄 공작에게 주셨지요? 그렇다면 그것을 다시 찾아와야 해요."

"그래, 그래야만 해." 왕비가 외쳤다. "하지만 무슨 수로 어떻게 찾아올 수 있지?"

"누군가를 공작님께 보내셔야 합니다."

"하지만 누구를? 누구를 보내지?… 믿음을 줄 만한 사람이 누가 있을까?"

"왕비님, 저를 믿으세요. 감히 제가 그 일을 맡게 되는 영광을 베풀어 주세요. 제가 심부름꾼을 찾아내겠습니다."

"하지만 내 편지가 필요할 거야!"

"아, 그래요. 꼭 필요하죠. 왕비님께서 짧게 몇 마디 쓰고 봉인만 찍으시면 돼요."

"하지만 그 몇 마디의 편지는 내 죄를 묻는 족쇄가 될 거야."

"그래요. 편지가 적들의 손에 들어간다면 그럴 수도 있겠죠. 하지만 편지가 올바로 전달될 거라 확신합니다.

감동한 왕비는 젊은 여인의 손을 잡고 마음속까지 읽으려는 듯 그녀를 바라보았다. 그녀의 아름다운 눈에서 진실을 발견한 왕비가 그녀를 부드럽게 껴안았다.

"그렇게 하도록 해." 왕비가 외쳤다. "네가 내 목숨을 구해주는구나!"

"아, 과분한 말씀이세요. 왕비님을 위해 일하는 것이 제게는 기쁨이니까요. 왕비님 빨리 편지를 써 주세요. 시간이 없어요."

왕비가 급히 작은 테이블로 갔다. 그리고 두 줄 가량 편지를 쓴 뒤 편지를 봉인하여 보나시외 부인에게 주었다.

보나시외 부인은 왕비의 손에 입을 맞춘 후에 편지를 웃옷에 감추고 한 마리 새처럼 사라졌다.

보나시외 부인이 집에 돌아와 혼자 있을 때 천장 두드리는 소리가 났다. 고개를 들어 보니 널빤지를 사이에 두고 누군가 외치는 소리가 들렸다.

"보나시외 부인, 골목으로 나 있는 작은 문을 좀 열어 주세요. 제가 당신 있는 곳으로 내려가겠습니다."

"그동안 우리 집 일들을 모두 염탐했군요! 그래 무얼 알아내셨나요?"

"많은 것을요. 먼저 여왕님을 위해 런던으로 떠날 용감하고 똑똑하고 헌신적인 사람을 찾고 있다는 걸 알았죠. 제가 당신이 원하는 조건 중 두세 가지는 가지고 있다고 생각해서 온 겁니다."

보나시외 부인은 아무 대답도 하지 않았다. 하지만 그녀의 가슴은 기쁨으로 뛰었고 남모르는 희망이 눈에서 빛나고 있었다.

"이 임무를 당신에게 맡기려면 믿음이 필요한데 그걸 무엇으로 보증하실 거죠?" 그녀가 물었다.

"당신을 향한 제 사랑으로요."

보나시외 부인은 젊은 남자를 쳐다봤다. 그녀는 그의 눈동자에서 열의를 발견하고 믿어도 좋겠다고 느꼈다. 그녀는 마침내 무시무시한 비밀을 그에게 털어놓았다. 다르타냥은 우연히도 그 비밀의 일부와 마주친 적이 있었다. 이것으로 두 사람은 서로 사랑을 고백한 것과 마찬가지가 되었다.

다르타냥은 기쁨과 함께 우쭐한 기분에 힘이 솟았다. 그가 간직하게 된 비밀, 사랑하는 여인, 믿음과 사랑이 그를 거인으로 만들었다.

"지금 당장 떠나겠어요." 그가 말했다.

"어떻게 떠나시려고요?" 보나시외 부인이 소리쳤다. "근위대는 요? 대장님은 어쩌고요?"

"머릿속이 온통 당신 생각뿐이라 잊을 뻔했군요. 사랑하는 콩스 탕스, 오늘 저녁 트레빌 씨를 뵙고 그분의 처남인 에사르 씨에게 부탁해 특별휴가를 내겠어요."

"하지만, 또 다른 문제가 있어요. 아마 돈이 없을 텐데요?"

"아마도가 아니라 확실히 없습니다." 다르타냥이 웃으며 말했다.

"그럼, 여기." 보나시외 부인이 옷장을 열어 그녀의 남편이 그토록 소중하게 어루만졌던 돈 보따리를 꺼냈다. "이것을 가져가세요."

"추기경의 돈이군요!" 다르타냥이 웃음을 터뜨리며 소리쳤다. "세상에, 추기경의 돈으로 왕비님을 구한다니! 정말 두 배로 신나는 일이네요."

"쉿!" 보나시외 갑자기 부인이 몸을 떨면서 말했다.

"밖에서 무슨 소리가 들려요."

"이 목소리는…."

"제 남편이에요."

"그렇군요. 여기서 나가야 해요."

"나가다니, 어떻게요? 우리가 나가면 남편이 우리를 보게 될 텐데요."

"제 방으로 바로 올라가시면 됩니다."

"그럼 빨리 가세요." 보나시외 부인이 말했다. "전 당신을 믿어요."

두 사람은 그림자처럼 골목으로 빠져나와 소리 내지 않고 계단을 통해 다르타냥의 방으로 올라갔다. 방에 도착한 다르타냥은 안전을 기하기 위해 문 앞을 가구로 막았다. 두 사람은 창틈으로 보나시외가 망토를 걸친 사내와 이야기를 나누는 모습을 내려다보았다. 망토를 걸친 사내를 본 다르타냥이 갑자기 펄쩍 뛰어오르더니 칼을 반쯤 빼어들고 문 쪽으로 뛰어갔다.

망토를 걸친 사내는 바로 묑에서 만난 그자였다.

"어쩌시려고요?" 보나시외 부인이 소리쳤다. "그러면 우리 모두 끝장이에요."

"하지만 저는 저놈을 죽이겠다고 맹세했어요."

"왕비님의 이름으로, 당신이 이번 여행 외의 다른 어떤 위험에 뛰어드는 것도 금지합니다."

다르타냥은 결국 포기하고 다시 창가로 갔다.

보나시외는 문을 열어 집이 비어있는 걸 확인하고는 망토를 걸친 사내에게 돌아와 말했다.

"집사람은 나갔습니다. 루브르궁에 들어갔을 겁니다."

"당신이 무슨 일로 외출했었는지 알아채지 못했겠지?"

"그럼요." 보나시외가 자신 있게 대답했다. "생각이 무척 짧은 여자거든요."

"그 근위대 수습대원이란 자는 집에 있나?"

"없는 것 같은데요. 방의 덧창이 닫혀 있잖아요."

"그래도 확인해 보게. 어서."

보나시외가 다르타냥의 방이 있는 층계참으로 올라가 문을 두드렸다. 보나시외의 손이 방문을 두드리는 순간 두 젊은 남녀는 가슴이 콩닥콩닥 뛰는 게 느껴졌다.

"방엔 아무도 없습니다." 보나시외가 말했다.

"아무튼 자네 집으로 들어가세. 문 앞에서 얘기하는 것보단 그게 안전할 거야."

"저런!" 보나시외 부인이 중얼거렸다. "이젠 아무 얘기도 들을 수 없겠어요."

"그렇지 않죠." 다르타냥이 말했다. "우린 훨씬 더 잘 들을 수 있어요."

다르타냥이 바닥의 타일 서너 개를 거둬내더니 그 위에 깔개를 깔았다. 그리고 무릎을 꿇은 뒤 보나시외 부인에게도 자기처럼 하라고 손짓했다.

"아무도 없는 거 확실하지?" 망토를 걸친 사내가 물었다.

"그렇습니다." 보나시외가 말했다.

"당신 말곤 아무에게도 얘기하지 않았겠지?"

"확실합니다."

"이건 정말 중요한 일이야. 무슨 뜻인지 알겠나?"

"그러니까 제가 드린 정보가 엄청난 가치가 있다는 얘기지요?"

"엄청난 가치가 있지, 보나시외. 부인하진 않겠네."

"추기경님도 제가 한 일을 기뻐하시겠죠?"

"배신자!" 보나시외 부인이 중얼거렸다.

"하지만…." 망토 걸친 사내가 말했다. "자네는 시늉으로라도 그 임무를 맡겠다고 말했어야 했어. 맡는 척이라도 했으면 그 편지는 지금 자네 손에 있었을 텐데 말이야. 그러면 위험에 빠진 국가도 구해내고 자네는…."

"저는요?"

"추기경님으로부터 귀족 칭호도 받았겠지."

"추기경께서 그런 말씀을 하시던가요?"

"그럼, 추기경님은 자네에게 깜짝 선물을 주고 싶어 하셨어."

"걱정 마십시오." 보나시외가 말했다. "아직 시간이 있어요. 제 아내는 저를 무척이나 사랑하거든요. "

"멍청이 같으니라고!" 보나시외 부인이 중얼거렸다.

"당장 루브르로 달려가겠어요." 보나시외가 말했다. "집사람을 불러내서, 다시 생각해 보니 그 일을 맡을 수 있을 것 같다 말하고 편지를 얻어내 추기경님께 달려가겠어요."

"좋아, 빨리 가 보게!"

망토 걸친 사내가 밖으로 나갔다.

"저, 뻔뻔스런 인간!" 보나시외 부인이 소리쳤다.

이제 당신이 나설 차례에요." 보나시외 부인이 말했다. "용기를 가지고, 무엇보다 신중해야 해요. 왕비님을 위한 일이라는 걸 잊지 마세요."

"왕비님과 당신을 위하여!" 다르타냥이 외쳤다. "걱정 말아요, 아름다운 콩스탕스. 당신이 왕비님으로부터 감사의 인사를 받도록 만들어 줄게요. 그렇게 하면 내가 당신의 사랑을 얻을 수 있을까요?"

젊은 여인은 볼이 빨개지는 것으로 대답을 대신했다. 잠시 후 다르타냥은 긴 칼집에 걸려 끝자락이 불룩 솟아오른 커다란 망토를 걸치고 집을 나섰다.

16. 여행

다르타냥은 곧장 트레빌 씨 집으로 갔다. 잠시 후면 추기경도 미지의 사내로부터 보고를 받을 테니 지체할 시간이 없다고 생각했다.

트레빌 씨는 늘 찾아오는 귀족 손님들과 거실에 있었다. 다르타냥은 곧장 그의 집무실로 들어가 급히 보고할 사항이 있다고 알렸다.

"내게 할 얘기가 있다고?" 트레빌이 물었다.

"예, 대장님. 방해를 드려 죄송합니다만, 이게 얼마나 중요한 일인지 아시면 저를 용서해 주실 겁니다."

"그래, 어서 말해 보게."

"왕비님의 명예는 물론 그분의 목숨까지도 걸린 문제입니다. 제가 우연히 비밀을 알게 되었는데…."

"그런 비밀이라면 자네 목숨을 위해 지키는 게 좋지 않을까?"

"하지만 대장님께 말씀드려야만 합니다. 대장님만이 제가 왕비님으로부터 받은 임무를 수행하는 데 도움을 주실 수 있으니까요."

"그럼 비밀은 지키고 자네가 원하는 것만 말해 보게."

"에사르 대장님께 말씀드려 제게 15일의 휴가를 주십시오."

"언제부터?"

"지금 당장 임무를 수행해야 합니다."

"어디로 가는지 말해 줄 수 있겠나?"

"런던으로 가야 합니다."

"자네가 그 임무를 수행하지 못할 때 이득을 볼 사람은?"

"추기경이지요. 아마 추기경은 제 임무가 성공하지 못하도록 온 갖 수단을 써서 방해할 겁니다."

"자네 혼자 떠나나?"

"혼자 떠납니다."

"돈은 있고?"

다르타냥은 주머니에 있는 돈 자루를 소리 나게 흔들어 보였다.

"삼백 피스톨이 있습니다."

"좋아, 그 돈이면 세상 끝까지도 갈 수 있겠군. 어서 떠나게."

다르타냥은 손을 내민 트레빌에게 먼저 인사를 한 뒤 감사하는 마음으로 그의 손을 잡았다. 파리에 온 뒤부터 이 충직하고 고결한 인물에게 존경 외에는 다른 마음을 가져본 적이 없었다.

새벽 두 시, 우리의 모험가는 생-드니 문을 통과하여 파리를 벗어났다. 완전무장을 한 플랑셰가 그를 따랐다.

자정쯤 되어 그들은 아미앵이 도착했고 말에서 내려 '리스도르' 라는 여관에 묵었다.

다음날 다르타냥과 플랑셰는 더욱 맹렬히 박차를 가하여 단숨에 생토메르에 도착했고, 그곳에서 잠시 말들을 쉬게 할 겸 길거리에서 가벼운 식사를 한 뒤 다시 출발했다.

하지만 칼레 성문에서 백 걸음도 떨어지지 않은 곳에 이르렀을 때 다르타냥의 말은 쓰러지고 말았다. 말의 코와 눈에서 피가 쏟아졌다. 플랑셰의 말이 있긴 했지만 이 말도 한번 걸음을 멈춘 뒤에는 다시 움직이려 하지 않았다.

할 수 없이 두 사람은 말을 길거리에 버려두고 항구까지 뛰어갔다. 쉰 걸음쯤 앞에 방금 하인과 함께 도착한 귀족이 하나 있다고 플랑셰가 귀띔해주었다.

두 사람은 몹시 분주해 보이는 귀족에게 다가갔다. 먼지투성이의 장화를 신은 그 귀족은 지금 당장 런던으로 갈 수 있느냐고 뱃사람에게 물어보고 있었다.

"그보다 쉬운 일어 어디 있겠습니까?" 언제든 돛을 올릴 준비가 된 배 주인이 말했다. "하지만 오늘 아침 추기경의 특별 허가증을 가지지 않은 사람은 태우지 말라는 명령이 내려졌습죠."

"자 여기 그 허가증이 있소." 귀족이 주머니에서 종이 한 장을 꺼냈다.

"그렇다면 항만 감독관의 도장을 받아서 제 배로 돌아오시면 됩니다." 배 주인이 말했다.

"관리인은 어디 있소?"

"사무실에 있습니다. 마을에서 한 1킬로미터쯤 떨어진 곳인데

여기서도 보입니다. 저기 작은 언덕 밑에 청석돌 지붕이 보이시
죠?"

"알았소!" 귀족이 말하고는 하인과 함께 관리인 사무실로 향했다.
다르타냥과 플랑셰가 귀족의 뒤를 쫓아갔다.

그들이 마을을 벗어나자 다르타냥은 걸음을 빨리하여 귀족이 작
은 숲으로 들어서려는 순간 그를 불러 세웠다.

"저기, 굉장히 바쁘신가 보군요." 다르타냥이 귀족에게 말을 걸
었다.

"말할 수 없이 바쁘오. 마흔네 시간 동안 이백 킬로미터 넘게 달
려왔고 내일 정오까지 런던에 도착해야 하니까요."

"저도 같은 길을 마흔네 시간 동안 달려왔습니다. 그리고 내일
아침 10시까지 런던에 도착해야 하죠. 혹시 제가 먼저 가면 안 될
까요?"

"안됐지만, 내가 먼저 왔으니 뒤에 갈 수는 없소."

"안됐지만, 제가 뒤에 오긴 했지만 먼저 가야겠는데요."

"이건 국왕 폐하를 위한 일이오!" 귀족이 말했다.

"이건 나 자신을 위한 일이지요!" 다르타냥이 말했다.

"대체 원하는 게 뭐지?"

"아, 일단 당신이 가지고 있는 허가증이지요. 그게 꼭 필요하거
든요."

"농담이 과하군."

"절대 농담이 아닙니다."

"이봐 용감한 젊은이. 머리가 박살나고 싶은 모양이군. 뤼뱅! 내 권총을 가져와."

"플랑셰," 다르타냥이 말했다. "넌 저 하인을 맡아. 내가 주인을 맡을 테니."

플랑셰가 뤼뱅이라 불린 하인에게 달려들었다. 플랑셰가 워낙 맹렬하게 덤벼든 탓에 곧 상대를 땅에 눕히고 무릎으로 가슴을 눌러 제압할 수 있었다.

"이제 주인님 차례예요." 플랑셰가 말했다.

이 광경을 본 귀족이 칼을 빼어들고 다르타냥에게 덤벼들었다. 하지만 상대를 잘못 골랐다. 3초도 되지 않아 다르타냥은 세 번이나 상대를 칼로 찔렀고 마지막 세 번째 칼에 귀족은 쓰러지고 말았다.

이미 통행 허가증을 넣어둔 주머니를 확인해둔 다르타냥이 그것을 뒤져 찾아냈다. 허가증엔 바르드 백작이란 이름이 적혀 있었다. 그 순간 신음 소리를 내던 뤼뱅이 도와달라고 소리를 질렀다. 플랑셰가 그의 목을 손으로 눌러댔다.

"기다려!" 다르타냥이 말했다.

그리곤 손수건을 꺼내 뤼뱅의 입에 재갈을 물렸다.

"놈을 나무에 묶어두죠." 플랑셰가 말했다.

일은 신속하게 진행되었고, 두 사람은 바르드 백작을 하인 옆에 끌어다 놓았다. 어둠이 내리고 있었다. 묶인 사람과 부상당한 사람은 아침까지 숲속에 있어야 할 터였다.

"이제 감독관실로 가자!" 다르타냥이 말했다.

사무실에 도착한 다르타냥이 바르드 백작의 이름을 댔다.

"추기경님이 서명한 허가증을 가지고 계신가요?" 감독관이 물었다.

"물론이지. 여기 있소." 다르타냥이 말했다.

"추천서까지 곁들인 정식 허가증이군요. 예하께서 영국으로 건너가려는 누군가를 막으시려는 모양입니다."

"다르타냥이라는 자일 거요."

"그 자를 아시나요?" 감독관이 물었다.

"아주 잘 알지요."

"그렇다면 그의 인상착도 말해줄 수 있겠군요."

"어렵지 않지."

다르타냥은 바르드 백작의 모습을 자세히 알려주었다.

감독관은 다르타냥이 준 정보에 기뻐하며 통행 허가증에 도장을 찍어서 돌려주었다.

밖으로 나온 다르타냥과 플랑셰는 항구가 있는 쪽으로 걸음을 재촉했다.

배 주인은 이미 출항할 채비를 갖추고 있었다.

"일은 잘 됐습니까?" 다르타냥을 알아본 배 주인이 물었다.

"여기 도장 받은 허가증이오." 다르타냥이 말했다.

"다른 일행은 어떻게 됐나요?"

"그들은 오늘 떠나지 않을 거요. 하지만 걱정 마시오. 제가 두 사람 몫의 통행료를 치를 테니." 다르타냥이 말했다.

"그럼 떠나시지요." 배 주인이 말했다.

바다로 조금 나아갔을 즈음 다르타냥은 번득이는 섬광과 함께 폭음 소리를 들었다. 항구의 봉쇄를 알리는 대포 소리였다.

너무 피곤했던 다르타냥은 사람들이 갑판에 펼쳐놓은 매트 위에 쓰러져 그대로 잠이 들었다.

다음닐 오진 10시쯤 배는 도브 항에 닻을 내렸다.

하지만 그게 끝이 아니었다. 그는 다시 런던까지 가야 했다. 다르타냥과 플랑셰는 각자 조랑말을 집어타고 잘 닦인 영국의 도로를 달렸다. 네 시간이 지난 뒤 그들은 수도의 성문 앞에 도달했다.

다르타냥은 영어를 할 줄 몰랐다. 하지만 버킹엄이라는 이름을 종이에 써보이자 사람들은 공작의 저택을 알려주었다.

때마침 공작은 영국 왕과 윈저에서 사냥을 하기로 되어 있었다. 다르타냥은 프랑스어를 할 줄 아는 공작의 시종에게 무척 급한 일로 파리에서 왔으며 지금 당장 주인을 만나야겠다고 말했다.

다르타냥의 믿음직스런 태도와 말투에 공작의 시종인 패트릭은 말 두 마리를 대령하여 직접 젊은이를 안내했다.

그들은 성에 도착했다. 사람들은 왕과 버킹엄이 늪으로 새 사냥을 나갔다는 사실을 알려주었다. 20분 후 다르타냥 일행은 그들이 알려준 늪에 도착했다.

"공작님께 누구라고 전할까요?" 패트릭이 물었다.

"언젠가 저녁때 퐁 뇌프 다리 위에서 공작님께 시비를 걸었던 청년이라고 말해 주십시오."

패트릭은 말을 달려 공작에게로 가 그대로 말을 전하고 지금 그가 밖에서 기다리고 있다고 말했다.

프랑스에서 무슨 일이 일어난 거라 생각한 버킹엄은 지체 없이 말을 달려 다르타냥을 보러 왔다.

"왕비님께 무슨 불길한 일이라도 생긴 건가?" 버킹엄이 왕비에 대한 염려와 사랑이 담긴 어조로 물었다.

"그런 건 아니지만 왕비님께서 큰 위험에 빠지신 듯합니다. 왕비님을 위험에서 구해줄 분은 공작님뿐입니다."

"내가 어떻게 해야 하지? 왕비님께 도움을 드릴 수만 있다면 그보다 기쁜 일이 어디 있겠나! 어서 말해 보게!"

"이 편지를 받으십시오." 다르타냥이 말했다.

"누가 보낸 건가?"

"왕비님께서 보내신 것 같습니다."

"왕비님께서?" 버킹엄의 얼굴이 너무나 창백해서 다르타냥은 그가 어떻게 되는 게 아닐까 걱정할 정도였다.

버킹엄이 봉인을 뜯었다.

"아! 이게 무슨 일이람!" 공작이 소리쳤다. "패트릭, 여기 있게. 아니 그보다는 왕께로 가서 용서를 빈다고 전해드리게. 너무나 중요한 일이 생겨서 런던으로 급히 가 봐야 한다고 말이야."

이렇게 두 사람은 다시 영국의 수도를 향해 말을 달렸다.

17. 윈터 백작부인

　런던으로 가면서 공작은 다르타냥이 알고 있는 한에서 사건의 전모를 들을 수 있었다. 다르타냥의 설명에 자신의 기억을 보태 공작은 비교적 정확하게 상황을 짐작할 수 있었다. 왕비의 편지 내용은 너무 짧았고 설명도 자세하지 않았지만 그것만으로도 왕비가 얼마나 심각한 처지에 놓여있는지 알 수 있었다.

　버킹엄은 저택 뜰에 들어서자마자 말에서 뛰어내리더니 고삐를 내던지고 현관으로 달려갔다. 공작이 어찌나 급하게 달려갔는지 다르타냥은 그를 따라가느라 애를 먹어야 했다.

　공작은 프랑스에서 가장 지체 높은 귀족도 상상하기 힘들 만치 우아한 객실을 몇 개 지나 마침내 고상한 취향과 화려함이 더없이 조화를 이룬 침실로 들어갔다. 침실 안쪽에는 휘장으로 가려진 문이 하나 있었다. 공작은 목걸이에 매달린 작은 금 열쇠로 그 문을 열었다.

"이리 오게. 자네가 운이 좋아 왕비님을 다시 뵐 수 있다면 여기서 보았던 것을 빠짐없이 말씀 드리게."

공작의 환대에 용기를 얻은 다르타냥이 그를 따라 방으로 들어갔다. 두 사람이 들어간 곳은 작은 예배실이었다. 페르시아 비단과 금으로 수를 놓은 장식이 사방 벽을 두르고 있었고 방 안엔 수많은 촛불이 밝혀져 있었다. 하얀색과 붉은색 깃털로 장식한 푸른색 벨벳 닫집 아래로 일종의 제단 같은 것이 갖춰져 있었고 그 위에는 안 왕비의 전신 초상화가 놓여 있었다. 초상화가 어찌나 실물과 똑같던지 다르타냥은 놀라 탄성을 질렀다. 왕비가 금세 말이라도 걸어올 것만 같았다.

제단의 초상화 밑엔 작은 상자 하나가 놓여 있었다. 다이아몬드 목걸이가 들어있는 상자였다. 공작은 제단으로 다가가더니 사제가 그리스도 앞에 무릎을 꿇듯 경건하게 무릎을 꿇고 상자를 열었다.

그리고는 상자에서 반짝이는 다이아몬드가 박혀 있는 커다란 푸른색 리본을 꺼냈다.

"여기 있네. 이것이 바로 내가 무덤까지 가져가겠다고 맹세한 목걸이야. 왕비님이 주셨는데, 이제 다시 가져가려 하시는군. 하지만 왕비님의 뜻이라면 하느님의 뜻처럼 받들어야겠지."

공작은 작별이 아쉬운 듯 목걸이에 달린 다이아몬드에 하나씩 차례로 입을 맞추었다. 그런데, 그 순간 그가 갑자기 고함을 질렀다.

"무슨 일이신지요, 각하?" 다르타냥이 걱정스럽게 물었다.

"없어졌어." 버킹엄이 외쳤다. "다이아몬드 두 개가 사라졌어. 열

개밖에 없어. 누군가 훔쳐갔어. 추기경의 짓이야. 이걸 보게. 다이아
몬드가 달려있던 리본이 가위로 잘렸잖아."

"누가 훔쳐갔는지 짐작 가는 사람이라도…."

"잠깐, 잠깐! 내가 이 목걸이를 착용한 건 일주일 전 윈저 궁에서
열린 국왕 폐하의 무도회 때였어. 윈터 백작부인이 내게 접근했었
지. 그날 이후로 그 여자를 보지 못했어. 그 여자가 추기경의 앞잡
이인 게 분명해."

"추기경은 세계 어느 곳에나 앞잡이를 두고 있군요!" 다르타냥
이 외쳤다.

"그래! 정말 무서운 사람이지. 그나저나 무도회는 언제 열리기로
되어 있지?" 버킹엄이 이를 악물면서 말했다.

"다음 주 월요일입니다."

"다음 주 월요일이라고? 아직 닷새가 남았군." 공작이 예배실 문
을 열면서 외쳤다. "패트릭! 내 보석상과 비서를 불러 오게."

하인은 아무 말 없이 재빨리 물러났다. 주인 말에 대꾸 없이 맹
목적으로 따르는 습관이 몸에 밴 듯했다. 곧 비서가 나타났다. 그가
들어왔을 때 버킹엄은 친필 편지를 작성하고 있었다.

"잭슨," 공작이 비서에게 말했다. "지금 당장 대법관에게 달려가
이 명령을 집행하라고 하게. 당장 시행되어야 할 것이야."

"하지만, 각하. 비상조치를 취하게 된 이유를 대법관이 물으시면
뭐라고 대답하죠?"

"그냥 내 뜻이라고 전하게."

"하지만 국왕 폐하께도 전달될 텐데…. 영국의 모든 항구에서 한 척의 배도 출항할 수 없게 된 이유를 폐하께서도 궁금해 하지 않을 까요?"

"폐하께서 물으시면 내가 전쟁을 결심했고, 프랑스에 선제 도발 을 하는 거라고 설명해드리게."

비서는 인사를 하고 나갔다.

"이제 그쪽은 안심해도 돼." 버킹엄이 말했다. "목걸이가 이미 프 랑스로 떠나지 않았다면 자네보다 먼저 도착하는 일은 없을 거야."

"어떻게 그럴 수 있죠?"

"영국 항구에 정박해 있는 모든 배에 대해 출항 금지령을 내렸으 니까."

다르타냥은 공작이 자신의 사랑을 위해 무제한의 권력을 사용하 는 것을 보고 아연한 눈으로 그를 바라보았다. 국가의 운명과 사람 의 목숨이 때로 얼마나 약하고 가는 실에 매달려 있는가를 새삼 깨 달을 수 있었다.

보석세공사가 들어왔다. 이 분야 최고의 기술을 가진 아일랜드 인으로, 버킹엄 공작에게서만 한 해 10만 리브르를 번다고 자랑하 는 인물이었다.

"오레일리." 공작이 말했다. "이 목걸이를 보고 다이아몬드 한 개 값이 얼마나 될지 말해 주게."

"하나에 천오백 피스톨입니다. 각하." 세공사가 대답했다.

"이것과 똑같은 것을 두 개 만들려면 며칠이나 걸릴까? 보다시

피 두 개가 없어졌어."

"팔 일 정도 걸립니다. 각하."

"하나에 삼천 피스톨 줄 테니 모레까지 만들어 주게."

"네. 그렇게 하겠습니다."

"자네는 소중한 사람이네. 하지만 이게 다가 아니야. 이 목걸이는 다른 사람 손에 들어가면 안 되는 물건이니 내 집 안에서 작업해야 하네."

"그건 불가능 합니다, 각하. 원래의 다이아몬드와 구별할 수 없을 만큼 똑같은 것을 만들 수 있는 사람은 저 밖에 없습니다."

"그러니까 자네는 이제 내 포로일세, 오레일리. 필요한 조수들의 이름과 그들이 가져와야 할 연장도 말해주게."

공작을 너무나 잘 아는 세공사는 무슨 말을 해도 소용없다는 걸 알고 바로 결정을 내렸다.

버킹엄은 세공사를 위해 마련한 방으로 그를 데려갔다. 30분 뒤에는 이 방이 작업실로 바뀌었다.

사흘 뒤 열한 시경 다이아몬드 두 개가 완성되었다. 원래의 다이아몬드를 너무나 완벽하게 복제해서 버킹엄도 예전 것과 새로 만들어진 것을 전혀 분간할 수 없었다.

공작은 즉시 다르타냥을 불렀다.

"여기 자네가 가지러 온 다이아몬드 목걸이가 있네. 사람의 힘으로 할 수 있는 일은 내가 다 했다는 걸 꼭 말씀드려 주게나."

"염려 마십시오. 제가 본 그대로 전하겠습니다."

"자, 이제 자네에게 어떤 보답을 하면 될까?"

"공작님, 저는 프랑스의 국왕 폐하와 왕비님을 섬기고 있습니다. 저는 왕비님을 위해 일했을 뿐 각하를 위해 일한 것이 아닙니다."

"항구로 가서 '선드호'라는 범선을 찾거든 선장에게 이 편지를 전해 주게. 그러면 선장이 조그만 항구로 데려다줄 걸세. 평소에 고기잡이배 몇 척밖에 드나들지 않는 항구여서 자네가 그곳에 나타나리라고는 아무도 예상하지 못할 거야. 거기에 도착하면 허름한 여관으로 들어가게. 하나밖에 없는 여관이니 헤맬 일은 없을 거야. 그런 다음 여관 주인에게 '포워드'라고 말하게."

"그게 무슨 뜻입니까?"

"'앞으로'라는 뜻이지. 암호라네. 그러면 주인이 안장 없는 말을 내주고 자네가 가야 할 길을 알려줄 거야. 파리까지 가는 동안 그런 역참을 네 군데 만나게 될 걸세."

다르타냥은 공작에게 절을 하고 서둘러 항구로 떠났다. 런던탑 맞은편에서 그는 공작이 말한 배를 발견했다. 편지를 건네주자 선장은 당장 출항 준비를 했다.

쉰 척이나 되는 배들이 출항을 기다리고 있었다.

배 하나하나를 지나쳐 가던 다르타냥이 묑에서 만났던 여자를 알아보았다. 미지의 귀족이 '밀레디'라고 불렀던, 다르타냥이 무척이나 아름답다고 생각했던 바로 그 여자였다. 하지만 강의 물살과 순풍 덕분에 배의 속도가 너무 빨라서 그 모든 것은 순식간에 시야에서 사라져 버렸다.

이튿날 아침 아홉 시경에 배는 해협을 건너 프랑스 땅에 도착했다. 다르타냥은 곧장 여관을 찾아갔고 여관 주인에게 다가가서 '포워드'라고 말했다. 주인은 그에게 따라오라고 손짓하더니 마구간으로 데려갔다. 거기엔 모든 준비를 갖춘 말이 기다리고 있었다.

　같은 과정이 세 번이나 반복되었다. 다르타냥은 퐁투아즈에서 마지막으로 말을 갈아탔고 아홉 시에 트레빌의 저택 안마당으로 말을 달려 들어갈 수 있었다.

　열두 시간 동안 3백 킬로미터를 달려온 것이었다.

18. 메를레종 무도회

다음날, 파리는 온통 시행정청이 왕과 왕비를 위해 개최하는 무도회 이야기로 떠들썩했다. 게다가 무도회에서는 왕과 왕비가 좋아하는 유명한 메를레종 춤을 출 거라는 소문이 들려 왔다.

저녁 여섯 시가 되자 손님들이 줄지어 도착했다. 시청에 들어온 손님들은 무도회장에 준비된 관람석으로 안내되었다.

아홉 시에 시의원장 부인이 도착했다. 그녀는 왕비 다음으로 중요한 사람이었기 때문에 시청 고관들이 마중하여 왕비와 마주보는 특별석으로 안내했다.

열 시가 되자 생-장 성당 옆의 작은 홀에 국왕을 위한 야식이 차려졌다.

자정이 되자 요란한 환호성과 박수 소리가 들렸다. 루브르궁에서 시청까지 색색의 초롱이 밝혀진 길을 따라 드디어 국왕이 도착한 것이다. 양모 가운을 걸친 행정관들이 횃불을 하나씩 든 여섯 명의 부관들을 앞세우고 왕을 영접하러 나갔다.

누가 보아도 왕은 슬픈 표정이었고 뭔가 깊은 수심에 잠긴 듯했다.

왕이 입장한 지 30분이 지난 뒤 다시 요란한 박수소리가 울려 퍼졌다. 왕비가 도착한 것이다. 행정관들은 왕이 도착했을 때처럼 부관들을 앞세우고 왕비를 맞으러 나갔다.

왕비가 연회장에 들어섰을 때 사람들은 왕비의 표정 또한 왕과 마찬가지로 슬퍼 보였으며 무엇보다 지쳐 있다는 것을 알 수 있었다.

왕비가 들어선 순간 이때껏 닫혀 있던 작은 연단의 장막이 걷히면서 스페인 기사로 분장한 추기경의 창백한 얼굴이 나타났다. 그의 눈은 한동안 왕비의 눈을 뚫어지게 바라보았고, 이윽고 기쁨의 미소가 입술에 스쳤다. 왕비가 다이아몬드 목걸이를 하고 있지 않았기 때문이다.

왕비는 시청 고관들의 인사를 받고 귀부인들의 인사에 답하느라 잠시 연회장에 머물러 있었다. 그때 갑자기 왕이 추기경과 함께 문을 열고 나타났다. 추기경은 낮은 목소리로 왕에게 뭔가 속삭이고 있었다. 왕의 얼굴은 몹시 창백했다.

왕은 사람들을 헤치고 왕비에게 다가가더니 여느 때와 다른 목소리로 말했다.

"부인, 왜 다이아몬드 목걸이를 하지 않았소? 내가 보고 싶어 한다는 걸 알잖소."

왕비가 주위를 둘러보았다. 왕의 뒤에서 악마처럼 미소 짓는 추기경이 보였다.

"폐하께서 원하신다면…" 왕비가 말했다. "루브르로 사람을 보내 가져오게 할 수 있습니다. 지금 목걸이는 루브르에 있으니까요. 그것이 폐하의 소원이시라면 말입니다."

"그렇게 하시오, 부인. 당장 그렇게 해요. 한 시간 뒤면 무도회가 시작될 거요."

왕비는 알았다는 뜻으로 고개를 숙이고 시녀들의 안내를 받아 탈의실로 갔다. 왕도 자기 탈의실로 돌아갔다. 연회장에 잠시 소요가 일었다. 왕과 왕비 사이에 무슨 일이 있다는 걸 누구나 눈치 챘지만 아무도 그 내용은 알 수 없었다.

왕이 먼저 탈의실에서 나왔다. 우아한 사냥복 차림이었다. 왕에게는 그 차림이 잘 어울렸다. 왕은 정말로 그의 왕국에서 으뜸가는 귀족으로 보였다.

추기경이 왕에게 다가가서 상자 하나를 건네주었다. 왕이 상자를 열어보니 다이아몬드 두 개가 들어 있었다.

"이게 무엇이오?" 왕이 물었다.

"별것 아닙니다." 추기경이 대답했다. "다만 왕비님께서 목걸이를 갖고 계신다면… 과연 그러실지 의심스럽습니다만, 다이아몬드 개수를 세어 보십시오. 열 개밖에 없다면 누가 그 목걸이에서 보석을 훔쳐갔는지 왕비님께 여쭈어 보십시오."

왕은 무언가를 물으려 추기경을 바라보았지만 그럴 겨를이 없었다. 탄성 소리가 모든 사람들의 입에서 터져나왔기 때문이다. 왕이 프랑스 제일의 귀족처럼 보였다면 왕비는 과연 프랑스에서 가장 아름다운 여인이었다.

왕비에게는 사냥복 차림이 아주 잘 어울렸다. 푸른 깃털 장식이 달린 펠트 모자를 쓰고, 진주빛이 감도는 회색 벨벳 재킷을 다이아몬드 걸쇠로 고정시키고, 은실로 수놓은 푸른색 공단 치마를 입고 있었다. 왼쪽 어깨 위에는 깃털과 드레스에 색깔을 맞춘 푸른색 리본에 박힌 다이아몬드가 반짝이고 있었다.

왕은 기쁨에 몸을 떨었고 추기경은 분노로 몸을 떨었다. 하지만 둘 다 왕비로부터 멀리 떨어져 있었기 때문에 다이아몬드 개수는 알 수 없었다. 왕비는 목걸이를 하고 있었지만 문제는 다이아몬드의 개수가 열 개냐 열두 개냐 하는 것이었다.

바로 그때 바이올린 연주가 무도회의 시작을 알렸다. 왕이 앞으로 나아갔고 모두들 제자리를 찾으면서 무도회는 시작되었다.

왕은 왕비와 마주보고 춤을 추며 그녀의 옆쪽으로 위치를 옮길 때마다 목걸이를 유심히 보았지만, 다이아몬드가 몇 개인지는 알 수 없었다. 추기경의 이마에 식은땀이 배어나왔다.

춤은 한 시간 동안 계속되었다. 그 춤에는 모두 16가지의 춤 동작이 있었다.

홀 전체에 박수 소리가 울려 퍼지는 가운데 춤이 끝났고 남자들은 각자의 파트너를 원래의 자리로 안내했다. 하지만 왕은 파트너를 자리까지 안내해주지 않아도 되는 특권을 이용하여 왕비에게 다가갔다.

내 뜻을 들어주어서 고맙소, 부인." 왕이 말했다. "한데 목걸이에서 다이아몬드 두 개가 빠진 것 같아서 내가 가져왔소."

이렇게 말하고 왕은 추기경이 준 다이아몬드 두 개를 왕비에게
내밀었다.

"어머나, 폐하!" 왕비가 놀란 척하면서 외쳤다. "두 개를 더 주신
다고요? 그렇게 되면 열네 개가 되겠네요!"

왕이 헤아려보니 왕비의 목덜미에서는 정말로 열두 개의 다이아
몬드가 빛나고 있었다.

왕이 추기경을 불렀다. "이게 어찌 된 일이오, 추기경?" 왕이 준
엄한 어조로 물었다.

"폐하, 그러니까 그건…." 추기경이 대답했다. "왕비님께 그 다이
아몬드 두 개를 드리고 싶었으나 감히 직접 드릴 용기가 나지 않아
그 방법을 택했던 겁니다."

"그렇다면 추기경께 더더욱 감사드려야겠군요." 안 왕비가 방긋
웃으며 대답했다. "이 두 개만으로도 폐하께서 주신 열두 개와 맞
먹는 값을 치르셨을 테니까요."

왕비는 왕과 추기경에게 인사를 하고 옷을 갈아입기 위해 탈의
실로 돌아갔다.

왕비가 탈의실로 돌아간 뒤 다르타냥도 자리를 뜰 준비를 했다.

그런데 누군가 그의 어깨를 살짝 두드리는 것이 느껴졌다. 돌아
보니 젊은 여자가 따라오라고 손짓을 했다. 그 여자의 얼굴은 검은
벨벳 가면으로 반쯤 가려져 있었지만, 다르타냥은 재치 있는 그 행
동만으로도 보나시외 부인이라는 걸 알아볼 수 있었다.

몇 분 동안 꼬불꼬불한 복도를 지나친 보나시외 부인은 문 하나를 열고 캄캄한 방으로 다르타냥을 안내했다. 방 안으로 들어가자 그녀는 조용하라는 신호를 한 뒤, 휘장 뒤에 가려진 두 번째 문을 열어주고 사라졌다.

얼마 뒤 놀랄 만큼 아름답고 하얀 팔이 갑자기 휘장 뒤에서 나타났다. 이것이 왕비가 내리는 상이라는 것을 알아차린 다르타냥은 얼른 무릎을 꿇고 그 손을 잡아 공손히 입술에 댔다. 이윽고 그 손은 다르타냥의 손 위에 무언가를 남기고 물러갔다. 그것은 반지였고 다르타냥은 다시 어둠 속에 혼자 남았다.

다르타냥은 반지를 손가락에 끼고 계속 기다렸다. 아직 다 끝나지 않았다고 생각했기 때문이다. 다시 문이 열리더니 보나시외 부인이 뛰어들었다.

"쉿!" 젊은 여인이 말했다. "아까 왔던 길로 조용히 나가세요."

"하지만 언제 어디서 당신과 다시 만날 수 있죠?"

"집에 돌아가면 쪽지가 도착해 있을 거예요. 그걸 보시면 알아요. 자, 어서 가세요!"

다르타냥은 순순히 따랐다. 아무런 저항도 반대도 하지 않은 것은 그만큼 사랑에 빠졌다는 증거였다.

19. 별채

다르타냥은 무작정 달려 집으로 돌아왔다. 플랑셰가 문을 열어 주었다.

"누가 내게 줄 편지를 가져오지 않았던가?" 다르타냥이 대뜸 물었다.

"아무도 가져 오지는 않았지만, 저 혼자서 도착한 편지는 있습죠. 주인님 침실의 초록색 보가 덮인 탁자 위에 있습니다."

젊은이는 침실로 뛰어가 지체 없이 편지를 뜯어보았다. 보나시외 부인이 보낸 편지였다.

진심으로 감사드려요. 오늘 밤 열 시경 생-클루의 데스트레 씨
저택 모퉁이에 있는 별채 앞으로 오세요.

                                -C.B.

다르타냥은 편지를 되풀이해 읽은 다음, 아름다운 연인의 손으로 썼을 그 글씨에 스무 번쯤 입을 맞추었다. 그러고 나서 그는 행복한 꿈속에 빠져들었다.

아침 일곱 시에 일어난 다르타냥은 플랑셰를 불렀다.

"플랑셰, 오늘은 하루 종일 밖에 나가 있을 거야. 하지만 저녁 일곱 시에는 말 두 마리를 준비해 줘."

"또다시 우리 몸 여기저기에 총구멍이 나겠군요."

"그래, 너의 소총과 권총도 준비해."

다르타냥은 플랑셰에게 단단히 준비하라는 손짓을 하고 밖으로 나갔다.

저녁 일곱 시경, 플랑셰는 이미 무장을 갖추고 있었다. 다르타냥도 칼을 차고 권총 두 자루를 허리띠에 꽂아 넣었다. 둘은 말에 올라탄 뒤 조용히 출발했다. 플랑셰는 열 걸음 정도 뒤에서 주인을 따라왔다.

다르타냥은 강기슭을 지나 생-클루로 이어지는 길을 따라갔다. 시내를 지날 때까지만 해도 플랑셰는 처음의 거리를 유지하면서 따라갔지만 길이 어두워지고 인적이 뜸해지자 점점 주인에게 가까이 다가왔다.

"밤새도록 이렇게 달리기만 할 건가요?" 플랑셰가 물었다.

"그렇지 않아. 너는 이미 목적지에 도착했으니까."

"저는 이미 도착했다니요? 그럼 나리는요?"

"나는 조금 더 가야 해. 추우면 저기 보이는 술집에 들어가 있다가 아침 여섯 시에 술집 문 앞에서 기다려. 여기 반 피스톨이야. 그럼 내일 보자구."

다르타냥은 말에서 내려 말고삐를 플랑셰의 팔에 던지고 망토로 몸을 감싸며 빠른 걸음으로 멀어져 갔다.

플랑셰는 주인이 시야에서 사라지자 어서 몸을 덥히고 싶은 마음에 술집으로 걸음을 재촉했다.

좁은 샛길로 뛰어든 다르타냥은 계속 길을 걸어 생-클루에 다다른 뒤, 큰길을 피해 성 뒤쪽으로 돌아서 나아갔다. 외진 길을 지나자 편지에서 말한 별채가 눈앞에 나타났다. 별채는 인적이라곤 전혀 없는 곳에 있었다. 길의 반대쪽으로는 생울타리가 쳐져 행인들이 작은 정원으로 접근하는 걸 막고 있었다. 그 정원 안쪽엔 초라한 오두막이 한 채 서 있었다.

마침내 약속 장소에 다다랐지만, 도착을 어떻게 알려야 할지에 대한 약속이 없었기에 그는 마냥 기다릴 수밖에 없었다.

사방은 온통 적막했다. 다르타냥은 생울타리에 등을 기댔다. 생-클루의 종루에서 종소리가 열 시 반을 알렸다. 동시에 다르타냥은 오싹함을 느꼈다.

그의 눈길은 모든 덧창이 닫히고 2층 창문만 하나 열려있는 별채에 고정되어 있었다. 그 창문을 통해 희끄무레한 불빛이 흘러나왔다.

혹시 편지를 잘못 읽은 건 아닐까, 약속시간이 열한 시는 아닐까

하는 의구심이 들었다.

그는 창문 불빛 쪽으로 다가가 주머니에서 편지를 꺼내 다시 읽어 보았다. 약속시간은 분명 열 시였다.

그는 원래 있던 자리로 돌아왔다. 주위가 너무 조용하고 적막한 것이 불안했다.

열한 시를 알리는 종소리가 들렸다.

다르타냥은 보나시외 부인에게 무슨 일이 일어난 게 아닐까 진심으로 걱정되었다.

그는 담장으로 다가가 기어오르려 했지만, 새로 회칠을 한 담장은 손톱하나 걸 곳이 없었다.

순간 나무들이 눈에 띄었다. 그중 한 그루는 담장 너머로 가지를 늘어뜨리고 있었으므로 꼭대기로 올라가면 별채 안을 들여다볼 수 있을 것 같았다.

나무는 오르기 쉬웠다. 그는 순식간에 나무 꼭대기로 올라가 투명한 유리창 너머로 별채 내부를 들여다보았다.

괴상한 광경이 그의 눈에 들어오는 바람에 다르타냥은 발가락 끝에서 머리털 끝까지 온몸을 떨었다. 유리창 하나는 박살이 났고 방문은 부서져 있었으며 훌륭한 저녁식사가 차려졌던 듯한 식탁은 뒤집힌 채 방바닥에 나뒹굴고 있었다. 산산이 깨진 술병 조각들과 짓이겨진 과일들이 마룻바닥에 흩어져 있었다. 모든 정황으로 볼 때 방에서 격렬한 싸움이 일어났던 게 틀림없었다.

다르타냥은 황급히 길거리로 내려왔다. 심장이 마구 두근거렸다.

필경 큰 불상사가 일어난 게 틀림없었다.

불현듯 다르타냥의 머릿속에 어두컴컴한 오두막집이 하나 있었던 게 생각났다. 오두막 주인은 뭔가 보았을지도 모른다는 생각이 머리를 스쳤다.

대문은 잠겨 있었다. 그는 울타리를 뛰어넘었고 사슬에 묶여 짖어대는 개들을 지나 오두막으로 다가갔다.

처음 몇 번 창문을 두드렸을 때는 아무런 반응도 없었지만 잠시 후 덧문이 열리고 노인의 얼굴이 나타났다.

다르타냥은 자기 이름만 밝히지 않은 가운데 그동안의 일들을 솔직하게 이야기했다. 별채 앞에서 여자와 만나기로 했는데, 그녀가 오지 않아서 보리수나무에 올라가 안을 들여다보니 방 안이 온통 엉망진창이더라는 얘기였다.

"오, 나리 제발!" 노인이 말했다. "아무것도 묻지 마세요. 제가 본 것을 말씀드리면, 저한테도 화가 미칠 겁니다."

"뭔가 보긴 봤군요!" 다르타냥이 1피스톨을 노인에게 주며 말했다. "본 것을 모두 말해 주세요. 무슨 말을 듣더라도 내 가슴에만 담아두겠습니다. 신사의 명예를 걸고 맹세하죠."

다르타냥의 얼굴에 나타난 솔직함과 절박함을 알아본 노인이 낮은 소리로 이야기를 시작했다.

"아홉 시쯤이었어요. 거리가 시끄럽기에 대문을 열어보았더니 몇 걸음 떨어진 곳에 세 사람이 서 있더군요. 그리고 저쪽 어둠 속에 마차 한 대도 있었어요.

'아이고 나리들, 어쩐 일이십니까?' 제가 물으니 우두머리로 보이는 사람이 '사다리를 갖고 있나?'하고 묻더군요.

'예, 나리. 과일을 딸 때 쓰는 사다리가 있죠.' 그랬더니 '그걸 우리에게 갖다 주고 안으로 들어가 있어. 성가시게 한 보상으로 1에퀴를 주지. 하지만 오늘 보고 들은 것에 대해 한마디라도 뻥끗하면 당신은 죽음 목숨이야.' 하더군요. 이렇게 그들은 1에퀴를 던져주고 사다리를 가져갔습니다.

저는 집 안으로 들어가는 척하면서 어두컴컴한 나무그늘 사이에 몸을 숨기고 모든 광경을 볼 수 있었습니다. 세 남자는 소리 없이 마차를 몰고 오더니 땅딸막한 체격에 백발의 사내를 끌어냈습니다.

사내는 조심조심 사다리를 타고 올라가 방 안을 살짝 들여다보고는 살금살금 다시 내려와 낮은 목소리로 말했습니다. '그녀가 맞습니다.' 그러자 아까 제게 말을 걸었던 남자가 당장 별채 문으로 가더니, 가지고 있던 열쇠로 문을 열고 안으로 사라졌습니다.

그러는 사이 다른 두 남자는 사다리를 타고 올라갔지요. 그 땅딸보 노인은 문간에 남아 있었고 마부는 마차를 대기시키고 있었습니다. 그리고 갑자기 별채 안에서 비명소리가 들려왔지요. 한 여자가 창가로 달려와서 창문을 열고 밖으로 뛰어내리려 했지만, 사다리를 타고 올라오는 두 남자를 보자마자 다시 돌아섰습니다. 그리고 두 남자는 여자를 쫓아 방으로 뛰어들었습니다.

그 뒤론 아무것도 보이지 않고 세간들 부서지는 소리만 들렸습니다. 여자가 살려달라고 울부짖었습니다. 하지만 고함소리는 곧

잦아들었고, 세 남자가 그 여자를 안고 창문 쪽으로 돌아왔습니다. 두 남자는 사다리를 통해 여자를 내려 마차에 실었습니다. 땅딸보 노인도 여자를 따라 마차에 올라탔지요. 별채에 남은 남자는 다시 창문을 닫은 뒤, 곧 문을 통해 밖으로 나왔습니다. 두 남자는 말 위에서 기다리고 있었고 그가 마지막으로 말안장에 올랐습니다. 이후로는 아무것도 보지도 듣지도 못했습니다."

이 끔찍한 소식에 다르타냥은 망연자실했다. 하지만 마음속에서는 분노가 요동치고 있었다.

"너무 상심하지 마십시오, 나리" 노인이 말을 이었다. "그래도 여자를 죽이진 않았으니까요. 그게 중요하지요."

"그자들의 우두머리는 어떻게 생겼던가요?"

"키가 크고 마른 몸집에 까무잡잡한 피부, 검은 콧수염에 검은 눈을 가진 귀족풍의 사내였습니다."

"또 그놈이군!" 다르타냥이 외쳤다. "다른 놈은요? 그 땅딸막한 늙은이 말이에요!"

"아, 그 사람은 귀족이 아니었습니다. 장담할 수 있어요!"

"하인인가?" 다르타냥이 중얼거렸다. "아, 가엾은 여자! 놈들이 그녀에게 무슨 짓을 한 거지?"

"비밀을 지키기로 약속하셨습니다." 노인이 말했다.

"전 이미 당신께 약속했습니다. 신사라면 반드시 약속을 지킵니다."

다르타냥은 비통한 마음으로 그곳을 떠났다.

20. 아토스의 여인

다르타냥은 곧장 집으로 돌아가는 대신 트레빌 씨의 저택 앞에서 말을 멈췄다. 좀 전에 일어났던 일을 그에게 모두 털어놓을 작정이었다.

트레빌은 다르타냥의 이야기에 진지하게 귀를 기울였다. 그는 이번 소동에서 단순한 연애사건 이상의 무언가를 보고 있는 듯했다.

"음! 여기서도 추기경의 냄새가 나는군."

"어떻게 하죠?" 다르타냥이 말했다.

"아무것도, 절대 아무것도 하지 마. 내가 왕비님을 만나 불쌍한 그 여자의 실종에 대해 자세히 말씀드리겠네. 상황을 자세히 말씀드리면 그녀를 찾는 데 도움이 될 거야. 그럼 자네에게 좋은 소식이 전해질 거야. 걱정 말고 내게 맡겨 두게."

다르타냥은 트레빌이 한번 약속한 것은 반드시 지킨다는 걸 알고 있었다. 그래서 과거와 미래의 감사함을 모두 담아 그에게 인사를 했다.

다르타냥은 포수아외르로 돌아갔다. 집에 가까이 왔을 때 그는 문 앞에 서 있는 보나시외를 발견했다. 순간 어떤 생각이 섬광처럼 다르타냥의 머리를 스쳤다. 현장에 있던 땅딸하고 머리가 희끗한 노인은 다름 아닌 보나시외였다! 남편이 앞장서서 자기 아내를 납치한 것이다.

다르타냥은 당장 달려들어 보나시외의 목을 졸라 버리고 싶은 충동을 느꼈지만, 늘 이야기했듯이 그는 매우 신중한 젊은이였기에 애써 충동을 눌렀다.

"미안하지만, 잠을 못 잤더니 목이 마르네요. 댁에 가서 물 한잔만 마셨으면 좋겠군요. 이웃사촌끼리 설마 거절하시진 않겠죠?"

다르타냥은 집주인의 허락도 기다리지 않고 냉큼 집 안으로 들어갔다. 침대는 깔끔하게 정돈되어 있었다. 보나시외는 그 침대에서 자지 않은 게 분명했다. 그는 아내가 끌려간 곳까지 동행했거나 적어도 첫 번째 중계지점까지 같이 갔다가 방금 전 돌아왔을 것이다.

"고맙습니다. 보나시외 씨." 다르타냥이 물잔을 비우면서 말했다. "당신께 원했던 건 이게 다입니다."

야릇한 작별인사에 어리둥절해 있는 잡화상을 뒤로하고 다르타냥은 자기 집으로 올라갔다.

계단 위에서 플랑셰를 발견한 다르타냥이 말했다. "친구들이 걱정하고 있을 테니, 그들에게 가 볼까."

플랑셰는 그를 따라 길을 나섰다.

그들이 처음 만나기로 한 친구는 아토스였다. 아토스는 대귀족답게 포도주를 좋아했다. 그가 도착했을 때도 아토스는 포도주를 마시고 있었다. 다르타냥을 보자 그는 가장 좋은 포도주를 추가로 가져오게 했다.

"좋군." 아토스가 자기 잔과 다르타냥의 잔에 포도주를 따르며 말했다. "그런데 친구, 무슨 일이 있었나? 어째 분위기가 좋지 않군."

"그러게요! 우리 중 제가 제일 불행해 보여서요."

"다르타냥이 가장 불행하다! 말해 보게, 어째서인지."

"나중에 얘기할게요."

"나중? 왜 나중이지? 내가 취한 것 같나? 명심해 둬. 나는 취했을 때 제일 멀쩡하다네. 그러니 말을 해 봐. 열심히 들어줄 테니."

다르타냥은 보나시외 부인과의 사건을 털어놓았다. 아토스는 눈한번 깜박이지 않고 귀를 기울였다. 이야기가 끝나자 그가 말했다.

"그런 건 아무것도 아니야. 아주 하찮은 얘기지!"

아토스가 입버릇처럼 하는 말이었다.

"당신은 늘 '하찮은 일'이라고 말하죠. 하지만 한 번도 사랑에 빠져본 적이 없는 당신이 할 수 있는 말은 아닌 것 같군요."

죽은 듯 생기 없던 아토스의 눈이 갑자기 반짝였다. 하지만 그것은 순간일 뿐, 아토스의 눈은 다시 전처럼 생기를 잃고 흐려졌다.

"그건 맞는 말이야." 아토스가 조용히 말했다. "나는 한 번도 사랑에 빠져 본 적이 없지. 내가 하고 싶은 얘기는, 사랑은 제비뽑기

와도 같다는 거야. 당첨된 사람이 목숨을 잃어야 하는…. 아직 제비 뽑기에 당첨되지 않았으니 자넨 운이 좋은 거라 할 수 있지. 자네에게 하나 충고한다면, 앞으로도 계속 꽝만 뽑으라는 거야."

"그래요, 철학자이신 당신께서 계속 저를 이끌어 주세요. 앞으로 저는 더 많이 배우고 위로받아야 할 테니까."

"무슨 위로가 필요하지?"

"내 불행에 대해서요."

"불행이라니. 웃기는 소리군." 아토스가 말했다. "내가 진짜 연애 이야기를 들려주면 자네가 뭐라고 할지 궁금하군."

"본인 이야기인가요?"

"아니면 내 친구 이야기라고 해 두지. 아무럼 어때?"

"어서 말해 줘요." 다르타냥이 말했다.

아토스는 잠시 생각을 정리했다. 다르타냥은 아토스가 깊은 생각에 잠겨있는 동안 그의 얼굴이 창백해지는 것을 보았다. 평범한 술꾼이라면 벌써 쓰러져 곯아떨어졌겠지만 아토스는 잠드는 대신 소리 내어 잠꼬대를 하고 있는 듯했다. 하지만 그가 한 얘기는 몽유병 치고는 너무나 섬뜩했다.

"내 친구 하나가 있었어. 내가 아니라 내 친구 말이야, 알아듣겠나?" 아토스가 잠시 말을 끊고 우울한 웃음을 지었다. "그는 내 고향 베리의 백작이었고 몽모랑시만큼이나 지체 높은 가문 출신이었지. 그런데 백작이 스물다섯 살 때 사랑의 여신들만큼이나 아름다운 열여섯 살 아가씨와 사랑에 빠졌다네. 그냥 좋아한 게 아니라 홀딱 반해 버린 거야. 여자는 사제인 오빠와 함께 읍내에 살고 있었지.

남매는 다른 지방에서 이사를 왔는데, 어디서 왔는지는 아무도 몰랐어. 하지만 너무나 아름다운 아가씨와 신앙심 깊은 오빠에게 아무도 고향을 물어보는 사람은 없었지. 게다가 남매가 좋은 가문 출신이라는 소문도 있었다네. 내 친구는 그 지방의 영주였으니, 그 여자를 유혹하거나 원한다면 강제로 차지할 수도 있었어. 그는 지방의 최고 권력자였으니 말이야. 하지만 불행히도 내 친구는 건실한 사람이었어. 그래서 그 아가씨와 결혼했다네. 바보 천치같이 말이야!"

"그 여자를 사랑했다면, 왜 결혼이 바보 같은 짓인가요?" 다르타냥이 물었다.

"좀 더 들어 봐." 아토스가 말했다. "내 친구는 그 여자를 성으로 데려가서 그 지역 최고의 귀부인으로 만들어 주었어. 아니 정확히 말하면, 그 여자는 자기 지위에 맞는 역할을 완벽하게 소화해냈지."

"그래서요?" 다르타냥이 물었다.

"그런데 어느 날 여자가 남편과 사냥을 갔다가 그만 말에서 떨어져 기절해버린 거야. 백작은 아내를 구하러 달려갔지. 옷이 너무 끼어 숨을 쉬지 못하는 것 같기에 백작은 단검으로 아내의 옷을 찢어 어깨를 열어 주었다네. 그런데 어깨에 뭐가 있었는지 아나?" 아토스가 껄껄 웃으며 물었다. "백합꽃! 죄인임을 알려주는 낙인이었어."

아토스는 들고 있던 술잔을 단숨에 비웠다.

"저런!" 다르타냥이 외쳤다. "그래서요?"

"그 천사는 바로 악마였던 거지. 그 여자는 도둑이었어."

"그래서 백작은 어떻게 했나요?"

"백작은 그 지역의 지배자였기에 자기 영내에 있는 누구든 심판할 권한이 있었어. 백작은 여자의 옷을 모두 찢어버리고 두 손을 등 뒤로 묶어 나무에 매달았다네. 아! 그런데, 술이 다 떨어졌군."

아토스는 남아 있는 마지막 포도주의 병목을 잡고 단숨에 들이 켰다. 그러고 나서 고개를 숙여 두 손으로 얼굴을 감싸 쥐었다. 다르타냥은 충격을 받은 듯 그의 앞에 꼼짝 않고 앉아 있었다.

"그 사건이 아름답고 순수하고 사랑스러운 여자에 대한 환상을 깨어 버렸다네." 아토스가 몸을 바로 일으키면서 말했다. "신께서 자네와 함께하길! 자. 마시게."

"그래서 그 여자는 죽었나요?" 다르타냥이 더듬거리며 물었다.

"물론이지! 그건 그렇고 술잔을 이리 주게." 아토스가 말했다.

"그녀의 오빠는요?" 다르타냥이 주저하며 물었다.

"아, 그 녀석도 목을 매달아 버리려고 찾아 봤지만 어떻게 알았는지 밤 사이 도망쳐 버렸더군. 아마 그 여자의 애인이자 공범이었을 거야."

"맙소사!' 다르타냥이 몸을 떨며 말했다.

다르타냥은 더 이상 이야기를 들을 수 없었다. 더 듣다가는 미쳐 버릴 것 같았다. 그는 두 팔에 얼굴을 묻고 잠든 체했다.

"요즘 젊은 녀석들은 술을 마실 줄을 몰라." 아토스가 가엾다는 듯 다르타냥을 바라보며 말했다. "하지만 이놈은 그중 괜찮은 녀석이야."

21. 밀레디

다르타냥은 다음날이 되자 지난밤의 이야기를 더 자세히 듣기 위해 친구를 찾아갔다. 아토스는 이미 맑은 정신으로 되돌아와 있었다. 다시 말해, 세상에서 가장 예리하고 빈틈없는 사람으로 돌아와 있었던 것이다.

"어제는 내가 많이 취했었던 것 같군. 아마 내가 터무니없는 이야기를 늘어놓았을 거야."

"천만에요. 이상한 이야기는 전혀 없었어요." 다르타냥이 대꾸했다.

"아! 그렇군. 무척이나 애통한 이야기를 늘어놓은 줄 알았는데. 자네도 사람마다 독특한 술버릇이 있다는 건 알고 있겠지? 술에 취하면 우울해지는 사람도 있고, 반대로 쾌활해지는 사람도 있어. 나는 우울해지는 쪽이야. 그게 내 결점인데, 아주 치명적인 결점이지. 하지만 그것만 빼면 나도 꽤 훌륭한 술꾼일 거야."

아토스의 말투가 지극히 자연스러웠기 때문에 다르타냥의 확신이 흔들렸다.

그런 일들이 있고 나서 얼마의 시간이 흘렀다. 어느 날, 다르타냥은 포르토스가 생-뢰 성당 쪽으로 가는 것을 보고 충동적으로 뒤를 밟았다. 포르토스는 콧수염을 쓸어 올리고 뾰족하게 기른 턱수염을 쓰다듬은 뒤 성당 안으로 들어갔다. 이 행동은 포르토스가 여자를 유혹하려 할 때 자주 하는 버릇이었다. 다르타냥은 포르토스가 눈치 못 채게 뒤따라 들어갔다.

신부가 설교를 하고 있었고 성당 안은 사람들로 가득했다. 다르타냥의 눈에 성가대석 옆에 앉아있는 아름다운 부인이 눈에 들어왔다. 그 뒤에는 그녀가 무릎을 꿇을 때 까는 방석을 들고 다니는 흑인 시동이 서 있었고, 시녀 하나는 가문의 문장이 새겨진 화려한 장식의 가방을 들고 서 있었다.

그런데 방석 위에 무릎을 꿇은 여인을 보고 다르타냥은 소스라치게 놀랐다. 그 귀부인은 바로 묑과 런던에서 그와 시비가 붙었던, 얼굴에 흉터가 난 사내가 밀레디라 불렀던 바로 그 여자였다.

설교가 끝난 뒤, 다르타냥은 밀레디가 성수반 쪽으로 다가오는 틈을 타 들키지 않도록 뒤따라갔다. 밀레디가 마차에 오르며 마부에게 '생-제르맹'이라고 지시하는 소리가 들렸다.

건장한 말 두 마리가 끄는 마차를 두 발로 따라가기엔 역부족이었기에, 결국 다르타냥은 집으로 돌아와야만 했다.

센 거리에서 그는 과자점 앞에 서 있는 플랑셰를 만났다. 그는 하인에게 트레빌 대장의 마구간에 가서 그와 플랑셰가 탈 말 두 마리를 골라 오라고 일렀다.

이윽고 다르타냥과 플랑셰는 말에 올랐고, 생-제르맹 쪽으로 향했다.

가는 내내 다르타냥은 깊은 생각에 잠겨 있었다. 그가 인적 드문 거리를 지나며 아름다운 영국 여자의 자취를 찾을 수 있을까 좌우를 살피고 있을 때, 한 예쁜 집 아래층에 낯익은 얼굴 하나가 눈에 띄었다. 플랑셰가 먼저 그 얼굴을 알아보았다.

"나리." 플랑셰가 다르타냥을 돌아보며 말했다. "혹시, 저기 멍청하게 입을 헤벌리고 있는 녀석을 기억하시나요? 바로 불쌍한 뤼뱅입지요. 한 달 전 칼레에서 나리께서 혼쭐을 내준 바르드 백작의 하인 말이에요."

"아, 그렇군. 이제야 생각났어." 다르타냥이 말했다. "그런데 저 녀석이 네 얼굴을 알아볼까?"

"그때는 당황해서 정신이 없었을 테니, 제 얼굴을 기억 못 할 겁니다."

"좋아, 그럼 저 녀석에게 가서 말을 붙여 봐. 그리고 놈의 주인이 죽었는지 살았는지 알아봐."

플랑셰는 곧장 말에서 내려 뤼뱅에게로 다가갔다. 뤼뱅은 역시나 그를 알아보지 못했다. 두 하인은 곧 죽이 맞아 희희낙락 잡담을 나누기 시작했다. 그 사이 다르타냥은 말 두 마리를 골목에 몰아넣고 집을 한 바퀴 빙 돌아서, 개암나무 울타리 뒤에 숨어 하인들의 대화에 귀를 기울였다.

그가 두 하인의 대화를 엿듣고 있을 때 말굽 소리와 함께 밀레디의 마차가 맞은편에 와서 멈추는 게 보였다. 다르타냥은 들키지 않으려고 말의 목에 바짝 달라붙어 몸을 숙였다.

밀레디는 매력적인 금발의 얼굴을 창문 밖으로 내밀고는 하녀에게 뭔가 지시하는 듯했다.

하녀는 스무 살쯤 된, 민첩하고 생기발랄하게 생긴 예쁜 처녀였다. 당시의 관습에 따라 마차 발판에 앉아있던 하녀는 주인의 지시가 떨어지자 발판에서 뛰어내렸고, 아까 뤼뱅이 있었던 테라스 쪽으로 달려갔다. 하지만, 공교롭게도 뤼뱅은 마침 집 안에서 부르는 소리를 듣고 테라스를 떠났고, 플랑셰만 혼자 남아 다르타냥이 사라졌던 길 쪽을 두리번거리고 있었다.

플랑셰를 뤼뱅으로 착각한 하녀가 다가가 그에게 작은 쪽지를 내밀었다.

"수인 나리께 전해 주세요." 하녀가 말했다. "급해요. 어서 받으세요."

그리고 하녀는 다시 마차로 달려갔다. 밀레디의 마차는 왔던 길 쪽으로 방향을 돌린 채 하녀를 기다리고 있었다. 하녀가 발판에 오르자 마차는 출발했다.

테라스에서 뛰어온 플랑셰가 골목에서 다르타냥과 마주쳤다. 그를 쭉 지켜보던 다르타냥이 플랑셰를 맞으러 나온 것이었다.

"나리께 전해 드리라는군요." 플랑셰가 쪽지를 내밀었다. "하녀가 주인 나리께 전해주라고 하던데… 제게 주인은 나리뿐이니까…. 한데, 하녀가 참 곱더군요!"

다르타냥이 쪽지를 펼쳐 보았다.

당신에게 큰 관심을 가지고 말없이 지켜보고 있는 사람이에요. 당신이 언제 숲으로 산책하러 나오실 수 있는지 알고 싶습니다. 내일 샹 뒤드라 도르 여관에서 검은색과 붉은색 옷을 입은 하인이 회답을 기다리고 있을 거예요.

"오호! 밀레디와 내가 같은 사람의 건강을 걱정하고 있었군." 다르타냥이 중얼거렸다. "바르드 씨는 어떻다던가? 죽지는 않았겠지?"

"예. 칼에 세 번이나 찔린 사람치고는 아주 잘 지내고 있답니다. 하지만 출혈이 너무 심해서 아직도 몹시 쇠약한 상태래요."

"아주 잘 했어, 플랑셰. 넌 하인들 중의 왕이야." 다르타냥이 그를 칭찬했다. "자, 말에 올라타! 그 마차를 따라잡아 보자구."

마차를 따라잡는 데는 시간이 많이 걸리지 않았다. 5분쯤 달려, 그들은 길가에 서 있는 마차를 발견할 수 있었다. 멋지게 차려입은 기사 하나가 마차 옆에 서 있었다.

대화에 열중해 있던 밀레디와 기사는 다르타냥이 반대쪽에 멈춰 서는 것도 알아차리지 못했다. 그의 존재를 알아차린 것은 그 예쁘장한 하녀뿐이었다.

그들은 영어로 이야기를 나누고 있었다. 다르타냥은 영어를 알아듣지 못했지만 말투로 볼 때 아름다운 영국 여자가 몹시 화를 내는 듯했다. 말을 끝내며 여자는 손에 들고 있던 부채로 무언가를 힘껏 내리쳤고, 그 바람에 그 작은 여성용 장신구가 산산조각 나며 날아가 버렸다.

하지만 기사는 웃음을 터뜨렸고 그것이 밀레디를 더욱 화나게 만든 듯했다.

다르타냥은 지금이야말로 자신이 끼어들 기회라고 생각했다.

"부인" 다르타냥이 말했다. "제가 도와드려도 되겠습니까?"

"내가 다투는 상대가 오라버니만 아니라면 기꺼이 당신의 제안을 받아들였을 텐데…." 밀레디가 유창한 프랑스어로 말했다.

"저 얼간이는 뭐야?" 밀레디의 오빠라는 사람이 외쳤다. "제 일이나 신경 쓰라고 해."

"얼간이란 당신 같은 사람을 두고 하는 말이지." 다르타냥이 말 위에서 고개를 숙여 창문 건너를 보며 대답했다. "난 여기 있는 게 좋아서 머무르는 것이니 당신이 상관할 바 아니오."

대개 여자들은 겁이 많기 때문에 심한 말다툼이 벌어지면 끼어들어 사태를 수습하려 한다. 하지만 밀레디는 남자들의 싸움 따위엔 아랑곳없다는 듯 마부를 향해 외쳤다.

"집으로!"

예쁜 하녀가 다르타냥을 향해 걱정스러운 눈길을 던졌다. 다르타냥의 잘 생긴 외모에 마음이 움직인 모양이었다.

마차가 떠나자 두 남자는 마침내 정면으로 얼굴을 마주하게 되었다. 기사가 마차를 따라가려는 몸짓을 보였다.

"얼간이란 말은 나보다 당신에게 어울릴 것 같군. 우리 사이에 아직 시비를 가릴 일이 남았다는 걸 잊어버린 모양이지." 다르타냥이 말했다.

"보시다시피 나는 지금 칼이 없소. 무기를 가지지 않은 사람과 싸우려는 건 아니겠지?" 영국인이 말했다.

"집에는 있을 테지." 다르타냥이 대꾸했다. "그중 가장 긴 칼을 골라 오늘 저녁에 나에게 보여주러 오시오."

"어디서 만날지, 장소를 말해 주겠소?"

"뤽상부르 뒤쪽."

"좋소. 거기로 가지."

"시간은?"

"여섯 시. 나와 생사를 같이하는 걸 명예로 여기는 세 친구와 같이 가겠소."

"세 명이면 딱 좋소." 다르타냥이 말했다. "나도 친구가 세 명 있으니."

"그런데 당신은 누구지?" 영국인이 물었다.

"다르타냥이오. 가스코뉴 출신 귀족이고 에사르 씨의 근위대 소속이오. 당신은?"

"나는 셰필드 남작 윈터 경이오."

"그럼 저녁에 만납시다. 남작." 다르타냥이 말한 뒤 말에 박차를 가하여 파리 쪽으로 향했다.

다르타냥은 아토스의 집으로 갔다. 조금 전 있었던 일을 아토스에게 털어놓았지만, 잘못 전달된 바르드 씨의 편지 이야기는 하지 않았다.

아토스는 영국인과 결투를 하게 된 것을 무척 기뻐했다. 아토스와 다르타냥은 하인들을 보내 포르토스와 아라미스를 오게 한 다음 모든 사정을 설명해 주었다.

22. 영국인과 프랑스인

시간이 되자 그들은 네 명의 하인들과 함께 뤽상부르 공원 뒤쪽의 염소를 방목하는 울타리 안으로 들어갔다. 아토스는 동전 한 닢을 던져주며 염소지기를 내보냈다. 하인들은 망보는 역할을 맡았다.

얼마 후 한 무리의 사람들이 말없이 울타리 안으로 들어와 총사들과 합류했다.

아토스가 친구들과 상대자들 모두를 향해 말했다. "여러분 준비됐습니까?"

"예." 영국인과 프랑스인들이 한목소리로 대답했다.

동시에 여덟 개의 칼날이 지는 태양 아래 번쩍였다. 이중의 적으로 만난 두 무리들 사이에서 전투는 치열하게 전개되었다.

아토스는 검술 시범이라도 보이듯 침착하고 능란하게 칼을 휘둘렀다.

포르토스도 세련되고 신중하게 칼을 놀렸다.

반면 아라미스는 급한 일이라도 있는 듯이 서두르고 있었다.

아토스가 가장 먼저 상대를 해치웠다. 그는 단 한 번의 공격으로 상대의 심장을 꿰뚫어 버렸다.

포르토스가 두 번째로 상대를 풀밭에 쓰러뜨렸다. 그의 칼이 상대의 넓적다리를 꿰뚫었다.

아라미스는 너무 맹렬하게 밀어붙였기 때문에 상대는 쉰 걸음쯤 후퇴하다가 결국 하인들의 야유 속에 줄행랑치고 말았다.

다르타냥은 상대를 놀리듯 방어만 하고 있다가, 적이 지친 기색을 보이자 한 번의 세찬 공격으로 상대의 칼을 날려 버렸다. 무기를 놓친 남작은 두세 걸음 물러서다가 그만 발이 미끄러지며 벌렁 나자빠지고 말았다.

다르타냥은 단숨에 뛰어올라 상대의 목에 칼을 겨누며 말했다.

"지금 당장 당신을 죽일 수도 있지만 당신 누이에 대한 사랑 때문에 살려주겠소."

영국인은 상대의 신사적인 태도에 기뻐하며 다르타냥을 얼싸안았다.

"젊은 친구, 당신이 원한다면 오늘 저녁이라도 당장 내 누이를 소개시켜 드리지. 내 누이도 당신에게 호감을 가졌으면 좋겠군."

다르타냥은 기쁨으로 붉어진 얼굴로 고개를 숙여 동의를 표했다.

윈터 경은 다르타냥을 누이에게 소개하기 위해 데리러 오겠다고 약속했다. 다르타냥은 집으로 돌아가 옷을 갈아입고 단장을 했다.

약속한 시간에 윈터 경이 왔다. 멋진 사륜마차가 밑에서 기다리고 있었다. 훌륭한 말 두 마리가 끄는 마차는 눈 깜박할 사이에 밀레디의 집에 도착했다. 밀레디가 루아얄 광장에 있는 집에서 상냥한 웃음으로 다르타냥을 맞았다. 깜짝 놀랄 만큼 화려한 집이었다.

원터 경이 다르타냥을 소개했다. "이 친구가 나를 죽일 수도 있었는데도 너그럽게 살려주었소. 자신을 모욕한데다 영국인이라는 이중의 원수 관계였는데도 말이오. 그에게 고마움을 표해 주었으면 하오."

밀레디는 살짝 눈살을 찌푸렸다. 입술에 번진 야릇한 미소와 함께 보일 듯 말 듯 그림자가 그녀의 미간을 스쳐갔다. 세 가지의 미묘한 표정 변화가 한꺼번에 지나가는 모습에 다르타냥은 뭔가 섬뜩함을 느꼈다.

"잘 오셨어요." 밀레디는 방금 전의 표정과 달리 부드러운 목소리로 말했다. "오늘 당신은 저로부터 영원히 감사받을 권리가 있어요."

영국인은 오늘 벌어졌던 결투 이야기를 빠짐없이 들려주었다. 밀레디는 유심히 귀를 기울였지만, 이야기에 전혀 즐거워하는 기색이 아니었다.

하지만 원터 경은 이런 태도를 전혀 눈치재지 못하는 것 같았다. 이야기를 마치고 원터 경은 탁자로 다가갔다. 탁자 위 쟁반에는 스페인산 포도주와 술잔들이 놓여 있었다. 그는 두 개의 잔에 가득 술을 따르더니 다르타냥에게 마시라는 시늉을 했다.

다르타냥은 탁자로 가서 남은 잔을 집어 들었다. 하지만 밀레디에게서 눈을 떼지 않았기에, 거울을 통해 그녀의 얼굴에 스쳐간 표정 변화를 관찰할 수 있었다. 아무도 주시하지 않자 그녀의 얼굴에는 다시 표독한 표정이 그대로 드러났다.

그때, 다르타냥에게도 낯이 익은, 일전의 예쁘장한 하녀가 방으로 들어왔다. 하녀가 윈터 경에게 영어로 몇 마디 하자 그가 급한 일이 생겼다며 양해를 구하고 방을 나갔다.

그가 나가고 대화가 다시 무르익었을 때, 밀레디는 윈터 경이 오빠가 아니라 시아주버니라는 사실을 말해 주었다. 밀레디는 윈터 집안의 막내아들과 결혼했고, 아이 하나만을 남기고 남편이 일찍 세상을 떴다고 했다. 윈터 경이 결혼하지 않는다면 그 아이는 집안의 유일한 상속자가 될 터였다. 뭔가 많은 비밀이 숨어있는 듯했지만 다르타냥이 그 이면의 진실까지 들여다볼 수는 없었다.

반시간쯤 대화를 나누면서 다르타냥은 밀레디가 프랑스 여자일 거라고 확신했다. 그녀는 누구도 의심할 수 없을 정도로 자연스럽고 우아한 프랑스어를 구사하고 있었다.

여자의 환심을 사기 위해 다르타냥은 온갖 아첨과 미사여구를 늘어놓았다. 이윽고 돌아가야 할 시간이 되어 다르타냥은 작별인사를 하고 세상에서 가장 행복한 남자의 표정으로 응접실을 나왔다.

이튿날 다시 밀레디의 집을 찾은 다르타냥은 전날보다 훨씬 큰 환대를 받았다. 윈터 경은 그곳에 없었다. 밀레디는 그에게 추기경을 섬길 생각이 없냐고 물어 보았다. 다르타냥은 추기경을 칭송하는 말들을 쏟아냈다. 밀레디가 자연스레 화제를 바꾸더니 영국에

가 본 적이 없느냐고 물었다. 다르타냥은 새로운 말을 구하기 위해 트레빌의 명령을 받아 영국에 간 적이 있다고 대답했다.

다르타냥은 전날과 같은 시간에 물러나왔다. 그는 복도에서 예쁜 하녀 키티와 마주쳤다. 키티는 호감의 표정을 감추지 않은 채 그를 바라보았다. 하지만 키티의 여주인에게 정신이 팔려 있던 다르타냥은 다른 여자의 표정엔 전혀 관심을 가질 수 없었다.

다음날도, 또 다음날도, 다르타냥은 밀레디를 찾아갔고 밀레디로부터 점점 큰 환대를 받았다. 또한 그는 갈 때마다 대기실이나 복도, 계단 등에서 예쁘장한 하녀 키티와 마주쳤다.

23. 하녀와 여주인

양심의 부르짖음에도 불구하고 밀레디에 대한 다르타냥의 연정은 날이 갈수록 깊어갔다.

어느 날 저녁, 경쾌한 걸음걸이로 밀레디의 저택에 이른 다르타냥은 문 앞에서 하녀와 마주쳤다. 그런데 이 아리따운 하녀는 평소처럼 미소를 지으며 지나치는 대신 살며시 다르타냥의 손을 잡아끌었다.

"잠깐 드릴 말씀이 있어요. 기사님." 하녀가 더듬거리며 말했다.

"말해 봐요. 아가씨. 듣고 있으니까."

"여기서는 안 돼요. 다른 사람이 절대 들어선 안 되는 얘기예요."

키티는 다르타냥의 손을 붙잡고 어둡고 구불구불한 계단을 올라가 문을 열었다.

"들어오세요. 여긴 아무도 없으니 안심해도 돼요."

"그런데 여긴 대체 무슨 방이지?"

"제 방이에요. 저 문으로 마님의 침실과도 이어져 있어요. 하지만 걱정하지 않으셔도 돼요. 마님은 우리 이야기를 들을 수 없어요. 자정 전에는 절대 잠자리에 드는 일이 없으시거든요."

다르타냥은 주위를 둘러보았다. 작은 방이었지만 깔끔했고 고상한 취향을 엿볼 수 있었다. 그럼에도 그의 시선은 자꾸만 밀레디의 침실 쪽 문으로 향했다.

키티가 다르타냥의 마음을 읽었는지 한숨을 내쉬었다.

"기사님은 정말로 저의 마님을 사랑하시는가 보군요." 그녀가 말했다.

"오, 물론이지. 미칠 것처럼!"

"정말 딱한 일이네요! 마님은 기사님에겐 전혀 관심이 없으셔요."

"마님이 그렇게 전해 달라고 하던가?"

"그건 아니에요. 기사님을 위해서 미리 귀띔해드리는 것뿐이에요."

"고마워, 상냥한 키티. 충고는 정말 고맙지만 그리 유쾌하진 않군."

"제 말을 믿지 못하시는 건가요?"

"증거를 보여주기 전까진."

키티는 품에서 작은 쪽지를 꺼냈다.

"나한테 쓴 편지인가?" 다르타냥이 재빨리 편지를 낚아채면서 물었다.

"아니에요. 다른 남자에게 보내는 거예요."

"이름이, 이름이 뭐지?" 다르타냥이 큰 소리로 말했다.

"바르드 백작님이에요."

자존심 강한 가스코뉴 젊은이 머릿속에 생-제르맹에서의 광경이 스쳐 지나갔고 그런 생각 속에서 그는 재빨리 편지봉투를 열었다.

> 아직도 첫 번째 편지에 대한 답장이 없군요. 그렇게도 몸이 안 좋으신가요? 아니면 기즈 부인의 무도회에서 저에게 보냈던 은밀한 눈길을 벌써 잊으신 건가요? 백작님, 다시 한 번 기회를 드릴 테니 놓치지 마세요.

다르타냥의 얼굴이 굳어졌다. 그는 자존심의 상처를 사랑의 상처라고 생각했다.

"가엾은 다르타냥 기사님!" 키티가 말했다.

"내가 측은해 보이는 모양이군."

"그래요, 아주 절절하게요. 그런 사랑이 무언지 저도 잘 알기 때문이죠."

"그런 사랑을 안다고?" 다르타냥이 되물으며 처음으로 키티의 얼굴을 유심히 바라보았다.

"예, 슬프게도 그렇답니다."

"그렇다면 날 동정하는 대신 네 주인에게 복수하도록 도와줘."

"어떻게 복수하실 건데요?"

"경쟁자를 물리치고 그녀의 사랑을 얻어내야지."

"저는 절대로 도와드릴 수 없어요, 기사님." 키티가 격한 어조로 말했다.

"왜지?"

"이유는 두 가지예요."

"뭔데?"

"첫째, 마님은 절대로 기사님을 사랑하지 않으세요. 기사님께서 마님에게 상처를 주셨기 때문이지요."

"내가? 어떤 상처를 주었지?"

"그건…. 제 마음 깊은 곳을 열어볼 수 있는 단한사람에게만 얘기해 줄 거예요."

다르타냥이 두 번째로 키티의 얼굴을 유심히 쳐다보았다. 수많은 귀부인들이 모든 것을 걸고라도 탐낼 만한 젊음과 미모였다.

"키티, 네가 원할 때는 언제든 네 마음 깊은 곳까지 들어가 줄게." 이렇게 말하며 다르타냥은 키티에게 입을 맞추었다.

"아니, 당신은 저를 사랑하지 않아요! 당신이 사랑하는 건 주인 마님이에요. 방금 그렇게 말씀하셨잖아요."

"그렇다면 두 번째 이유라도 말해주지 않을래?"

"두 번째 이유는…." 키티가 젊은이의 입맞춤과 눈빛에 용기를 얻은 듯 말했다. "사랑에 빠지면 누구나 자신밖에는 생각하지 않기 때문이지요."

그제야 다르타냥은 키티가 던졌던 애타는 눈길과 함께 응접실이나 계단, 복도에서 스쳐갔던 손길 그리고 나지막한 한숨 소리 등을 떠올렸다. 귀부인의 환심을 사려는 열망에 사로잡혀 하녀의 이런 모습은 전혀 눈에 들어오지 않았던 것이다. 독수리를 쫓는 자는 참새를 거들떠보지 않는 것처럼 말이다.

하지만 순간 다르타냥은 방금 전에 한 키티의 솔직한 사랑고백에서 뭔가를 얻어낼 수 있을 거라 생각했다. 바르드 백작에게 가는 편지를 가로챌 수도, 여주인의 방과 붙어 있는 키티의 방을 마음대로 드나들며 정보를 얻을 수도 있을 것이다. 어떻게든 밀레디의 마음을 얻으려는 일념에 그는 벌써 이 가엾은 아가씨를 마음 속의 희생양으로 만들고 있었다.

"사랑스런 키티. 네가 의심하는 그 사랑의 증거를 보여줄까?"

"어떻게요?"

"너희 마님과 보내려 했던 시간을 오늘 저녁 너와 함께 보낸다면…."

"좋아요!" 키티가 손뼉을 치며 말했다.

"이리 와 봐." 다르타냥이 안락의자에 앉으면서 말했다. "너는 정말 지금까지 내가 본 하녀들 중 가장 예뻐."

그의 달콤한 속삭임에 이 가엾은 아가씨는 그만 홀딱 넘어가고 말았다. 시간은 그렇게 순식간에 흘러 어느덧 자정이 되었고, 때맞춰 밀레디의 방에서 작은 종이 울렸다.

"어머나!" 키티가 외쳤다. "마님이 저를 부르는 소리예요. 이제 가 보세요. 어서요!"

다르타냥은 일어나서 나갈 것처럼 모자를 집어 들었지만, 갑자기 커다란 옷장 문을 열고 밀레디의 옷들 속에 몸을 숨겼다.

"무슨 일이야?" 밀레디의 노기 띤 목소리가 들렸다. "종을 울렸는데도 대답하지 않다니! 잠이라도 자고 있던 거니?"

다르타냥은 두 방을 잇는 사잇문이 거칠게 열리는 소리를 들었다. 밀레디는 한동안 하녀를 꾸짖고 나서야 노기를 가라앉혔다.

"그건 그렇고, 오늘 저녁엔 그 가스코뉴 청년이 보이지 않는군." 밀레디가 말했다.

"어머 그렇네요. 그분이 안 오셨어요. 벌써 마음이 변한 걸까요?"

"천만에, 키티. 아마 트레빌이나 에사르로부터 급한 호출을 받았겠지. 난 그를 알아. 그는 내게 홀딱 빠져 있다고."

"그를 어떻게 할 작정이세요?"

"어떻게 하냐고?…. 걱정하지 마. 그자는 모르지만, 우리 사이에는 해결해야 할 문제가 있거든…. 그자가 끼어드는 바람에 추기경님의 신임을 잃어버릴 뻔했어. 복수하고 말 거야!"

"그분을 사랑하시는 게 아니었나요?"

"내가 그를? 아니, 오히려 그를 증오하는걸! 윈터 경의 목숨이 손안에 들어왔는데도 죽이지 않은 멍청이야. 그 바람에 난 30만 리브르의 연금을 잃게 되었어."

그 상냥했던 여자가 평소와 다른 새된 목소리로, 둘도 없이 친밀하던 남자를 죽이지 못해 억울해하는 걸 보며 다르타냥은 뼛속까지 오싹함을 느꼈다.

자, 이제 네 방으로 가 보렴. 그리고 내일은 내가 준 편지의 답장을 받아와야 해."

"바르드 씨에게 보낸 편지 말이지요?"

"그래."

문이 닫히는 소리와 함께 밀레디가 침실 안쪽에서 빗장을 거는 소리가 들렸다. 다르타냥은 옷장 문을 열었다.

"맙소사!" 키티가 낮은 소리로 말했다. "얼굴이 백짓장 같아요."

"정말 지독한 여자군." 다르타냥이 중얼거렸다.

그가 키티를 끌어당겼다. 키티는 저항할 수 없었다. 저항하면 소리가 나기 때문이었다. 결국 키티는 굴복하고 말았다.

다르타냥은 이튿날에도 밀레디를 찾아갔다. 밀레디는 매우 기분이 나빠 보였다. 하지만 밤이 되자 이 아름다운 암사자의 마음은 조금 누그러졌고, 다르타냥의 말에 미소 지으며 귀 기울이고, 그가 입을 맞추도록 손을 내밀기까지 했다.

다르타냥은 혼란스런 마음으로 집을 나왔다. 그는 현관문 앞에서 다시 키티를 만났고 새로운 정보를 얻기 위해 전날 밤처럼 그녀의 방으로 올라가 새벽 다섯 시까지 머물렀다.

오전 열한 시쯤 키티가 그의 집으로 찾아왔다. 그녀의 손엔 밀레디의 새로운 편지가 들려져 있었다. 다르타냥은 봉투를 뜯고 편지를 읽었다.

당신을 사랑한다고 말하기 위해 세 번째 편지를 씁니다. 네 번째 편지에 당신을 증오한다고 말하지 않도록 조심하세요.

나에게 행한 잘못을 후회하신다면, 이 편지를 전하는 아가씨가 여자에게서 용서받는 방법을 알려드릴 겁니다.

다르타냥은 펜을 들고 답장을 썼다.

부인, 지금껏 당신이 보낸 두 통의 편지가 정말 나한테 쓴 것인지 의심하고 있었습니다. 제가 그런 영예를 얻을 자격이 없다고 생각 했으니까요. 게다가 몸조차 좋지 않아서 회답을 망설였던 겁니다. 하지만 오늘 저는 당신의 과분한 호의를 믿을 수밖에 없게 되었 습니다. 제가 당신의 넘치는 사랑을 받고 있다는 사실을 편지와 더불어 당신의 하녀가 확인시켜 주었으니까요.

오늘 밤 열한 시에 용서를 빌러 가겠습니다. 하루라도 늦어지면 또 당신의 기분을 상하게 할 테니까요.

바르드 백작.

이 가짜 편지는 어찌 보면 야비한 짓으로 보일 수도 있다. 하지만 당시의 파렴치함에 대한 기준이 요즘과는 다소 달랐음을 독자들 은 이해해 주기 바란다. 더구나 밀레디가 자기 주변 사람들에게 훨 씬 중대한 배신을 행하고 있다는 사실을 안 이상 다르타냥은 그녀 에게 일말의 죄책감도 느끼지 못했다. 그럼에도 그의 몸 한곳에서 는 밀레디에 대한 열정이 불타오르는 것을 어쩔 수 없었다.

"자, 받아." 다르타냥이 봉인된 편지를 키티에게 건네며 말했다.

"밀레디에게 이 편지를 전해줘. 바르드 백작의 답장이야."

가엾은 키티의 얼굴이 시체처럼 하얘졌다. 편지 내용을 짐작했기 때문이다.

"잘 들어, 꼬마 아가씨. 너도 알겠지만 이번 일은 어떻게든 결말을 지어야 해. 네가 그녀의 첫 번째 편지를 잘못 전달한 사실이나 바르드 백작에게 보낸 편지를 내가 뜯어보았다는 사실을 밀레디가 알면 너를 쫓아내는 것만으로 그치지 않을 거야."

"오 세상에, 제가 누구를 위해 이런 일을 감당해야 하죠?"

"나를 위해서지. 하지만 너에 대한 고마움은 결코 잊지 않을 거야."

"오, 당신은 저를 사랑하고 있지 않아요." 그녀가 소리쳤다. "나는 정말 불행한 여자예요!"

하지만 이런 식의 대응에는 늘 여자가 속아 넘어가기 마련이다.

키티는 결국 자신만의 착각 속에 빠지고 말았다. 결정적으로 다르타냥은 오늘 저녁 밀레디와 일찍 헤어져 곧장 키티의 방으로 가겠다고 약속했고, 이 약속에 그녀는 그만 모든 걸 내려놓고 말았다.

24. 밤에는 모든 고양이가 쥐색이다

마침내 다르타냥이 초조하게 기다리던 밤이 왔다.

다르타냥은 평소처럼 밤 아홉 시쯤 밀레디의 집에 나타났다. 밀레디는 전에 없이 쾌활하게 다르타냥을 맞아 주었다. 그것이 자신이 보낸 편지의 효과라는 걸 우리의 가스코뉴 젊은이는 한눈에 알아차렸다.

키티가 소르베 음료를 들고 들어왔다. 두 여자를 번갈아 바라보며 다르타냥은 하늘이 두 사람을 만들 때 뭔가 착오가 있었던 게 아닐까 생각했다. 하늘이 귀부인에게는 타락하고 비천한 영혼을, 하녀에게는 고결한 마음을 준 것이다.

열 시가 되자 밀레디는 눈에 띄게 안절부절 못 했고 다르타냥은 그것이 무슨 의미인지 알아차렸다. 밀레디는 힐끗힐끗 시계를 보고 일어났다 앉았다 하며 다르타냥에게 뭔가 호소하는 미소를 보냈다.

'당신이 떠나 주었으면 정말 고맙겠다.'고 애원하는 미소였다.

다르타냥은 일어서서 모자를 집어 들었다. 그리고 그곳을 나왔다.

이번에는 키티가 기다리고 있지 않았다. 다르타냥 혼자 계단을 지나 그녀의 작은 방을 찾아가야 했다.

키티는 자기 방에서 얼굴을 두 손에 묻은 채 흐느끼고 있었다. 불쌍한 여인은 다르타냥의 목소리를 듣고 고개를 들었다. 다르타냥은 고통으로 일그러진 그녀의 얼굴을 보고 당황했다. 다르타냥은 그리 섬세한 마음을 지니지 못했지만, 키티가 홀로 괴로워하는 모습을 보자 마음이 흔들렸다. 그래도 그는 아직 자신이 세운 계획, 특히 그날의 계획에 집착하고 있었기에 그것을 바꿀 마음은 전혀 없었다. 그래서 키티가 다른 생각을 품지 않도록 자신의 행동은 단순히 복수를 위한 것일 뿐이라며 그녀를 설득했다.

마침내 백작과 만나기로 한 시간이 다가왔다. 밀레디는 키티를 불러 불을 끄게 했다. 열쇠 구멍을 통해 방이 캄캄해진 것을 확인한 다르타냥은 즉시 숨어있던 옷장에서 튀어나왔다.

"이게 무슨 소리지?" 밀레디가 물었다.

"접니다." 다르타냥이 나지막한 목소리로 말했다. "바르드 백작이에요."

"아, 백작님! 제가 얼마나 당신을 기다렸는지 아세요?"

경쟁자가 들어야 할 사랑의 맹세를 남의 이름으로 대신 듣는 일만큼 고통스러운 것이 있을까? 다르타냥은 예상치 못한 고통에 휩싸였고, 같은 시간 옆방에서 울고 있는 키티처럼 질투심에 가슴이 찢어졌다.

"그래요, 백작님." 밀레디가 자신이 낼 수 있는 가장 부드러운 목소리로 말했다. "우리가 만날 때마다 당신이 눈길과 목소리로 보내준 사랑 앞에 저는 얼마나 행복했는지 몰라요. 저도 당신을 사랑해요. 내일 당신이 저를 어떻게 생각하는지를 알려주는 징표를 받고 싶어요. 내일이면 당신이 저를 잊게 될지도 모르니…. 자, 먼저 이걸 받아요."

이렇게 말하면서 밀레디는 손가락에서 반지를 빼어 다르타냥의 손가락에 끼워 주었다.

다르타냥이 반지를 돌려주려 했지만 밀레디는 말했다. "아니에요, 아니에요. 저에 대한 사랑으로 이 반지를 간직해 주세요. 받아주신다면…." 그리고 떨리는 소리로 계속했다. "당신이 상상할 수 있는 것 이상의 은혜를 저에게 주는 거예요."

그 순간 다르타냥은 모든 사실을 털어놓고 싶은 마음에 사로잡혔다. 그가 자신의 정체를 말하려는 순간 밀레디가 덧붙였다.

"가엾은 나의 천사! 하마터면 그 가스코뉴 놈한테 죽을 뻔하셨다죠? 상처 난 데가 아직도 많이 아프신가요?"

"예. 많이." 다르타냥이 우물쭈물 대답했다.

"걱정 마세요. 제가 복수해 줄게요. 아주 잔인하게."

이 짧은 대화에서 다르타냥이 정신을 추스르는 데에는 얼마의 시간이 필요했다. 하지만 이상하게 그가 품고 온 복수심은 완전히 사라지고 없었다. 다르타냥은 그녀를 증오함과 동시에 그녀에게

매혹당했다. 그가 결코 꿈꾼 적 없던 두 가지의 상반된 감정이 마음속에서 서로 얽히며 묘한 악마같은 사랑을 만들어내고 있었다.

그 사이 시계가 한 시를 알렸다. 헤어져야 할 시간이었다. 그녀를 떠나야 할 순간이 되자 다르타냥은 매우 큰 아쉬움을 느꼈다. 두 사람은 다음 주에 만날 것을 약속하고 격정적인 작별의 인사를 나누었다.

이튿날 아침 다르타냥은 아토스의 집으로 달려갔다. 아토스의 의견을 듣고 싶었던 그는 모든 걸 털어놓았다.

"내 생각에 밀레디라는 여자는 비열한 인간으로 보이는군. 하지만 그런 식으로 여자를 속인 너도 마찬가지로 잘못했어."

이야기를 하면서도 아토스는 다르타냥이 끼고 있는 반지를 유심히 쳐다보았다. 왕비에게서 받은 반지 대신 반짝이는 다이아몬드로 장식한 사파이어 반지를 끼고 있었다.

"이 반지를 보고 계시군요." 다르타냥이 값비싼 선물을 친구의 눈앞에 자랑스레 내보이며 물었다.

"그래. 그걸 보니 우리 집안의 가보가 생각나는군. 그렇게 멋진 사파이어가 이 세상에 두 개나 존재하다니…. 놀랍군. 자네의 다이아몬드 반지와 바꾸었나?"

"아니요. 이건 내 아름다운 영국 여자의 선물이에요. 아니, 아름다운 프랑스 여자지요. 물어보지는 않았지만 프랑스 사람인 게 확실해요."

"그 반지를 밀레디에게서 받았다고?"

아토스가 외쳤다. 목소리만으로도 그가 매우 흥분해 있음을 느낄 수 있었다.

"예, 어젯밤에 그녀가 직접 주었죠."

"좀 보여주게."

다르타냥이 손가락에서 반지를 빼어 주었다.

반지를 자세히 살펴보던 아토스의 얼굴이 파리해졌다. 그는 반지를 자신의 왼쪽 약지에 끼어 보았다. 반지는 맞춘 듯 딱 맞았다. 평소에는 귀족답게 침착하던 아토스의 얼굴에 분노와 복수심의 그림자가 스쳐 지나갔다.

"같은 것일 리가 없어." 아토스가 말했다. "그 반지가 밀레디의 손에 들어갔을 리가 없지." 그는 반지를 다르타냥에게 돌려주었지만 여전히 반지에서 눈을 떼지 못했다.

"잠깐만…. 그 사파이어 반지를 다시 한 번 보여주게나. 내가 말한 반지는 한쪽 면에 긁힌 자국이 있어."

아토스가 소스라치며 말했다.

"여길 봐. 자국이 보이지? 이상하지 않나?"

"그런데 아토스, 이 사파이어는 누구한테 받은 거죠?"

"어머니로부터. 어머니는 외할머니에게서 물려받았지. 오래된 가보야. 절대로 우리 집안을 떠나선 안 되는."

"그런데…. 팔았나요?" 다르타냥이 머뭇거리며 물었다.

"아니야." 아토스가 야릇한 미소를 지으며 말을 이었다. "하룻밤 사랑의 대가로 주어 버렸지. 자네가 받은 것처럼 말이야."

이번에는 다르타냥이 생각에 잠겼다. 그는 반지를 다시 끼는 대신 주머니에 넣었다.

"잘 들어, 다르타냥." 아토스가 말했다. "내가 자네를 아끼는 거 알지? 내게 아들이 있다 해도 자네보다 사랑할 수는 없을 거야. 그래서 말인데, 내 말만 믿고 그 여자를 단념하게나. 그 여자는 무언가 치명적인 독을 품고 있어. 이건 내 직감이야."

"당신 말이 맞아요." 다르타냥이 말했다. "그녀를 포기하겠어요. 솔직히 말하면 저도 그 여자가 두려워요."

다르타냥이 집에 돌아와 보니 키티가 기다리고 있었다. 사랑에 미친 그녀의 마님이 언제 백작이 만나러 와줄지 하루빨리 알고 싶어 했기 때문이다.

가엾은 키티는 파리한 얼굴로 다르타냥의 대답을 기다리고 있었다.

젊은이는 아토스의 충고를 마음 깊이 새기고 있었다. 그는 펜을 들어 답장을 썼다.

부인, 다음 약속은 잊어주십시오. 상처가 아물고 보니, 이런 식으로 정리해야 할 일들이 너무나 많군요. 당신 차례가 오면 연락드리지요.

당신의 손에 입을 맞추며.
바르드 백작.

다르타냥은 편지를 봉하지도 않고 키티에게 주었다. 키티는 처음 편지를 읽고는 그 뜻을 잘 이해하지 못했지만, 다시 읽어보고 너무 기뻐 팔짝팔짝 뛰었다.

밀레디는 키티가 가져온 편지를 서둘러 열었다. 하지만 첫마디를 읽자마자 얼굴이 납빛으로 변했고, 그 다음은 편지를 구겨 버렸다.

"이 편지 뭐지?" 그녀가 물었다.

"마님의 편지에 대한 답장입니다." 키티가 떨면서 대답했다.

"그럴 리가 없어!" 밀레디가 외쳤다. "그럴 리가 없다고!"

그리고 그녀는 갑자기 자리에 주저앉았다.

"세상에!" 그녀가 말했다. "어떻게 그가…."

그리고 키티에게 나가라고 손짓했다.

25. 복수의 꿈

그날 저녁 밀레디는 평소처럼 다르타냥이 오면 곧바로 안내하라고 일러두었지만 다르타냥은 오지 않았다.

다음날 키티가 다르타냥을 찾아가 전날 밤에 있었던 일을 모두 전했다. 다르타냥은 빙긋 웃었다. 밀레디를 분노케 하는 것이 바로 그의 복수였다.

저녁이 되자 밀레디는 전날처럼 가스코뉴 청년을 기다렸지만 허사였다.

이튿날 키티가 다시 다르타냥의 집을 찾았다. 하지만 그녀는 이전의 이틀처럼 즐겁거나 쾌활하지 않았고 몹시 슬퍼 보였다. 그녀가 주머니에서 편지를 꺼내 다르타냥에게 내밀었다.

밀레디의 편지였는데, 이번에는 바르드가 아닌 다르타냥에게 보낸 것이었다.

친애하는 다르타냥 씨,

이렇게 친구를 소홀히 대하는 건 잘못이에요. 어제도, 그제도 시아버주버니와 함께 당신을 기다렸지만 헛수고였네요. 오늘 저녁도 마찬가지일까요? 당신에게 변함없는 감사를 보내며.

－클래릭 부인.

"가실 건가요?" 키티가 물었다.

"들어 봐, 사랑스런 아가씨." 다르타냥은 아토스와의 약속을 어기는 데 대해 변명이라도 하듯이 말했다. "너도 알겠지만 이런 초대를 거절하는 건 현명치 못한 일이야. 내가 발길을 끊으면 밀레디는 이상하다 의심할 것이고, 그러면 그녀의 복수의 칼날이 어디로 향할지 모르게 돼."

"오, 맙소사! 당신은 자신이 언제나 옳은 듯 말씀하시는군요. 하지만 당신의 진짜 얼굴과 이름으로 마님의 환심을 사게 된다면 처음보다 더 좋지 않은 일이 일어날 거예요!"

다르타냥은 키티를 애써 달래며 절대 밀레디의 유혹에 넘어가지 않겠다고 약속했다.

시계가 아홉 시를 알렸을 때 다르타냥의 발길은 루아얄 광장으로 향하고 있었다.

밀레디는 최대한 쾌활한 목소리로 다정하게 굴려고 애썼다. 그녀는 점점 다르타냥에게 살가운 몸짓을 하며 애인이 있냐고 물었다.

"저에게 그런 질문을 하시다니, 너무 잔인하시군요. 당신을 처음 본 순간부터 오직 당신만을 위해 숨 쉬고 한숨짓고 있는데 말이에 요." 다르타냥이 대답했다.

"저를 그토록 사랑하시나요?" 밀레디가 물었다. "하지만 아시다 시피, 자존심이 강한 여자일수록 얻기 힘든 법이죠."

"오, 어려움 따위는 두렵지 않아요!" 다르타냥이 말했다. "불가능 만이 나를 두렵게 할 뿐."

"진실한 사랑 앞에서 불가능이란 없어요." 밀레디가 대답했다.

다르타냥은 의자를 밀어 밀레디 쪽으로 다가갔다.

"그렇다면," 밀레디가 말했다. "당신의 그 사랑을 무엇으로 증명 하시겠어요?"

"당신이 원하는 건 뭐든지 하겠습니다. 명령만 하십시오. 저는 준비가 되어 있습니다."

"뭐든지?"

"뭐든지."

"좋아요! 제게 적이 하나 있어요." 그녀가 말했다. "철전지 원수 죠. 당신에게 맡겨도 될까요?"

"물론입니다, 부인. 내 사랑과 더불어 나의 목숨도 당신에게 속 해 있으니까요."

"하지만 저는 당신의 헌신에 어떻게 보답해야 하나요?" 밀레디 가 말했다. "전 사랑에 빠진 사람들을 잘 알거든요. 그런 사람들은 대가 없인 아무것도 해주지 않아요."

"제가 원하는 유일한 보답을 당신도 아실 텐데요." 다르타냥이 말했다. 그리고 그녀를 부드럽게 자기 쪽으로 끌어당겼다.

밀레디는 전혀 저항하지 않았다.

"아! 당신의 아름다운 눈에서 눈물을 흘리게 한 비열한 녀석의 이름을 말해주세요." 다르타냥이 외쳤다.

"저 같은 여자는 절대 울지 않아요." 밀레디가 말했다. "하지만 당신의 그 헌신이 마음에 드는군요."

"오! 당신 마음에 드는 게 그것뿐인가요?"

"그리고 당신을 사랑해요!" 그녀가 다르타냥의 손을 꼭 쥐면서 말했다.

밀레디를 불태운 열기가 그녀의 손끝에서 전해지기라도 한 듯 다르타냥이 두 손을 꼭 쥐며 몸을 떨었다.

"당신이, 당신이 나를 사랑한다니. 오, 정말 기쁨에 미쳐버릴 것 같아요!"

그는 두 팔로 밀레디를 안았다. 그녀는 키스를 퍼붓는 다르타냥의 입술을 피하려고도 하지 않았다. 다르타냥은 행복감에 몸을 떨었다.

밀레디가 그 기회를 놓치지 않고 말했다.

"그의 이름은….."

"바르드 백작이죠? 알고 있었습니다!" 다르타냥이 외쳤다.

"아니, 어떻게 알았죠?" 밀레디가 그의 두 손을 꼭 잡고 눈에서 속마음을 읽어보려 애쓰며 물었다.

다르타냥은 자신이 너무 흥분해서 실수했음을 깨달았다.

"얘기해 봐요!" 밀레디가 재촉했다. "어떻게 아셨죠?"

"어제 들렀던 살롱에서 바르드가 당신에게 받은 반지를 자랑하는 걸 봤죠."

"비열한 놈!" 밀레디가 소리쳤다.

"당신을 위해 그 비열한 놈에게 복수하겠습니다."

"언제 복수할 건가요?"

"내일, 아니 당신이 원하면 지금 당장이라도! 하지만 단지 하나의 희망만으로 마지막이 될지도 모르는 길로 저를 내모는 게 과연 온당할까요?"

"이건 매우 정의로운 일이에요." 그녀가 다정하게 말했다. "이제 됐죠?"

"저의 요구사항만 빼면요, 내 사랑. 나에겐 내일이 없으니 더 이상 기다릴 수 없어요."

"쉿! 시아주버니가 왔나 봐요. 당신이 여기 있는 걸 들킬 필요는 없어요."

그녀가 종을 울리자 키티가 나타났다.

"이 문으로 나가세요." 밀레디가 작은 비밀 문을 열면서 말했다.

"열한 시에 다시 와요. 그때 얘기를 마저 하죠. 키티가 당신을 내 방으로 안내할 거예요."

가엾은 키티는 이 말을 듣고 그 자리에 당장 쓰러질 지경이었다.

밀레디가 한 손을 내밀자 그가 부드럽게 입을 맞추었다.

"제발, 바보 같은 짓은 하지 말자. 저 여자는 사악한 마녀야. 조심해야 해." 비난에 찬 키티의 눈초리에 응답하며 다르타냥이 스스로에게 말했다.

26. 밀레디의 비밀

다르타냥은 곧장 키티의 방으로 올라가지 않고 저택을 나왔다. 두 가지 이유 때문이었다. 첫째는 키티의 비난을 피하기 위해서였고 둘째는 밀레디의 속셈을 검토해 볼 시간을 갖기 위해서였다.

열 걸음 뗄 때마다 한 번씩 밀레디의 집 창에서 새어나오는 불빛을 바라보며 그는 루아얄 광장을 대여섯 바퀴나 돌았다.

마침내 불빛이 사라졌다.

불이 꺼짐과 동시에 다르타냥의 마음속에 있던 마지막 망설임도 꺼졌다. 지난밤의 기억이 생생하게 떠올랐다. 그는 혼란스런 머리로 저택으로 들어와 급히 키티의 방으로 올라갔다.

키티는 사색이 되어 애인을 말리려 했다. 하지만 귀를 기울이고 있던 밀레디가 다르타냥이 들어오는 기척에 문을 열었다.

"들어와요." 밀레디가 말했다.

비현실적일 만치 파렴치하고 끔찍스러운 음모극 속으로 끌려 들어가는 기분이었다. 그럼에도 그는 자석 같은 밀레디의 매력에 굴복하여 그쪽으로 딸려가고 있었다.

그의 뒤에서 문이 닫혔다.

이제 다르타냥은 사랑을 이룰 수 있는 마지막 단계에 와 있었다. 그녀가 사랑한 사람이 경쟁자가 아닌 자기 자신일 거라는 망상까지 들었다. 마음 한구석에서는 자신이 한낱 복수를 위한 도구에 지나지 않으며 그가 상대를 죽여줄 때까지만 사랑받을 수 있을 거라는 냉엄한 목소리가 들려왔지만 교만과 순정 그리고 광기가 그 목소리를 잠재웠다.

이렇게 그는 순간의 관능에 몸을 맡겼다. 그에게 밀레디는 사악한 의도로 자신을 유혹하는 여인이 아니라 사랑 하나에 모든 것을 거는 열정의 화신으로 보였다.

그 밤이 밀레디에게는 어땠는지 알 수 없지만, 덧창 사이로 질투에 찬 햇빛이 스며들고 방 안이 어슴푸레하게 밝아올 때까지 다르타냥에게는 고작 두어 시간밖에 지나지 않은 것처럼 느껴졌다.

다르타냥이 떠나려고 할 때 밀레디가 복수의 약속을 다시 한 번 상기시켰다.

"전 준비가 되어 있어요." 다르타냥이 말했다. "하지만 그 전에 한 가지 확인해 두고 싶군요. 그건 당신이 나를 사랑하고 있느냐는 거지요."

"이미 증거를 보여드렸잖아요."

"당신이 정말 나를 사랑한다면, 조금이라도 나를 걱정해주어야 하는 게 아닌가요?"

"뭘 걱정하라는 말이죠?"

"내가 크게 다치거나 심하면 죽을 수도 있다는 걸 말이에요."

"그런 일은 일어나지 않아요. 왠지 저는 당신이 망설이고 있다는 생각이 드는군요."

"아니요. 망설이지 않아요. 다만 백작이 불쌍하다는 생각이 들어서요…."

"백작이요?"

"그래요. 그러니까, 적어도 저는 알고 있으니까요…."

"뭘요?"

"백작은 당신이 복수할 아무 짓도 저지르지 않았다는 걸요."

"그게 무슨 소리죠?" 밀레디가 불안한 어조로 물었다.

"내가 당신의 사랑이 된 이후로는 내가 그 사랑을 소유하게 되었죠. 안 그런가요?"

"완전히 당신 거지요. 그런데요? 계속해 봐요."

"좋아요. 고백하자니 마음이 무겁군요. 당신의 사랑을 의심했다면 고백하지 않았을 거예요. 당신을 너무 사랑한 나머지 잘못을 저질렀다면 나를 용서할 건가요?"

"아마도요! 그래 고백할 게 뭔가요?"

"당신은 지난 목요일에 바로 이 방에서 바르드 백작과 만났어요. 그렇죠?"

"내가요? 아니요 그런 적 없어요." 밀레디가 얼굴색 하나 변하지 않고 잘라 말했다.

"거짓말 마요, 내 아름다운 천사." 다르타냥이 웃음 띤 얼굴로 말했다.

"대체 무슨 소리예요. 정말 애가 타 죽겠군요!"

"바르드 백작은 아무것도 자랑할 게 없었죠. 그 반지는 내가 가지고 있으니까요. 목요일의 바르드 백작과 오늘의 다르타냥은 같은 사람이에요."

이 경솔한 청년은 그녀가 수치심과 놀라움으로 그를 질책하다가 급기야 눈물을 쏟아내는 정도로 끝날 것이라고 기대했었다. 하지만 예상은 보기 좋게 빗나갔고 그는 곧 자신의 착각을 깨달아야 했다.

밀레디의 얼굴이 창백해지더니 무서운 표정으로 변했다. 그녀는 벌떡 일어나 다르타냥의 가슴을 밀치고 침대에서 뛰쳐나갔다.

이미 날은 환해져 있었다.

다르타냥이 용서를 빌기 위해 인도산 무명으로 지은 그녀의 잠옷을 붙들었다. 하지만 그녀는 세차고 단호하게 그의 손을 뿌리쳤다.

그 바람에 잠옷이 찢어졌고, 그녀의 어깨가 드러났다. 그녀의 동그랗고 하얀 어깨에서 다르타냥은 백합꽃을 발견할 수 있었다. 불명예스런 범죄를 나타내는, 영원히 지워지지 않는 형리의 낙인이었다. 순간, 다르타냥은 아무 소리도 내지 못하고 꼼짝없이 침대 위에 얼어붙고 말았다.

다르타냥이 놀라는 것을 보고 밀레디는 자신의 정체가 탄로됐다는 걸 알았다. 이제 이 젊은이는 아무도 몰랐던 그녀의 무시무시한 비밀을 알아버린 것이다.

"더러운 놈!" 그녀가 말했다. "너는 비겁하게 나를 배신했고, 내 비밀까지 알아 버렸어. 널 살려둘 수 없어!"

그녀는 화장대 위에 있는 세공장식을 붙인 상자 쪽으로 달려갔다. 그리고 떨리는 손으로 거칠게 상자를 열어 황금 손잡이가 달린 날카로운 단검을 꺼내 들더니 거의 벌거벗은 다르타냥을 향해 달려들었다.

이 용감한 젊은이조차 일그러진 얼굴에 눈을 부릅뜨고 핏빛 입술을 한 채 달려드는 여자에겐 겁이 날 수밖에 없었다. 그는 침대 끝까지 물러섰고 땀으로 젖은 손으로 급히 칼을 빼들었다.

하지만 밀레디는 칼을 보고도 두려워하지 않았다. 그녀는 침대로 뛰어올라 그를 찌르려 했고, 상대의 날카로운 칼끝이 자신의 목을 겨눌 때까지 공격을 멈추지 않았다.

그녀는 두 손으로 다르타냥의 칼을 쥐려 했다. 하지만 다르타냥의 칼은 그녀의 손을 피해 그녀의 눈과 가슴을 차례로 겨누었다. 그러면서 그는 도망치기 위해 키티의 방으로 통하는 문을 찾았다. 그 동안에도 밀레디는 무섭게 소리를 지르며 미친 사람처럼 덤벼들었다.

"자, 아름다운 부인. 제발 진정하세요. 그렇지 않으면 다른 쪽 어깨에도 백합꽃을 하나 더 그려주겠소."

"야비한 놈!" 밀레디가 울부짖었다.

밀레디는 가구를 뒤엎으며 그에게 덤벼들었다. 다르타냥이 가구 뒤로 몸을 피했다. 옆방에서 나는 요란한 소리에 키티가 급히 방문을 열었다. 방문에서 서너 걸음 떨어져 있던 다르타냥은 재빨리 하녀의 방으로 뛰어들어 문을 닫아 버렸다. 그가 온몸의 체중을 실어 문에 기대고 있는 동안 키티가 빗장을 걸어 잠갔다.

밀레디는 단검으로 문을 찍어대기 시작했다. 때로는 칼끝이 나무로 된 두터운 문짝을 꿰뚫었다. 칼로 문을 찍을 때마다 무서운 저주의 말들이 튀어나왔다.

"어서, 키티! " 다르타냥이 말했다. "나를 여기서 나가게 해 줘. 조금이라도 지체하면 하인들을 시켜 나를 죽이려 할 거야."

"하지만 당신은 지금 벌거벗고 있어요!"

"그렇군!" 그때서야 자기 꼴을 확인한 다르타냥이 말했다. "빨리 아무 옷이나 줘. 내 생사가 달린 문제야!"

키티는 상황을 너무나 잘 이해하고 있었다. 그녀는 눈 깜짝할 사이에 다르타냥에게 꽃무늬 드레스를 입히고 커다란 머리쓰개와 망토를 걸쳐 주었다. 그리고 마지막으로 슬리퍼를 꺼내준 뒤 그를 아래층으로 인도했다. 밀레디는 벌써 종을 울려 하인들을 깨우고 있었다. 문지기가 키티의 목소리를 듣고 빗장을 열었다. 그와 동시에 반쯤 발가벗은 밀레디가 창문 밖으로 외쳤다.

"열어주지 마!"

27. 아토스는 어떻게 가만히 앉아서 장비를 마련했나?

다르타냥은 너무나 당황하여 키티가 겪을 일을 걱정할 겨를이 없었다. 그는 파리 시내의 절반이나 되는 거리를 달려 아토스의 집 앞에 겨우 멈췄다.

잠에서 깬 그리모가 졸린 눈으로 문을 열어주었다. 좀처럼 말을 하지 않는 이 불쌍한 하인이 이번엔 먼저 입을 떼었다.

"원하는 게 뭐야, 이 거지 년아!"

다르타냥이 머리쓰개를 들어올렸다. 그리모는 놀라 기절할 뻔했다. 마침 잠옷 차림의 아토스가 방에서 나왔다.

그리모가 손가락으로 다르타냥을 가리켰다. 아토스는 한눈에 다르타냥을 알아보았다. 평소 감정을 잘 드러내지 않는 그도 웃음을 참지 못했다.

"웃지 마세요." 다르타냥이 외쳤다. "정말이지 웃을 때가 아니라구요. 조금 전 너무나 끔찍한 일을 당했어요."

다르타냥은 서둘러 아토스의 방으로 들어갔다.

"무슨 일인지 말해 봐." 아토스가 방문을 닫으며 말했다. "추기경을 죽이기라도 했나? 완전히 얼이 빠져 있군."

"정말 믿을 수 없는 얘기예요, 아토스. 밀레디의 어깨에서 백합꽃 낙인을 보았어요."

"아!" 아토스가 마치 심장에 총알이라도 맞은 듯 외쳤다.

"이봐요, 아토스." 다르타냥이 물었다. "전에 말했던 그 여자, 죽은 게 확실해요?"

"전의 그 여자라니?" 아토스가 거의 들리지 않는 소리로 말했다.

"그래요. 언젠가 당신이 말했던 그 여자요. 스물여섯이나 스물여덟쯤 돼 보이던데…."

"금발이고?" 아토스가 물었다.

"네."

"묘하게 번뜩이는 밝은 파랑색 눈동자, 그리고 새까만 눈썹과 속눈썹?"

"네, 맞아요."

"큰 키에 날씬하고, 왼쪽 송곳니 옆의 이가 빠져 있고?"

"네."

"백합꽃은 작고 적갈색을 띠는데, 겹겹이 분가루를 칠해 지우려 했겠지…."

"그래요."

"내가 그 여자를 봐야겠어, 다르타냥."

"조심하세요, 아토스. 그 여자를 죽이려 했잖아요. 당신을 잊지 않고 복수하려 할 거예요."

그동안 일어난 일을 아토스에게 모두 털어놓은 다르타냥이 덧붙여 말했다. "그 여자는 추기경의 밀정이 틀림없어요!"

"그렇다면 자네도 몸조심하게. 어디든 자네와 함께 다녀야겠군."

아토스가 초인종을 울리자 그리모가 들어왔다. 아토스는 수신호를 통해 다르타냥의 집에 가서 옷을 가져오라고 명령했다.

"밀레디가 준 사파이어 반지는 당신 게 틀림없어요. 당신 집안의 가보라고 하셨죠?"

"어머니가 내게 주셨는데, 내가 바보처럼 그 못된 계집에게 주어 버렸지."

"그럼 이 반지 돌려드릴게요."

"나보고 그 추악한 여자가 끼던 반지를 돌려받으라고? 절대 안 돼. 더럽혀진 반지야."

"그럼 팔아버려요."

"어머니에게 물려받은 반지를 팔라니! 천벌을 받을 짓이야."

"좋아요. 그럼 전당포에 맡기죠. 적어도 천 에퀴는 받을 수 있을 거예요."

"그거 좋은 생각이군! 이 반지를 전당포에 맡기자고. 하지만 조건이 하나 있어. 천 에퀴를 받아서 오백 에퀴씩 나누는 거야."

"제게 또 다른 반지가 있다는 걸 잊으신 모양이군요."

"내가 보기에 자네는 그 반지를 무척 애지중지하는 것 같던데….”

“좋아요. 그렇다면 절반씩 나누기로 하죠.” 다르타냥이 말했다.

그때 그리모가 플랑셰를 데리고 왔다. 플랑셰가 직접 주인의 옷을 들고 온 것이다. 다르타냥이 옷을 갈아입었다. 다르타냥과 아토스 두 사람은 하인들을 데리고 포수아외르 거리에 도착했다. 문 앞에 서 있던 보나시외가 빈정거리듯 다르타냥을 바라보았다.

“서둘러요, 세입자 양반! 아름다운 아가씨가 댁에서 기다리고 있으니…. 댁도 아시겠지만 여자들은 기다리는 걸 좋아하지 않거든요.”

“키티야!” 다르타냥이 소리쳤다.

정말로 그 가엾은 소녀가 몸을 떨면서 문에 기대 서있었다. 그를 보자마자 키티가 말했다.

“마님의 분노로부터 저를 지켜주겠다고 약속했잖아요. 제가 이렇게 된 게 당신 때문이란 걸 잊지 않았겠죠?”

“진정해, 키티. 그건 그렇고 내가 떠난 뒤 무슨 일이 있었지?”

“마님의 고함소리에 하인들이 달려왔죠. 마님은 미친 듯이 화를 냈어요. 순간 당신과 내가 한통속이란 걸 마님이 알게 될까 두려워졌죠. 그래서 얼마 되지 않지 않는 돈과 비싼 옷가지들만 챙겨서 도망쳐 나온 거예요. 제가 파리를 떠날 수 있도록 도와주세요.”

“기다려 봐. 어떻게든 해 볼게. 플랑셰, 당장 아라미스에게 와달라고 전해줘.”

“어디든 상관없어요.” 키티가 말했다. “아무도 모르는 곳에 숨을 수만 있다면."

"그건 그렇고," 다르타냥이 말했다. "혹시 한밤중에 납치당한 젊은 여자에 대해 들은 적 있나?"

"오, 맙소사. 기사님은 아직도 그 여자를 사랑하시는군요?"

"아니야. 내 친구가 사랑하는 여자야. 하지만 쉿, 그녀는 네가 여기로 들어오면서 문 앞에서 봤던 못생긴 남자의 아내야."

"오!" 키티가 외쳤다. "그렇지 않아도 그를 보고 얼마나 놀랐는지 몰라요. 그 사람은 저를 기억하지 못해야 하는데!"

"뭐라고? 그 사람을 본 적이 있나?"

"밀레디의 집에 두 번 왔었어요. 약 보름 전쯤하고 어제 저녁에…."

"어제 저녁에?"

"그래요, 당신이 오기 바로 전이었어요."

"아토스! 우리는 밀정들의 감시 하에 있어요! 그나저나, 키티. 그가 너를 알아보진 않았을까?"

"보자마자 머리쓰개로 얼굴을 가리긴 했지만 이미 알아챈 것 같았어요."

"아토스! 밑에 가서 아직 그가 문 앞에 있는지 좀 봐 줘요."

아토스가 아래로 내려갔다가 금세 돌아왔다.

"이미 떠났어. 현관에는 자물쇠가 잠겨 있고."

"보고하러 갔을 거예요."

28. 라 로셸 포위전

라 로셸 포위전은 루이13세 시대 가장 중요한 정치적 사건 중 하나로, 추기경이 기획한 대규모 군사작전이었다.

앙리 4세가 신교도들에게 피난처로 제공한 주요 도시들 가운데 남은 것은 라 로셸뿐이었다. 그곳은 시민 반란과 대외 전쟁이라는 내우외환의 씨앗을 끊임없이 만들어내는 근원지가 되고 있었다. 따라서 라 로셸 포위전은 칼뱅파의 마지막 보루를 제거하는 일이었다.

스페인과 영국, 이탈리아의 불평분자들과 각국의 야심가들이 신교의 기치 아래 모여들면서 라 로셸은 분쟁과 각종 이해관계의 온상이 되었다. 더불어 라 로셸 항은 영국에 개방된 프랑스의 마지막 항구이기도 했다. 추기경은 이 마지막 항구마저 폐쇄해 버림으로써 프랑스의 영원한 적수인 영국에게 잔 다르크와 기즈 공작의 위업을 마무리하려 했다.

하지만 리슐리외에게 라 로셸 포위전은 단순히 프랑스에서 영국을 몰아내는 문제만이 아니었으며 자신의 연적에 대한 복수라는 의도도 포함되어 있었다. 리슐리외가 왕비에게 연정을 품고 있다는 것은 널리 알려진 사실이었다. 따라서 영국에 굴욕을 주는 것은 곧 왕비의 눈앞에서 버킹엄에게 굴욕을 주는 것이라는 사실을 리슐리외는 계산하고 있었다.

처음 상황은 버킹엄 공작에게 유리했다. 그는 90척의 배와 2만 명의 병력을 거느리고 레 섬 앞바다에 나타나 투아라스 백작의 지휘 하에 있던 프랑스 군을 기습했다. 그리고 피비린내 나는 전투 끝에 영국군은 상륙에 성공할 수 있었다.

이 사건은 추기경의 결단을 서두르게 만들었다. 추기경은 왕과 함께 라 로셸 포위전을 지휘하기로 결정했다. 그는 먼저 왕제를 파견하여 초기 작전을 지휘하도록 한 뒤 동원할 수 있는 모든 병력들을 불러 모아 속속 전쟁터로 내보냈다.

이때 파견된 선봉대가 바로 우리의 주인공 다르타냥이 속한 부대였다.

왕은 열병에 걸렸음에도 고집을 피우며 출발했지만, 상태가 악화되어 결국 빌루아에서 말을 멈추고 말았다.

국왕의 행렬이 멈추면서 총사들 또한 그곳에 머물러야 했고 근위대 소속의 다르타냥은 아토스, 포르토스, 아라미스와 헤어지게 되었다. 다르타냥은 친구들과의 이별을 대수롭지 않게 생각했지만 앞으로 처하게 될 위험을 알았다면 아마 크게 걱정했을 것이었다.

어쨌든 그는 1627년 9월 20일 경 라 로셸을 정면으로 마주하고 있는 진영에 무사히 도착할 수 있었다.

에사르가 지휘하는 근위대는 미님 수도원에 주둔하게 되었다. 어떻게든 총사대로 옮겨갈 생각뿐이었던 다르타냥은 근위대에 별로 친한 동료가 없었기에 늘 홀로 떨어져 자기만의 생각에 잠기곤 했다.

진지에 도착한 지 며칠이 지난 어느 날, 아침 아홉시에 집합을 알리는 북소리가 울렸다. 오를레앙 공이 주둔지 순찰을 위해 부대를 방문한 것이었다. 근위대원들은 무장을 갖추었고, 다르타냥도 동료들과 함께 대열을 이루었다.

오를레앙 공이 대열 앞을 지나갈 때마다 지휘관들이 앞으로 나가 경의를 표했다. 잠시 후 에사르가 다르타냥을 가까이 오라고 손짓했다. 그는 대열 앞쪽으로 달려가 명령을 기다렸다.

"각하께서 위험한 임무를 맡아줄 지원자를 찾고 계시네. 위험한 일이지만 잘만 완수하면 큰 명예를 얻게 될 거야. 그 임무를 맡을 준비를 갖추라고 자네를 부른 걸세."

"감사합니다. 대장님!" 다르타냥이 대답했다.

잠시 후 오를레앙 공이 큰 소리로 명령을 전달했다. "이 임무를 수행하려면 믿음직한 지휘관과 서너 명의 지원자가 필요하다."

"믿음직한 지휘관이라면 저희 부대에 있습니다, 각하." 에사르가 다르타냥을 가리키며 말했다. "그리고 각하의 뜻이 알려지면 네댓 명의 지원자는 금세 모여들 겁니다."

"나와 함께 가서 목숨을 바칠 사람 네 명만 앞으로 나오시오!"
다르타냥이 칼을 치켜들고 외쳤다.

당장 근위대에서 두 명이 지원했고 일반 병사 두 명이 가담하겠다고 나섰다.

요새를 점령한 라 로셸 시민들이 철수했는지 아니면 수비대를 남겨두었는지 알 방법이 없었으므로 이를 알아내기 위해 최대한 적진 깊숙이 침투할 정찰병이 필요했다.

네 명의 동료와 함께 출발한 다르타냥이 참호를 따라 앞으로 나아갔다. 근위대원 두 명이 그와 나란히 걸었고 그 뒤로 병사 두 명이 뒤따랐다. 이렇게 참호 둑을 엄폐물로 삼아 전진한 그들은 마침내 요새에서 백 걸음 정도 떨어진 곳에 이르렀다. 한데 다르타냥이 뒤를 돌아보니 병사 두 명이 사라지고 보이지 않았다. 다르타냥은 그들이 겁이 나서 어딘가 멈춰 있다고 짐작하고 계속 전진했다.

해자의 외벽을 돌아 바깥쪽으로 나가자 그들은 어느새 적의 요새에서 예순 걸음밖에 떨어지지 않은 지점에 도달해 있었다.

사람은 전혀 보이지 않았고 요새는 버려진 듯 텅 비어 있었다. 세 명이 계속 가야할지 어떨지를 의논하고 있을 때, 갑자기 큰 바위 쪽에서 한 줄기 연기가 솟아오르더니 여남은 발의 총알이 다르타냥과 두 동료를 스쳐 갔다. 수비대가 요새를 지키고 있었던 것이다. 상황을 알았으니 이제 더 이상 위험한 지역에 머무를 필요가 없었다. 다르타냥과 두 동료는 뒤돌아 퇴각하기 시작했다.

몸을 엄폐할 만한 참호에 이르렀을 즈음 함께 왔던 병사 한 명이 총알을 가슴에 맞고 쓰러졌다. 다른 한 명은 아군 진지 쪽으로 도망쳐 버렸지만 다르타냥은 동료를 버려둔 채 도망치고 싶지 않았다.

쓰러진 동료를 안아 일으키려고 그를 향해 허리를 구부리는 순간 총성 두 발이 울렸다. 한 발은 이미 다친 대원의 머리를 부수었고, 다른 한 발은 다르타냥의 바로 옆을 스쳐 바위에 맞았다.

다르타냥은 얼른 뒤를 돌아보았다. 총알이 날아온 것은 적진 쪽이 아니었다. 참호 벽이 그를 가려주고 있었기 때문에 적진에서는 그를 공격할 수 없었다. 도중에 자취를 감춘 두 병사가 머릿속에 떠올랐다. 그는 어떻게 된 일인지 알아내야겠다고 마음먹고 동료의 주검 위에 쓰러져 죽은 체하고 있었다.

이윽고 서른 걸음쯤 떨어진 곳에서 머리 두 개가 나타났다. 도중에 사라진 두 명의 병사였다. 다르타냥이 짐작한 대로였다. 두 사람은 다르타냥을 암살하기 위해 따라왔고 그를 죽인 다음 적들이 한 짓으로 돌리려 했던 것이다. 그들은 확실히 임무를 완수했는지 확인하려고 그에게 접근했다. 다행히도 다르타냥의 속임수에 그들은 총을 재장전하지 않고 있었다.

그들이 열 걸음쯤 떨어진 곳에 이르자, 칼을 손에서 놓지 않고 쓰러져 있던 다르타냥이 벌떡 일어나 달려들었다.

자객 하나는 나중에 문책 당할까봐 두려워 적군 진영으로 내달렸지만 결국 라 로셸 시민군이 쏜 총을 어깨에 총을 맞고 쓰러져 버렸다. 그 사이 다르타냥은 다른 한 명의 병사를 향해 덤벼들었다.

싸움은 오래가지 못했다. 다르타냥의 칼이 자객의 넓적다리를 꿰뚫어 쓰러뜨렸다. 다르타냥은 재빨리 그자의 목에 칼끝을 겨누었다.

"아이고, 나리 제발 목숨만 살려주십시오! 전부 다 말씀드리겠습니다."

"더러운 놈! 어서 말해라. 누가 나를 죽이라고 했느냐?"

"저는 잘 모르지만 밀레디라는 여자입니다."

"그 여자를 모른다면서 어떻게 이름을 알고 있지?"

"그 여자를 알고 있는 제 동료가 그렇게 불렀습니다. 그 여자와 거래한 것도 제가 아니라 동료였습니다. 그자의 주머니에 여자한 테서 받은 편지도 있어요."

"이따위 짓을 하는 대가로 얼마나 받았느냐?"

"백 루이입니다."

"그 여자가 내 목숨 값을 꽤나 쳐주었군. 좋아 네게 은총을 베풀어주는 대신 한 가지 조건이 있어."

"무슨 조건인가요?"

"네 동료의 주머니에 있는 편지를 찾아오는 거야."

"저더러 총알받이가 되라굽쇼? 나리, 제발 살려주십시오. 나리께서 사랑하는 그 젊은 여자를 생각해서라도 저를 불쌍히 여겨 주세요. 나리께서는 그 여자가 죽은 줄 아시겠지만 그렇지 않습니다!"

"대체 내가 사랑하는 여자 얘기며 그녀가 죽지 않았다는 얘기는 다 어디서 들은 거냐?" 다르타냥이 물었다.

"제 동료가 가지고 있는 편지에서 보았습죠."

다르타냥은 공포로 가득한 그의 표정에 측은한 감정을 느꼈지만 경멸의 눈초리로 그를 보며 말했다.

"좋아! 용감한 자와 겁쟁이의 차이가 무언지 내가 손수 보여주지. 여기 있어라. 내가 갈 테니!"

다르타냥은 적의 동정을 살피면서 지형지물을 이용하여 민첩하게 두 번째 병사에게 이르렀다. 그가 자신을 죽이려 했던 자객을 들쳐 메는 순간 적군이 총격을 가해 왔다.

가벼운 충격, 총알 세 발이 살을 꿰뚫는 둔탁한 소리, 마지막 비명, 그리고 단발마의 몸부림이 전해졌다. 다르타냥은 자신을 죽이려했던 자가 방금 자기 목숨을 구해주었다는 걸 깨달았다.

다르타냥은 다시 참호를 통과해 주검처럼 새파랗게 질린 부상자 옆에 시체를 내려놓았다.

그는 병사가 가지고 있던 잡다한 종이뭉치들 가운데서 편지를 찾아냈다.

네가 놓쳐버리는 바람에 그 여자는 안전한 수녀원으로 도망치고 말았다. 우리 손이 절대로 닿을 수 없는 곳으로 말이다. 따라서 이번 남자는 절대로 놓쳐선 안 된다. 내 힘이 어디까지 미치는지 너도 잘 알고 있을 터! 이번에도 실패하면 내게서 받은 백 루이의 값을 톡톡히 치르게 될 것이다.

서명은 없었지만 밀레디가 쓴 편지가 틀림없었다. 이 편지를 증거물로 보관하고, 그는 부상자를 심문하기 시작했다. 그자는 자신이 동료와 더불어 젊은 여자를 납치하는 데 가담했다고 자백했다.

"그 여자를 납치한 뒤 어떻게 할 작정이었지?" 다르타냥이 물었다.

"루아얄 광장에 있는 어느 저택에 가둬둘 생각이었습니다."

다르타냥은 밀레디가 자기뿐만 아니라 자기를 사랑하는 사람들까지 파멸에 몰아넣을 정도로 복수심에 불타는데다 궁정의 사정에 밝아 모든 것을 꿰뚫고 있다는 사실을 알고 몸서리를 쳤다. 이 모든 정보는 틀림없이 추기경에게서 들은 것이리라. 하지만 이제 그는 보나시외 부인을 다시 찾을 수 있게 되었다. 수녀원은 난공불락의 요새가 아니니 말이다.

이런 생각은 그의 마음을 누그러뜨려 주었다. 그는 부상자 쪽으로 몸을 돌려 팔을 내밀었다.

"자, 내 부축을 받아라. 함께 진지로 돌아가자."

맨 먼저 진지로 돌아온 근위대원이 네 명의 동료가 모두 죽었다고 보고했기 때문에 다르타냥이 무사히 돌아오자 병사들은 모두 환호성을 질렀다.

함께 돌아온 병사에 대해서도 다르타냥은 그가 적의 기습을 받고 다쳤다고 말해 주었다. 더불어 다른 한 병사의 죽음과 자신들이 겪었던 위험에 대해서도 지어낸 이야기를 했다. 이로 인해 그는 큰 명성을 얻게 되었다. 부대 전체가 종일 그의 모험 이야기로 떠들썩했고 오를레앙 공도 그를 치하해 주었다.

29. 앙주 포도주

다르타냥에게 단 한 가지 걱정은 친구들의 소식을 들을 수 없다는 것이었다. 하지만 11월 초의 어느 아침 빌루아에서 날아온 편지 한 통이 그의 모든 궁금증을 해소해 주었다.

다르타냥 씨.

아토스, 포르토스, 아라미스 씨가 저의 여관에서 즐거운 시간을 보내던 중 흥이 지나쳐 소란을 피우다가 매우 엄격한 헌병대장에 의해 며칠간의 금족령이 내려졌습니다. 그러나 그분들이 즐겨 마시던 앙주 포도주 열두 병을 귀하께 보내라고 당부하셨기에, 부탁을 따르고자 합니다. 이 술을 마시며 자신들의 건승을 축원해 달라는 부탁이 있었습니다. 삼가 머리 숙여 인사를 올립니다.

총사대 지정 여관 주인, 고도 올림

"정말 다행이군!" 다르타냥이 속으로 외쳤다. "내가 괴로울 때 그들을 생각하듯, 그들은 즐거울 때 나를 생각하고 있어."

다르타냥은 부대에서 가장 친한 두 대원에게 달려가 앙주 포도 주가 있다며 초대했다. 초대 날짜는 이틀 뒤로 잡았다.

약속된 날, 다르타냥은 플랑셰를 시켜 모든 준비를 갖추게 했다.

플랑셰는 초대받은 근위대원의 하인인 푸로와 다르타냥을 죽이려 했던 그 병사를 조수로 삼기로 했다.

초대시간이 되자 두 손님이 도착하여 자리에 앉았다. 식탁에 음식들이 차려졌다. 플랑셰는 손님 시중을 들었고, 푸로는 포도주 마개를 땄으며, 브리즈몽(회복 중인 부상병의 이름이다.)은 포도주를 작은 단지에 부었다. 다르타냥은 브리즈몽도 포도주를 마시도록 허락했다.

손님들이 첫잔을 입에 가져가려는 순간 갑자기 포성이 울렸다. 근위대원들은 기습공격이라 생각하고 재빨리 칼을 집어 들었다. 하지만 식당을 나서자마자 포성의 원인이 밝혀졌다. "국왕 만세! 추기경 만세!"를 외치는 소리가 사방에서 들렸다.

국왕과 궁중 식솔들이 1만여 명의 지원군과 더불어 막 진지에 도착한 것이었다. 왕의 앞뒤를 총사대가 호위하고 있었다. 대원들 사이에 정렬해 있던 다르타냥은 친구들에게 반갑다는 인사를 보냈다. 맨 먼저 다르타냥을 알아본 트레빌과 친구들도 눈빛으로 인사를 했다.

환영식이 끝난 뒤 네 친구는 서로 얼싸안았다.

"정말 잘 왔어요!" 다르타냥이 외쳤다. "이렇게 딱 맞춰서 오기도 힘들 거예요. 아직 고기가 식지 않았겠죠. 그렇죠?"

다르타냥이 두 근위대원을 친구들에게 소개했다.

"아하! 술잔치를 벌이려던 참이었군!" 포르토스가 말했다.

"여기 식당엔 마실 만한 술이 있나보지?" 아토스가 물었다.

"당신들이 보내준 술이 있잖아요!" 다르타냥이 대답했다.

"우리들이 보내준 술?" 아토스가 놀라며 물었다.

"제게 포도주를 보내주셨잖아요."

"우리가? 포도주를?…." 세 명의 총사가 동시에 소리쳤다.

"여기 편지도 있어요!" 다르타냥이 말했다.

그가 친구들에게 편지를 보여주었다.

"가짜 편지야." 포르토스가 말했다.

다르타냥의 얼굴이 창백해졌다.

"빨리 서둘러요. 빨리!" 다르타냥이 외쳤다. "방금 끔찍한 생각이 머리를 스쳤어요! 이번에도 그 여자의 복수가 아닐까요?"

이번에는 아토스의 안색이 창백해졌다.

다르타냥은 식당으로 달려갔다. 삼총사와 두 근위대원도 뒤를 따랐다.

다르타냥이 식당에 들어갔을 때 맨 먼저 눈에 띈 것은 마룻바닥에 누워 데굴데굴 구르며 경련하고 있는 브리즈몽이었다.

브리즈몽은 고통 속에서 숨을 거두었다.

"끔찍해! 끔찍한 일이야!" 아토스가 중얼거렸다. 포르토스는 포도주병을 박살내 버렸다.

"오, 친구들." 다르타냥이 말했다. "여러분이 다시 한 번 내 목숨을 구해주었군요. 나뿐 아니라 여기 있는 두 대원의 목숨도 구해 주었어요." 그리고 두 근위대원을 보며 말을 이었다. "이번 사건은 절대 비밀로 해 주었으면 좋겠어요. 방금 본 사건에 높은 분이 관련되어 있을지도 모르고 이 일이 알려지면 그 화가 다시 우리에게 미칠 수도 있으니까요."

두 근위대원은 다르타냥의 사과를 흔쾌히 받아들였고 오랜만에 만난 친구들을 위해 자리를 비켜주었다.

30. 콜롱비에 루주 여관

　다르타냥이 참호 근무 때문에 아토스, 포르토스, 아라미스와 동행하지 못한 어느 날 저녁이었다. 세 총사들은 군마를 타고 전투용 망토로 몸을 감싼 채 여관에서 돌아오고 있었다. 아토스가 라자리 가도에서 찾아낸 콜롱비에 루주라는 여관이었다. 그때 어디선가 그들을 향해 오는 말발굽 소리가 들렸다. 삼총사는 즉시 멈춰 서서 길 한복판에서 주위를 경계하며 기다렸다. 달이 구름 속에서 잠시 벗어나는 순간 말 탄 사람 두 명이 길모퉁이를 돌아 모습을 드러냈다. 그들도 삼총사를 보자 말을 멈추었다.

　"거기 누구냐?" 아토스가 소리쳤다.

　"그러는 너희들이야말로 누구냐?" 두 기사 중 하나가 되물었다.

　우렁찬 목소리로 보아 명령에 익숙한 말투였다.

　"국왕 폐하의 근위 총사들이다." 아토스가 말했다.

　"소속은?"

"트레빌 씨의 총사대다."

"앞으로 나와서 이 시간 여기서 뭘 하고 있었는지 보고하게."

일행을 대표해서 아토스가 한 발 앞으로 나아갔다.

"아니, 추기경님!" 아토스가 깜짝 놀라 외쳤다.

"자네 이름이 뭔가?" 추기경이 물었다.

"아토스입니다."

추기경이 신호를 보내자 그의 수행원이 다가왔다.

"이들 세 총사가 우리를 따를 것이다." 추기경이 낮은 목소리로 말했다. "내가 주둔지를 벗어났다는 걸 누구도 알아선 안 돼. 이들이 우리를 따라오게 하면 아무도 발설하지 못하겠지."

"우리는 근위대원들입니다. 예하." 아토스가 말했다. "비밀을 지키겠다는 다짐을 원하신다면 걱정하지 않으셔도 됩니다."

"자네는 귀가 밝군, 아토스." 추기경이 말했다. "하지만 잘 듣게. 나를 따르라고 한 건 믿지 못해서가 아니라 나를 호위해달라는 얘기였네."

세 총사가 고개를 숙여 예를 표했다.

"기꺼이 명령을 받들겠습니다." 아토스가 말했다. "예하께서도 저희를 데리고 가시는 게 좋을 겁니다. 오는 도중 험상궂게 생긴 자들을 보았고, 콜롱비에 루주 여관에서도 험상궂은 네 명과 시비가 붙었으니까요."

"싸웠다고? 무엇 때문에?" 추기경이 물었다.

"술에 취한 놈들이었습니다." 아토스가 말했다. "여관에 어떤 여자가 묵고 있다는 걸 알고 억지로 방문을 열려고 하더군요."

"젊고 예쁜 여자였나?" 추기경이 불안한 표정으로 물었다.

"여자의 얼굴은 못 보았습니다. 예하."

"자네들이 한 여자의 명예를 지켜주었어. 마침 나도 콜롱비에 루주 여관으로 가는 길이니 자네들 한 말이 사실인지는 곧 알게 되겠지."

"그 여자는 어떤 기사와 밀담을 나누고 있었습니다." 아토스가 말했다. "하지만 그 기사는 끝내 모습을 드러내지 않더군요. 지독한 겁쟁이임에 틀림없습니다."

"성경 말씀에서도 경솔하게 판단하지 말라고 했지." 추기경이 대답했다. "자, 나를 따라오게."

삼총사는 추기경을 따라갔다. 추기경은 다시 망토로 얼굴을 감싸고 뒤따르는 네 명보다 열 걸음쯤 앞서 말을 몰았다.

얼마 지나지 않아 그들은 한적하고 조용한 여관에 도착했다. 지체 높은 손님이 오리라는 것을 알고 있었던 듯 여관 주인은 손님들을 모두 쫓아내고 추기경을 기다리고 있었다.

문 앞에서 열 걸음쯤 떨어진 곳에서 추기경은 자기 시종과 삼총사에게 멈추라는 신호를 했다. 추기경이 문으로 다가가 신호인 듯세 번 문을 두드렸다.

이윽고 망토로 몸을 감싼 남자가 나오더니 추기경과 몇 마디 나누고는 말을 집어타고 쉬르제르 쪽으로 사라졌다. 파리 방향이었다.

"이 사람들이 몸을 녹이며 기다릴 방이 아래층에 있나?" 추기경이 물었다.

여관 주인이 문을 열자 커다란 방이 하나 나타났다. 크고 멋진 벽난로가 설치된 방이었다.

"이 방이 어떻습니까요?" 주인이 말했다.

"좋군." 추기경이 말했다. "방에 들어가서 기다리고 있게. 30분이면 돌아올 걸세."

삼총사가 아래층 방으로 들어가는 동안 추기경은 여관 주인의 안내도 받지 않고 곧장 계단을 올라갔다.

31. 난로 연통의 쓰임새

우리의 세 친구는 아무 의심도 없이, 다만 타고난 의협심과 모험심으로 추기경이 특별히 보호하는 누군가를 도와주었을 것이다. 그가 과연 누구였을까? 삼총사들도 그것이 궁금했다. 포르토스는 여관 주인을 불러 주사위를 가져오라고 했다.

포르토스와 아라미스가 테이블에 앉아서 주사위 놀이를 시작했다. 아토스는 생각에 잠긴 채 방 안을 거닐고 있었다.

생각에 잠긴 아토스가 연통이 중간에 끊어진 난로 앞을 오가는데, 한쪽 끝이 위층 방으로 통해 있는 연통 앞을 지날 때마다 뭔가 웅성대는 소리가 들렸다. 문득 한 마디 말소리가 그의 귀에 들어왔다. 아토스는 뭔가 중요한 이야기인 듯해 친구들에게 조용하라는 신호를 보내고 허리를 굽혀 연통 구멍 가까이 귀를 갖다 댔다.

"이봐, 밀레디." 추기경이 말했다. "이건 중대한 문제야."

"주의 깊게 듣고 있습니다. 예하." 여자 목소리가 대답했다. 그 목소리에 아토스가 몸서리를 쳤다.

"샤랑트 강 어귀에서 작은 배 한 척이 자넬 기다릴 거야. 내일 아침에 출항할 예정이지."

아토스가 두 친구들에게 와서 이야기를 들어 보라고 신호를 보냈다.

"자넨 이제 런던으로 떠나게 될 거야." 추기경이 말했다. "런던에 도착하면 버킹엄을 찾아가서 내가 보냈다며 이렇게 전하게. 당신 계획은 나도 알고 있다. 하지만 나는 조금도 걱정하지 않는다. 만약 당신이 조금이라도 움직일 기미를 보인다면 당장 왕비를 파멸시켜 버리겠다고 말이야."

"그러려면 공작이 믿을 만한 근거를 제시해야 할 텐데요."

"그렇겠지. 그가 루브르궁에 왔던 날 밤 어떻게 들어오고 나갔는지 자세히 말해주겠다고 전해."

"그래도 공작이 고집을 부리면요?"

"그래도 고집을 부린다…." 추기경은 잠시 말을 끊었다가 다시 말했다. "계속 고집을 부린다면 지금의 상황을 변화시킬 사건이 일어나길 바라는 수밖에. 예를 들어 1610년에 앙리 4세는 오스트리아를 양쪽에서 압박하기 위해 플랑드르와 이탈리아를 동시에 공격했지. 그때 오스트리아를 구해준 사건이 일어나지 않았나?"

"페로느리 가의 암살 사건[3] 말씀이시군요."

"맞아." 추기경이 말했다. "어느 시대 어느 나라건 순교자가 되고 싶어 하는 광신도가 있기 마련이야. 영국의 청교도들도 버킹엄 공작에게 큰 원한의 감정을 품고 있지. 심지어 목사들은 그를 그리스도의 적이라고까지 부른다더군."

"그래서요?" 밀레디가 물었다.

"그러니까" 추기경이 말했다. "젊고 아름답고 똑똑한데다 공작에게 복수할 명분까지 가진 여자를 먼저 찾아내야겠지. 공작 주위에는 여자들이 많아. 변치 않을 사랑을 맹세하면서 여기저기에 여자들의 원한을 뿌리고 다녔을 테지. 아마 그런 여자를 곧 찾아낼 수 있을 거야."

"분명 그럴 거예요." 밀레디가 말했다.

"그런 여자가 한 광신도에게 칼을 쥐어준다면 프랑스를 구할 수 있겠지."

"네. 하지만 그 여자도 암살자의 공범으로 몰릴 텐데요."

"라바야크⁴의 공범이 붙잡힌 적 있었나?"

"아니요. 그건 공모자들이 아무도 찾아내지 못할 만큼 높은 자리에 있었기 때문이죠. 하지만 예하, 전 그런 위치에 있지 못한걸요."

"옳은 말이야. 그래서 원하는 게 뭐지?" 리슐리외가 말했다.

---

4 프랑수아 라바야크: 앙리4세를 암살한 인물. 앙리 4세가 교황과 전쟁을 선포하고, 구교도에 대한 대학살 사건을 준비하고 있다는 소문을 듣고 왕을 암살했다고 진술했지만 그의 배후에 정치적 음모가 있다는 소문이 파다하게 퍼져 있었다. 라바야크는 잔인한 고문 끝에 팔다리가 잘린 채 처형당하였지만 끝내 배후에 대해서는 입을 열지 않았다.

"지령서 한 장이 필요합니다. 제가 행하는 업무가 프랑스의 국익을 위해 가장 시급한 일임을 증명하는 지령서입니다."

"하지만 내가 말한, 공작에게 복수할 여자를 먼저 찾아야 할 텐데."

"벌써 찾았어요." 밀레디가 말했다. "자, 이제 예하의 적에 대한 지령을 받았으니, 저의 적에 대해 두 가지만 부탁해도 될까요?"

"당신에게도 적이 있었나?"

"네, 예하. 모두 예하를 섬기느라 만든 적들이지요."

"그게 누군가?"

"먼저 보나시외라는 밀정입니다."

"그 여자는 망트 감옥에 있어."

"그랬었지요. 하지만 왕비가 국왕 폐하의 명령서를 받아내 보나시외를 수녀원에 옮겨 놓았습니다."

"어느 수녀원이지?"

"그건 저도 모릅니다. 철저히 비밀에 부쳐졌죠."

"내가 알아보지!"

"밝혀내면 꼭 알려주셔야 합니다, 예하"

"약속하지."

"감사합니다. 하지만 보나시외보다도 훨씬 무서운 적이 있어요. 예하께서도 잘 아시는 자입니다. 예하가 밀사로 보낸 바르드 백작을 세 번이나 칼로 찌르고 다이아몬드 목걸이 사건 때도 우리의 계획을 무산시켰지요. 게다가 제가 보나시외를 납치했다는 걸 알고 절 죽이려고까지 했어요."

"그래, 그래! 누군지 알겠군." 추기경이 말했다.

"그 다르타냥이란 불한당 녀석이죠."

"참 대담한 녀석이야." 추기경이 말했다. "하지만 그가 버킹엄과 내통하고 있다는 증거가 있어야 할 텐데."

"증거요?" 밀래디가 소리쳤다. "그런 거라면 열 가지도 드릴 수 있어요."

"그럼 내게 증거를 가져와. 당장 바스티유로 보내 버릴 테니."

"예하." 밀레디가 말을 받았다. "물건에는 물건으로, 목숨에는 목숨으로, 사람에는 사람으로 교환해야지요. 저에게 한쪽을 주시면 저는 예하께 다른 쪽을 드리겠습니다."

"자네의 말을 믿어 보지. 자네 말처럼 다르타냥이란 녀석이 진짜 난봉꾼인데다 싸움꾼에 반역자라면 말이야. 종이와 펜, 잉크를 가져오게."

"여기 있습니다. 예하."

잠시 동안 침묵이 흘렀다. 아토스는 두 친구의 손을 잡고 방의 반대편으로 끌고 갔다.

"왜 이래?" 포르토스가 말했다. "대화를 끝까지 들어봐야 하지 않나?"

"쉿!" 아토스가 말했다. "들을 얘기는 다 들었어. 나는 지금 바로 떠나야겠네."

"하지만 추기경이 자네를 찾으면 뭐라고 하지?"

"추기경에겐 길이 안전하지 않을 것 같아 정찰 삼아 먼저 출발했다고 말해 주게. 나머지는 내가 알아서 할 테니."

"조심하게 아토스!" 아라미스가 말했다.

"걱정 말게." 아토스가 대답했다. "자네도 알다시피 내 피는 언제나 차갑다네."

포르토스와 아라미스는 다시 난로 연통 쪽으로 가서 자리를 잡았다. 그 사이 아토스는 아무 일도 없다는 듯 밖으로 나가서 자신의 말을 집어탔다. 추기경의 시종에게는 돌아갈 길을 먼저 살펴보고 오겠다고 일렀다. 그는 권총의 탄약을 살펴보는 시늉을 하다가 진지 쪽으로 급히 말을 몰았다.

32. 부부의 재회

아토스의 예상대로 추기경은 내려오자마자 재빠른 눈길로 구석구석 방을 살폈다.

"아토스는 어디 갔나?" 그가 물었다.

"정찰하러 나갔습니다. 예하." 포르토스가 대답했다.

"자 그럼 어서 말에 오르지. 밤이 많이 깊었네."

시종은 문간에서 추기경의 말고삐를 잡고 기다리고 있었다. 조금 떨어진 곳에 두 사내와 말 세 마리가 서 있었다. 밀레디가 배에 오를 때까지 안내할 일행들이었다.

추기경은 진지로 떠났다. 그렇다면 아토스는 어떻게 된 걸까?

말을 달려 여관을 떠났던 그는 아무도 보지 않는 곳에 이르자 말머리를 틀었다. 그리고 길을 빙 돌아 여관에서 스무 걸음 떨어진 잡목 숲으로 들어갔다. 거기에 숨어 추기경 일행이 지나갈 때까지 기다리던 아토스는 총사와 추기경이 길모퉁이를 돌아 사라지자 재빨리 여관으로 들어갔다.

여관 주인이 그를 알아보았다.

"장교님이 2층에 있는 여자한테 중요한 지시사항을 전달하는 것을 깜박 잊었다며 대신 전해달라고 했소." 아토스가 말했다.

"아직 방에 계시니 어서 올라가 보십시오." 여관 주인이 말했다.

아토스는 최대한 발소리를 죽여 계단을 올라갔다. 그리고 방으로 뛰어들더니 빗장을 안에서 잠가 버렸다.

빗장을 거는 소리에 밀레디가 돌아보았다.

"누구세요?" 밀레디가 소리쳤다.

아토스는 망토를 걷고 모자를 올려 쓰며 밀레디에게로 다가갔다.

"나를 알아보겠소, 부인?" 아토스가 물었다.

앞으로 한 걸음 내딛던 밀레디가 뱀이라도 본 듯 소스라치며 뒷걸음질 쳤다.

"라 페르 백작!" 밀레디가 새하얘진 얼굴로 중얼거렸다.

"그래, 밀레디. 라 페르 백작이 너를 만나기 위해 몸소 이곳까지 왔어. 그러니 앉아서 이야기를 해 볼까?"

밀레디는 말할 수 없는 공포에 사로잡혀 그만 자리에 주저앉고 말았다.

"난 그때 당신을 영원히 땅 속에 묻어버린 줄 알았는데." 아토스가 말했다. "내가 착각했거나 지옥이 당신을 되돌려 보내주었나 보군. 그래 지옥이 당신을 부활시켰어. 지옥이 당신을 부자로 만들었고 당신에게 새 이름을 준 모양이야. 하지만 당신의 더럽혀진 영혼과 당신 몸에 찍힌 낙인은 지옥에서도 지워버릴 수 없었을 테지.”

“도대체 누가 당신을 보낸 거죠?” 밀레디가 다 죽어가는 목소리로 말했다.

“나는 눈에 띄지 않는 곳에서 줄곧 당신을 지켜보고 있었어. 버킹엄 공작의 어깨에서 다이아몬드 두 알을 훔친 것도 당신이고 보나시외 부인을 납치한 것도 당신이지. 바르드 백작에게 홀딱 빠져 그와 함께 밤을 보내려고 했지만 실제로 당신은 다르타냥에게 문을 열어 주었지. 그리고 바르드 백작이 배반했다고 생각해 연적을 시켜 백작을 죽이려고 했어. 하지만 그 연적이 당신의 비밀을 눈치채자 이번에는 두 자객을 보내 그를 죽이려고 했지. 그가 총에 맞지 않은 것을 알자 이번에는 가짜 편지와 함께 독이 든 포도주를 보내기까지 했지. 그리고 바로 이 방에서 리슐리외 추기경과 버킹엄 공작을 암살하기로 약속하고 그 대가로 다르타냥을 죽여도 좋다는 허락을 받아냈어.”

“당신은 사탄이 분명해요, 그렇죠?” 밀레디가 말했다.

“그럴지도 모르지.” 아토스가 말했다. “어쨌든 내 말 잘 들어. 당신이 버킹엄 공작을 암살하건 말건 난 상관치 않아! 그는 영국인이니까 말이야. 하지만 다르타냥은 손끝 하나 건드리면 안 돼. 맹세컨대 그의 털끝하나라도 건드렸다간 그게 당신의 마지막 범죄가 될 거야.”

“다르타냥은 내게 참을 수 없는 모욕을 주었어요. 절대 살려둘 수 없어요.” 밀레디가 말했다.

아토스는 아찔해짐을 느꼈다. 여자가 아닌 악마로 변해버린 그녀를 보고 있자니 과거의 무서운 기억이 되살아났다. 그는 자리에서 일어나 허리에 차고 있던 권총을 빼들었다.

아토스는 천천히 권총을 들어올렸다. 그리고 팔을 뻗어 총구를 밀레디의 이마에 갖다 댄 뒤 단호하고 무서운 목소리로 말했다.

"당장 추기경이 서명한 증서를 내놔. 그렇지 않으면 네 머리통을 날려버려 주지."

그의 얼굴이 경련하는 것을 보고 밀레디는 정말 총을 쏠 모양이라고 생각했다. 그녀는 재빨리 가슴에서 종이 서류를 꺼내 아토스에게 주었다.

"자요." 그녀가 말했다. "지옥에나 떨어져요!"

아토스는 서류를 받아 권총을 허리띠에 다시 꽂더니, 서류가 진짜인지 확인하려 등불 곁으로 다가갔다.

> 이 서류를 소지한 자가 행한 모든 일은 국익을 위해 나의 명령에 따른 것임을 증명한다.
>
> 1627년 12월 3일
> 리슐리외.

아토스는 망토를 집어 들고 다시 모자를 쓰며 말했다.

"독사 같은 계집! 자, 이제 네 이빨을 뽑았으니, 마음대로 물어 보시지."

그는 뒤도 돌아보지 않고 방에서 나갔다.

문 밖에선 두 남자가 말고삐를 잡고 기다리고 있었다.

"추기경 예하께서 저 여자를 즉시 목적지까지 안내하고 배에 탈 때까지 곁을 떠나지 말라고 분부하셨소."

이미 받았던 명령과 같았다.

아토스는 사뿐히 말에 올라타더니 빠르게 말을 달렸다. 하지만 그는 큰길이 아닌 들판을 가로지르는 지름길을 택했고 주둔지에서 이백 미터 떨어진 곳에 이르러서야 큰길로 나왔다.

"누구냐?" 말 탄 사람들이 눈앞에 들어오자 멀리서 그가 외쳤다.

"우리 용감한 총사이시군." 추기경이 말했다.

"예, 접니다. 예하." 아토스가 대답했다.

"수행해주어서 고맙네, 아토스. 이제 목적지에 다 왔으니 자네들은 왼쪽 문을 통과해 돌아가게. 암호는 '루아 에 레'야."

추기경은 삼총사에게 고개를 까딱해 보인 뒤 시종을 거느리고 오른쪽 문으로 들어갔다.

"이봐, 아토스." 추기경이 멀어지자 포르토스와 아라미스가 입을 열었다. "추기경은 그 여자가 요구한 증서에 서명했어."

"나도 알아." 아토스가 조용히 말했다. "그걸 내가 갖고 있거든." 세 친구는 숙소에 도착할 때까지 아무 말도 하지 않았다. 그리고 포르토스의 하인 무스크통을 플랑셰에게 보내 다르타냥의 근무가 끝나는 대로 총사대 숙소로 오도록 일렀다.

아토스가 예상한 대로 밀레디는 문 앞에서 기다리던 두 남자를 순순히 따라갔다. 그녀는 조용히 떠나 추기경이 맡긴 임무를 완수한 뒤에 복수를 요청하는 편이 낫겠다고 생각했다.

예정대로 그녀는 밤새 말을 달려 아침 7시에 라 푸앵트 요새에 도착했고, 아침 여덟 시에는 배에 오를 수 있었다.

33. 생제르베 보루

다르타냥이 총사대 숙소에 도착했을 때 세 친구는 한 방에 모여 있었다. 아토스는 생각에 잠겨 있었고, 포르토스는 콧수염을 매만지고 있었으며, 아라미스는 푸른 벨벳으로 장정된 기도서를 들고 기도문을 읽고 있었다.

"무슨 일이에요?" 그가 말했다. "무슨 할 말이 있는지 몰라도 들을 만한 가치가 있었으면 좋겠네요. 중요하지도 않은 얘기로 부른 거라면 용서하지 않겠어요. 요새 하나를 공격하여 점령하느라 하룻밤을 꼬박 보냈더니 피곤해서 푹 쉬려던 참이었거든요. 여러분들도 함께 했었더라면 좋았을 텐데! 정말 치열했어요."

"우리는 다른 데 있었네. 거기도 만만치는 않았지!" 포르토스가 대꾸했다.

"조용히 해 봐!" 아토스가 말했다. "파르파요 여관에 점심 먹으러 갔던 적 있지, 아라미스? 거기 어땠나?"

"음식은 형편없었어…."

"그걸 묻는 게 아니야, 아라미스. 방해하는 사람들이 없었느냐고."

"성가신 놈들은 없었네."

"그럼 파르파요로 가지." 아토스가 말했다. "여기 벽은 종잇장처럼 얇아서 말이야."

아토스의 행동을 보고 이내 상황이 심각하다는 걸 알아차린 다르타냥은 잠자코 그를 따라 밖으로 나왔다. 포르토스와 아라미스도 이야기를 나누며 아토스를 따라왔다. 세 사람은 도중에 아토스의 하인 그리모를 만났고 아토스는 손짓으로 그를 따라오게 했다. 이 불쌍한 인물은 거의 말하는 법을 잊어먹을 정도였다.

그들이 파르파요 여관에 도착했을 때는 아침 일곱 시 경이었고 먼동이 트고 있었다. 세 친구는 아침식사를 주문한 뒤 주인이 조용한 식사를 보증한 방으로 들어갔다.

하지만 유감스럽게도 무언가를 의논하기엔 적당한 시간이 아니었다. 막 기상나팔이 울린 뒤라서 모두가 잠을 떨쳐버리려 이곳 여관 식당으로 모여들었기 때문이었다. 용기병, 스위스 용병, 친위대, 총사, 경기병들이 끊임없이 들락거렸다. 여관 주인은 반색할 일이었지만 네 친구의 기대는 완전히 어긋나고 말았다. 그래서 그들은 인사나 농담을 건네거나 건배를 제의하는 동료들을 무뚝뚝하게 외면했다.

"당신들 근위부대는 어젯밤에 참호에 나가 있었다던데? 라 로셸 시민들과 한바탕 붙지 않았나?" 뷔니지라는 이름의 경기병이 말을 걸었다.

"보루 하나를 빼앗았다고 하던데?" 맥주잔에 럼주를 따라 마시던 스위스 용병도 물었다.

"맞아요." 다르타냥이 대답했다. "영광스럽게도 우리가 해냈지요."

"어떤 보루였지?" 용기병 하나가 물었다.

"생-제르베 보루였어요." 다르타냥이 대답했다.

"하지만 놈들은 오늘 아침 당장 공병대를 보내 보루를 복구할 거야." 경기병이 말했다.

"내기 하나 하겠나?" 아토스가 말했다.

"내기라니?" 스위스 용병이 물었다.

"어떤 내기지?" 경기병도 물었다.

"뷔지니 씨, 우리 내기합시다." 아토스가 말했다. "내 친구인 포르토스, 아라미스, 다르타냥과 내가 생-제르베 보루로 가서 아침식사를 하는 거요. 적이 무슨 짓을 하든 우리는 거기서 한 시간을 버티겠소."

포르토스와 아라미스는 서로 얼굴을 바라보았다. 그제야 아토스의 속셈을 눈치 챈 모양이었다.

"멋진 내기가 되겠는걸." 포르토스가 콧수염을 쓸어 올리며 말했다.

"좋소." 뷔지니 씨가 말했다. "판돈을 어떻게 정할까…."

"당신들도 넷이고 우리도 넷이니, 진 쪽에서 8인분의 식사를 사기로 하지. 어떤가?"

"좋아." 뷔지니 씨가 화답했다.

"찬성이야." 용기병도 찬성했다.

"나도 좋소." 스위스 용병이 말했다.

대화가 진행되는 동안 침묵을 지키며 듣고만 있던 네 번째 사람도 동의의 뜻으로 고개를 끄덕였다.

"식사가 준비됐는뎁쇼." 주인이 말했다.

"그럼 이리 가져오게." 아토스가 말했다.

주인이 식사를 가져왔다. 아토스는 그리모를 불러 커다란 바구니를 가리키더니, 여관 주인이 내온 음식을 냅킨에 싸는 시늉을 했다.

그리모는 주인의 뜻을 곧 알아채고 바구니에 냅킨에 싼 음식을 넣고 술병도 몇 개 넣은 다음 그것을 챙겨 들었다.

"뷔지니." 아토스가 말했다. "내 시계와 당신 시계를 맞춰야 하지 않을까?"

"좋아. 지금 7시 30분이군."

네 젊은이는 어리둥절해 있는 구경꾼들을 향해 인사를 하고 생-제르베 보루를 향해 떠났다. 그리모는 어디로 가는지 묻지도 않고 주인을 따라갔다.

진지를 벗어날 때까지 네 친구는 아무 말도 없었다. 전선을 넘어 너른 들판에 다다랐을 때 다르타냥은 이제 아토스의 설명을 들어야 할 때라고 생각했다.

"이봐요, 아토스." 다르타냥이 말했다. "우리가 어디로 가고 있는 건지 이제 가르쳐줘요."

"우리끼리 아주 중요한 이야기가 있어서지." 아토스가 대답했다. "만약 우리 넷이 모여 뭔가 의논하는 것을 누가 본다면 15분도 안 돼서 역적모의를 하고 있다고 추기경에게 보고할 거야."

"그건 그래요." 다르타냥이 말했다. "하지만 전투라도 벌어진다면 우린 분명 총알받이가 될 텐데요."

"가장 무서운 적은 적의 총탄이 아니야." 아토스가 말했다.

보루에 도착한 네 친구는 뒤를 돌아보았다. 각종 무기로 무장한 삼백 명이 넘는 병사들이 진지 입구에 모여 있었다. 그중엔 뷔니지 씨와 용기병, 스위스 용병 그리고 이 내기에 참여한 네 번째 병사도 있었다.

아토스는 모자를 벗어서 칼끝에 씌우더니 공중에서 흔들었다. 구경꾼들이 그의 인사에 답하면서 지르는 환호성이 멀리에서 들려 왔다.

34. 총사들의 회의

아토스의 예상대로 보루에는 프랑스 군과 라 로셸 군의 시체 십여 구밖에 없었다.

"자, 이제, 총과 탄약들을 모아 보세." 자연스레 이 원정의 지휘관을 맡게 된 아토스가 말했다.

"그래도 시체는 해자에 던져버리는 게 낫겠어." 포르토스가 말했다.

"아니야. 시체들은 잘 모셔 두자고." 아토스가 말했다. "쓸모가 있을지도 모르잖아."

"시체들이 쓸모가 있다고?" 포르토스가 말했다. "자네 제정신인가?"

"경솔하게 판단하지 말라! 복음서에도 나와 있고 추기경도 그렇게 말했지." 아토스가 말했다. "총은 몇 자루나 되나?"

"열두 자루" 아라미스가 대답했다.

"탄약은?"

"한 백 발 정도?"

"총에 탄환을 장전해 두세."

네 사람은 작업을 시작했다. 일을 마쳤을 즈음 그리모가 시늉으로 식사가 다 준비됐다고 알렸다.

아토스는 몸짓으로 알았다는 신호를 한 뒤 후추통처럼 생긴 작은 망루를 가리켰다. 망을 보라는 뜻임을 그리모는 금세 알아차렸다. 아토스는 그리모에게도 빵 한 덩이와 커틀릿 두 개, 포도주 한 병을 가져가게 했다.

"자, 그럼 이제 식사를 하지." 아토스가 말했다.

네 명의 친구는 책상다리를 하고 땅바닥에 앉았다.

"나는 자네들에게 오락거리와 영광을 동시에 선사해주고 싶네."

아토스가 말했다. "기분 좋은 산책도 즐겼고 이렇게 푸짐한 식사도 마련되어 있잖나? 그리고 우리를 미치광이 아니면 영웅으로 생각하는 오백 명이 저쪽에서 우릴 바라보고 있어. 미치광이와 영웅은 백짓장 하나 차이일 뿐 서로 닮았지."

"그런데 비밀 이야기라는 게 대체 뭐죠?" 다르타냥이 물었다.

"그 비밀은 어젯밤 내가 밀레디를 만났다는 거야. 그녀는 어제 추기경에게 자네의 목을 요구했네."

"추기경에게 내 목을 요구했다고요?" 다르타냥이 질린 얼굴로 소리쳤다. "그렇다면 이제 싸워도 소용없겠군요. 차라리 권총으로 내 머리통을 날려버리는 게 낫겠어요."

"그거야말로 가장 바보 같은 짓이지." 아토스가 말했다. "죽은 다음엔 백약이 무효하니까 말이야. 그리모, 무슨 일이야? 급하면 말로 해도 돼. 간단하게만 말해."

"적병들."

"몇 명?"

"스무 명."

"여기서 몇 걸음쯤 떨어져 있나?"

"오백 걸음."

"좋아. 아직 시간은 있군. 닭을 다 먹었으니, 다르타냥 자네의 건강을 축원하며 한잔 하세!"

"건강을 위하여!" 포르토스와 아라미스가 함께 외쳤다.

아토스는 잔을 들이킨 뒤 빈 술잔을 옆에 내려놓았다. 그리고 아무 총이나 집어 들고 태연하게 일어나 총안 쪽으로 다가갔다. 포르토스와 아라미스, 다르타냥도 그의 뒤를 따랐다. 그리모에게는 그들 뒤에서 총에 탄환을 장전해 건네주는 임무가 주어졌다.

잠시 후 적군이 모습을 드러냈다.

"먼저 녀석들에게 경고를 해 주어야겠군." 아토스가 말했다.

아토스는 한 손에 총을, 다른 한 손에 모자를 들고 갈라진 성벽 틈새로 올라갔다.

"여러분," 아토스가 적의 병사들에게 정중하게 인사하며 외쳤다. "나는 지금 이 보루에서 친구들과 식사를 하는 중이오. 식사 중에 방해를 받는 것만큼 불쾌한 일은 없소. 그러니 우리가 식사를 끝낼 때까지 기다려주길 부탁하오. 여러분이 우리와 함께 프랑스 국왕 폐하의 건강을 위해 건배하고 싶다면 얘기가 달라지겠지만 말이오."

"조심해요, 아토스!" 다르타냥이 외쳤다. "놈들이 총을 겨누고 있는 거 안 보여요?"

"물론 보이고말고. 하지만 그들은 총도 제대로 쏠 줄 모르는 민간인들이야!"

바로 그 순간 네 발의 총알이 날아들었지만 한 방도 맞추지 못했다.

이쪽에서도 네 발로 응수했다. 적보다 훨씬 겨냥이 정확해서, 보병 세 명을 죽이고 공병 한 명을 다치게 만들었다. 다시 두 번째 사격으로 분대장과 공병 두 명을 쓰러뜨렸고 나머지는 모두 달아나 버렸다.

"그리모, 총을 다시 장전해 놔라." 아토스가 말했다. "자, 그럼 우리는 식사를 다시 시작하지."

"밀레디는 지금 어디 있나요?" 다르타냥이 물었다.

"그 여자는 영국으로 출발했어." 아토스가 대답했다. "버킹엄을 직접 죽이거나 암살을 사주하기 위해서야."

"그런 비열한 짓을!" 다르타냥이 소리쳤다.

"그리모! 분대장의 단창 끝에 냅킨을 묶어서 보루 꼭대기에 세워 둬. 반란군들이 우리가 충성스럽고 용감한 국왕의 병사들이란 걸 알 수 있도록 말이야." 아토스가 말했다.

그리모는 시키는 대로 했고 잠시 후 흰 깃발이 펄럭이자 우레와 같은 환호가 터져 나왔다. 아군 진지 쪽 병사들 중 절반이 이쪽을 지켜보고 있었다.

"공작을 이대로 버려둘 수 없어요." 다르타냥이 항변했다.

"공작은 영국인이고 우리와 싸우고 있어." 아토스가 말했다. "그 여자가 무슨 짓을 하든 나는 관심이 없어. 추기경에게서 받은 백지 위임장을 그 여자 손에서 빼앗는 일만이 나의 관심사였지. 그걸 가지고 있으면 자네는 물론 우리들까지 없애버려도 그 여자는 아무 처벌도 받지 않을 거야. 자, 그 위임장이 여기 있네."

다르타냥은 종이를 펴서 읽었다.

"그야말로 백지 위임장이군." 아라미스가 말했다.

"이따위 것은 찢어버려요." 다르타냥이 외쳤다. 마치 자신의 사형 선고문을 읽는 기분이었다.

"아니, 그 반대지." 아토스가 말했다. "소중히 간직해 둬야 해."

"저 악독한 밀레디의 목을 비트는 일이 가엾은 위그노들의 목을 비트는 일보다 가벼운 죄라는 건 알고 있나? 위그노들의 죄라곤 우리가 라틴어로 부르는 찬송가를 프랑스어로 부르는 것밖에 없어."

포르토스가 말했다.

"다행히도 그 여자는 멀리 떠나 버렸군." 아라미스가 말했다.

"그 여자가 영국에 있거나 프랑스에 있거나 골칫거리인 건 마찬가지야." 아토스가 말했다.

"그 여자를 만났을 때 왜 물에 던져 버리거나 목을 졸라 죽이지 않왔나? 그랬다면 다시는 우리 앞에 나타날 일이 없었을 텐데 말이야."

"그렇게 생각하나, 포르토스?" 아토스가 침울한 미소를 지으며 대답했다. 그 미소를 이해하는 건 다르타냥뿐이었다.

"좋은 생각이 있어요." 다르타냥이 말했다.

그때 갑자기 그리모가 소리쳤다. "전투 준비!"

이번에는 작은 전투부대의 병력이 다가오고 있었다. 모두 정규 병사들로 구성되어 있었다.

"진지로 돌아가는 건 어때?" 포르토스가 말했다. "수적으로 상대가 되지 않을 것 같아."

"세 가지 이유 때문에 안 돼." 아토스가 대답했다. "첫째, 아직 식사가 안 끝났네. 둘째, 아직 중요한 이야기가 남아있어. 셋째, 약속한 한 시간이 되려면 10분을 더 기다려야 해."

"그렇다면 작전을 세우자구." 아라미스가 말했다.

"작전은 간단해. 적이 사정거리 안에 들어오면 즉시 발사한다. 그래도 계속 다가오면 다시 발사한다. 총알이 남아있는 한 계속 발사한다."

"좋아!" 포르토스가 외쳤다. "자네는 타고난 지휘관이야. 추기경은 자신이 위대한 전략가라고 생각하겠지만 자네에 비하면 아직 멀었어."

네 발의 총알이 동시에 발사되었고 네 명이 쓰러졌다. 곧이어 북소리가 울리며 적의 병력이 일제히 돌격해 왔다. 총성이 간헐적으로 이어지며 적들은 계속 구보로 전진해 왔다.

성벽 아래까지 도달한 적은 열네댓 명 정도 되는 것 같았다. 마지막 일제사격을 했지만 적들은 전진을 멈추지 않았다. 해자로 뛰어든 적들이 무너진 성벽 틈으로 기어오르려 했다.

"자." 아토스가 말했다. "단번에 끝내버리는 거야. 성벽 쪽으로! 성벽 쪽으로!"

네 친구에 그리모까지 합세해 거대한 성벽을 밀어대기 시작했다.

성벽이 바람에 떠밀리듯 휘청 기울더니 뿌리 뽑힌 나무처럼 무시무시한 굉음과 함께 해자 속으로 무너져 내렸다. 곧이어 끔찍한 비명 소리가 들리고, 흙먼지가 구름처럼 공중으로 피어올랐다. 이렇게 모든 것이 끝났다.

"한 놈도 남김없이 다 해치운 건가?" 아토스가 물었다.

"그런 것 같은데요." 다르타냥이 대답했다.

"아니야." 포르토스가 말했다. "저기 서너 명은 살아 도망치고 있어."

아토스는 시계를 보았다.

"이제 한 시간이 넘었으니, 내기는 우리가 이겼네. 하지만 아무도 이의를 제기하지 못하도록 완벽한 승리가 필요해. 게다가 아직 자네 생각을 얘기 안 했잖아, 다르타냥?"

총사들은 먹던 음식이 있는 곳으로 돌아가 앉았다.

"그러니까 제 생각은 영국으로 건너가 버킹엄에게 목숨을 노리는 음모가 있다는 걸 알려주어야 한다는 거예요."

"그건 안 돼." 아토스가 잘라 말했다.

"왜요? 전에도 가서 만난 적이 있잖아요?"

"그랬지. 하지만 그때는 전쟁 중이 아니었어. 자네가 지금 하려는 짓은 반역죄에 가깝다고."

다르타냥는 그의 말에 일리가 있다고 생각하고 입을 다물었다.

"왕비님께 알릴 필요가 있어." 아라미스가 말했다.

"그래, 맞아!" 포르토스와 다르타냥이 동시에 외쳤다.

"왕비님께 알린다⋯." 아토스가 말했다. "하지만 어떻게? 우리 편지가 앙제에 도착하기도 전에 우리 모두는 감옥에 갇힐 텐데?"

"왕비님께 편지를 전달하는 일은 내가 알아보지." 아라미스가 얼굴을 붉히며 말했다. "투르에 아는 사람이 있는데 그럴 만한 능력이 있네."

"아니, 그건 그렇고 저건 무슨 소리지?" 아토스가 물었다.

"전투 준비를 알리는 북소리 같은데요."

"이번에는 일개 연대가 한꺼번에 몰려오는 모양이야." 아토스가 말했다.

"정말 북소리가 가까워오고 있어요." 다르타냥이 말했다.

"올 테면 오라지." 아토스가 말했다. "시내에서 여기까지 오려면 15분쯤 걸릴 테니 대비할 시간은 충분해. 잠깐, 마침 좋은 생각이 났어."

"말해 보게."

"그리모에게 몇 가지 지시를 내릴 테니 잠깐만 기다리게. 이봐, 그리모!" 아토스가 여기저기 널려있는 시체들을 가리키며 말했다.

"저 사람들을 끌어다가 모자를 씌워 성벽에 세워놓고 손에는 총을 쥐어 줘라.

"그 빌어먹을 밀레디에게 시아주버니가 있다고 했지, 다르타냥?"

"네, 그 사람은 저도 잘 알아요." 다르타냥이 대답했다. "자기 제수한테 별로 좋은 감정을 갖고 있는 것 같진 않더군요."

"그 사람 이름이 뭔가?"

"윈터 경입니다."

"지금 어디에 있지?"

"런던으로 돌아갔어요."

"그야말로 우리가 필요로 하는 사람이야." 아토스가 말했다. "그에게 알려야 해."

"그래, 제일 좋은 생각은⋯." 아라미스가 말했다. "왕비와 윈터 경 양쪽 모두에게 알리는 거야."

"그래. 하지만 누구를 보내 투르와 런던에 편지를 전하지?"

"내가 보증컨대, 나의 하인 바쟁이라면 잘 할 수 있을 거야." 아라미스가 말했다.

"플랑셰를 추천합니다." 다르타냥이 말했다.

"맞아, 우린 진지를 벗어날 수 없지만 하인들은 나갈 수 있어." 포르토스가 말했다.

"좋은 생각이야." 아라미스가 말했다. "오늘 당장 편지를 쓰고 하인들에게 노잣돈을 주어 보내자."

"돈을 준다고?" 아토스가 되물었다. "우리가 돈이 어디 있나?"

네 친구들은 서로 얼굴을 쳐다보았다. 순간, 잠시 밝아졌던 그들의 얼굴 위에 다시 먹구름이 끼었다.

"비상사태예요!" 갑자기 다르타냥이 소리쳤다. "아까 연대병력 어쩌고 했었죠, 아토스? 진짜 대군이 몰려오고 있어요!"

"어이, 그리모! 끝났어?" 아토스가 물었다.

그리모는 진짜 살아있는 듯 그럴듯한 자세로 서 있는 열두 구의 시체들을 손으로 가리켰다. 어떤 자는 앞에총 자세로, 어떤 자는 총을 겨눈 자세로, 어떤 자는 칼을 들고 서 있었다.

"이젠 퇴각을 반대할 명분이 없군." 아토스가 말했다. "한 시간 버티겠다고 내기했는데 벌써 한 시간 반이 지났어. 이제 더 이상 의논할 것도 없으니 그만 가 보도록 하지. 자, 모두 철수!"

그리모는 이미 바구니를 챙겨 앞장서고 있었다. 네 명의 친구들이 그리모를 따라 여남은 걸음을 떼었을 때 아토스가 외쳤다.

"아차, 깃발을 놓고 왔군! 비록 냅킨으로 만든 거지만 깃발을 적의 손에 넘겨주어선 안 되지."

아토스는 보루 안으로 다시 뛰어들더니 성벽 꼭대기까지 기어올라가 깃발을 뽑았다. 라 로셸 병사들은 사정거리 안에 들어온 아토스를 향해 일제사격을 가했다. 하지만 그 많은 총알이 무슨 마법이라도 걸었는지 아토스 곁을 획획 스쳐 지나는데도 그의 몸에는 단 한 발도 맞지 않았다.

두 번째 사격이 이어졌지만 세 발의 총알이 냅킨을 관통하여 오히려 진짜 군기처럼 만들었을 뿐이었다.

아토스는 다시 내려왔고 초조하게 기다리던 친구들은 그의 모습을 보고 뛸 듯이 기뻐했다.

잠시 후 그들은 다시 요란한 사격소리를 들었다.

"이번엔 뭐지?" 포르토스가 물었다.

"시체들을 향해 총을 쏘고 있는 거야." 아토스가 대답했다. "우리 속임수를 알아챌 즈음이면 우린 이미 사정거리 밖에 있을 거야."

네 친구가 걸어서 돌아오는 것이 보이자 진지 쪽에서 커다란 환호성이 터져 나왔다. 진지 전체가 흥분의 도가니였다. 이천 명이 넘는 사람들이 굉장한 장면이라도 구경하려는 듯 네 친구의 성공을 확인하려 모여들었다. 하지만 이 무모한 내기의 진짜 동기를 알아챈 이는 아무도 없었다. 요란한 함성에 추기경은 반란이라도 일어난 게 아닌지 자기 친위대장인 라 우디니에르를 보내 알아보게 했을 정도였다.

사람들은 추기경의 전령에게 그동안 있었던 일을 침을 튀며 이야기해 주었다.

그날 저녁, 추기경은 트레빌과 아침에 일어났던 영웅담에 대해 이야기했다. 영웅들로부터 직접 보고를 받은 트레빌은 추기경에게 사건의 전말을 자세히 보고했다. 냅킨으로 만든 깃발 이야기도 빠뜨리지 않았다.

"참 장한 일이야, 트레빌 경." 추기경이 말했다. "그 영광스러운 냅킨을 내게 주시오. 금실로 백합꽃 세 송이를 수놓아 총사대의 부대 깃발로 사용토록 합시다."

"예하, 그렇게 되면 근위대에게는 불공평한 처사가 될 텐데요. 다르타냥은 저희 부대가 아닌 에사르의 근위대 소속이니까요."

"그렇다면 다르타냥을 당신의 총사대에 넣도록 하시오." 추기경이 말했다. "서로 아끼는 네 명의 용사가 한 부대에 있지 못한다면 그 또한 불공평하지 않겠소?"

트레빌은 이 기쁜 소식을 바로 삼총사와 다르타냥에게 알렸고, 다음날 아침식사에 네 사람을 초대했다.

다르타냥은 기뻐 어쩔 줄 몰라 했다. 알다시피 총사는 그의 평생 소원이었다.

그날 저녁 다르타냥은 에사르에게 가서 자신의 근무이전을 보고했다. 에사르는 다르타냥을 무척 아꼈던 터라 도와줄 것이 있으면 무엇이든 말하라고 일렀다. 부대가 바뀌면 장비를 새로 마련하기 위해 많은 돈이 든다는 것을 알고 있었기 때문이다.

다르타냥은 정중히 사양했다. 다만 지금이 다이아몬드 반지를 처분할 좋은 기회라고 생각했다. 그는 에사르에게 다이아몬드 반지를 주면서, 돈으로 바꾸고 싶은데 감정을 의뢰해 줄 수 있냐고 물었다.

그리고 이튿날 아침 여덟 시, 에사르의 하인이 다르타냥을 찾아와 돈자루를 건네주었다. 그 안에는 7천 리브르의 금화가 들어 있었다. 왕비가 하사한 다이아몬드 반지의 값이었다.

35. 집안문제

　트레빌 씨와 유쾌한 식사를 마친 뒤 네 친구는 아토스의 숙소에 저녁때 다시 모여 이번 일의 결론을 짓기로 했다. 다르타냥은 하루 종일 총사 제복을 입은 채 진지 안을 돌아다녔다.

　저녁이 되자 약속된 시간에 네 친구가 모였다.

　아라미스가 펜을 들고 잠시 생각하더니, 여자처럼 작고 고운 글씨로 편지를 써내려갔다. 그는 표현 하나하나에 신경을 써서 글을 완성한 뒤 낮고 부드러운 목소리로 그것을 읽었다.

　밀로드 각하,

　이 글을 쓰고 있는 저는 전에 앙페르 가의 조그만 공터에서 각하와 결투를 벌이는 영광을 누렸던 사람입니다. 각하는 그 뒤 줄곧 저를 친구로 대해주셨기에 그 우정에 보답하고자 한 가지 도움이 될 사실을 고하고자 합니다. 각하는 자신의 상속자로 믿고 있는 가장 가까운 여자로부터 두 번이나 희생당하실 뻔했습니다. 각하는 모르셨겠지만, 그 여자는 영국에서 결혼하기 전 이미 프랑스에서 결혼을 한 적이 있습니다. 그리고 이번에 세 번째로 각하를 노리고 있는 것입니다. 그녀는 어젯밤 영국으로 가기 위해 라 로셸을 떠났습니다. 그 여자를 철저히 감시하십시오. 지금 엄청나게 무서운 계획을 꾸미고 있습니다. 그 여자의 정체를 알고 싶거든 왼쪽 어깨를 보십시오. 그러면 그녀의 과거를 알 수 있을 겁니다.

"훌륭해!" 아토스가 말했다. "아라미스, 정말이지 자네는 국무대신을 해도 좋을 만큼 글 솜씨가 좋아. 혹시 이 편지가 추기경의 손에 들어간다 해도 우리를 함께 옭아매진 못할 거야. 자네, 다이아몬드 반지는 가지고 있겠지?"

"반지보다 더 좋은 걸 가지고 있지요. 바로 현금이에요." 다르타냥이 돈 자루를 탁자 위에 올려놓았다.

"저 자루에 얼마가 들어있지?" 아토스가 물었다.

"십이 프랑짜리 루이금화로 칠천 리브르가 들어 있어요."

"7천 리브르라고!" 포르토스가 소리쳤다. "그 작은 다이아몬드가 칠천 리브르나 되었다니!"

"그런 모양이야. 여기 이렇게 돈이 있잖아." 아토스가 말했다.

"그런데…" 다르타냥이 말을 이었다. "우린 왕비님에 대해선 조금도 생각하지 않고 있어요."

"맞아. 그것도 아라미스가 해야 할 일이지." 아토스가 말했다.

"내가 어떻게 해야 하지?" 아라미스가 당황하며 물었다.

"간단해." 아토스가 대답했다. "투르에 있다는 그 능력 있는 분께 편지를 쓰면 돼."

아라미스는 다시 펜을 들고 잠시 생각에 잠겼다가 편지를 써내려 갔다. 그리고 친구들의 동의를 얻기 위해 낭독을 시작했다.

사랑하는 사촌누이에게.

프랑스의 번영을 위해, 또한 프랑스 왕국의 적들을 혼란에 빠뜨리기 위해, 하느님께서 지켜주시는 추기경 예하께서는 라 로셸의 이교도 반역자들을 처단하려 하신다. 그들을 지원할 영국 함대는 라 로셸 근처에도 접근하지 못할 것 같다. 감히 말하건대 버킹엄 공작 또한 어떤 중대한 사건 때문에 출항하지 못할 것이다. 예하께서는 과거와 현재뿐만 아니라 미래를 통틀어 가장 뛰어난 정치가이시다.

예하께서는 방해가 된다면 태양도 가리실 분이다. 이 반가운 소식을 언니에게 전해주길 바란다. 나는 그 저주받은 영국인이 죽는 꿈을 꾸었다. 칼에 찔려 죽었는지 독살 당했는지는 잘 기억나지 않지만, 그가 죽는 꿈을 꾸었다는 것만은 확실하다. 너도 알다시피 내 꿈은 나를 속인 적이 없다. 따라서 나도 이제 곧 너를 다시 만나게 될 것이다.

"자네는 정말 시인 중의 시인이야." 아토스가 말했다. "마치 계시

록처럼 모호하고 복음서처럼 엄정해. 이제 받을 사람 이름만 적어 넣으면 되겠군."

아라미스는 편지를 예쁘게 접은 후 이렇게 써 넣었다.

"투르의 재봉사, 마리 미숑 양에게."

세 친구는 서로 얼굴을 마주보며 웃었다. 감쪽같았던 것이다.

아라미스의 하인 바쟁과 플랑셰가 편지를 하나씩 가져가기로 했고 총사들은 그들에게 세세한 주의사항을 일러주었다.

"자," 아토스가 말했다. "플랑셰에게는 먼저 7백 리브르를 주고 성공하고 돌아오면 3백 리브르를 더 줄 거고, 바쟁에게는 갈 때 3백 리브르, 돌아왔을 때 3백 리브르를 줄 거야. 그러면 5천 리브르 정도가 남으니까 각자 천 리브르씩 받아 적당한 곳에 쓰고 나머지 천 리브르는 비상금으로 남겨두도록 하지."

플랑셰가 와서 지시사항을 전달받았다. 다르타냥이 이미 플랑셰에게 자초지종을 전달한 터였다. 다르타냥은 이 일이 영광과 돈, 위험이라는 세 가지를 한꺼번에 얻는 일이라고 말했었다.

"편지는 윗옷 속에 감추겠습니다." 프랑셰가 말했다. "만일 잡히면 삼켜버릴 거예요."

"하지만 삼키면 임무를 완수할 수 없을 텐데." 다르타냥이 말했다.

"오늘 저녁 편지의 사본을 주시면 내일까지 모두 외우겠습니다."

다르타냥이 "그것 봐요. 제 말이 맞죠?"라고 말하듯 친구들의 얼굴을 자랑스럽게 둘러보았다.

"네가 함부로 입을 놀리거나 시간을 낭비해서 주인의 목이 달아나기라도 하면 우리가 끝까지 쫓아가 네 배를 갈라놓을 테니 명심해." 아토스가 말했다.

"오, 주인님! 성공하든지 몸뚱이가 네 토막이 나든지 둘 중 하나겠군요. 설사 제 몸이 네 토막 난다 해도 어느 한 토막도 입을 열지는 않을 겁니다." 플랑셰가 말했다.

다음날 아침 플랑셰가 말에 오르려 할 때 다르타냥이 그를 따로 불러 말했다.

"윈터 경에게 편지를 전해주고 편지를 다 읽으면 이렇게 말해. 버킹엄 공작을 암살하려는 음모가 꾸며지고 있으니 공작 각하를 지켜드리라고 말야. 플랑셰, 이건 정말 중대하고도 심각한 일이야.

이 비밀을 전하는 건 내 친구들도 모르고 있어. 물론 편지에도 적지 않았고."

"염려 마세요, 나리." 플랑셰가 말했다. "제가 믿을만할 놈이라는 걸 곧 아시게 될 겁니다."

바쟁은 다음날 아침에 투르로 떠났다. 두 하인이 떠난 뒤 네 친구는 어느 때보다도 눈을 크게 뜨고, 코로 바람 냄새를 맡고, 귀를 곤두세우며 사방을 경계했다.

여드레쩨가 되던 날 아침, 네 친구가 파르파요 여관에서 식사를 하는데, 바쟁이 여느 때처럼 벙글거리며 다가와 미리 약속으로 정한 대로 말했다.

"아라미스 나리, 사촌누이의 답장을 가져왔습니다요."

아라미스가 먼저 편지를 읽어본 뒤 아토스에게 주었다. 아토스가 큰 소리로 편지를 읽었다.

사랑하는 사촌오빠에게,

언니와 나는 꿈을 아주 잘 맞춘답니다. 그래서 때로는 두려운 적도 있지요. 하지만 오빠의 꿈은 개꿈이 틀림없어요. 안녕히 계세요.

몸 건강하시고 가끔 소식 전해주세요.

마리 미송 드림

플랑셰가 떠난 지 열엿새가 되자 다르타냥은 초조해하는 기색이 역력했다. 그는 한곳에 가만히 있지 못하고 플랑셰가 돌아오는 길목을 유령처럼 배회했다.

그렇게 낮 시간이 지나고 밤이 되었을 때 다르타냥은 아토스의 귀에 대고 속삭였다.

"다 틀렸어요. 붙잡힌 게 틀림없어요."

그 순간, 갑자기 눈에 익은 형체의 그림자 하나가 어둠속에서 나타나더니 귀에 익은 목소리로 말했다.

"나리, 망토를 가져왔습니다. 오늘 밤엔 좀 쌀쌀해서요."

"플랑셰!" 다르타냥이 기뻐하며 외쳤다. 그는 편지 한 통을 슬그머니 쥐어주는 플랑셰의 손길을 느낄 수 있었다.

네 총사는 숙소로 돌아가 등불을 켰다. 플랑셰는 그들이 기습당하지 않도록 입구에서 망을 보았다. 다르타냥이 봉투를 뜯고 기다리던 편지를 펼쳤다.

고맙소. 안심하시오.

아토스가 다르타냥의 손에서 편지를 빼앗아 들고 등불 앞으로 가져가 불을 붙였다. 그리고 편지가 완전히 재가 될 때가지 태웠다.

36. 숙명

플랑셰가 포츠머스 항에서 프랑스로 돌아오기 위해 출발했던 그날, 거친 파도와 역풍 때문에 밀레디는 늦게야 항구에 도착했다.

온 도시가 평소와 다른 열기로 들끓고 있었다. 최근에 완성된 대형 선박 네 척이 막 진수식을 끝낸 참이었다. 여느 때와 마찬가지로 번쩍거리는 황금과 다이아몬드, 보석으로 치장하고 어깨까지 내려오는 하얀 깃털 장식의 모자를 쓴 버킹엄이 그 못지않게 화려한 차림의 참모들에 둘러싸인 채 부두에 모습을 드러냈다.

날씨 또한 전에 없이 화창했다. 영국에 겨울에도 태양이란 게 존재한다는 걸 모처럼 확인시켜주는 날씨였다.

그녀가 탄 배가 정박하기 위해 닻을 내리는 순간 중무장한 쾌속선 한 척이 모습을 드러냈다. 그리고 쾌속선에서 보트 한 척이 내려지더니 그녀가 탄 상선 쪽으로 다가왔다. 보트에는 장교 한 명, 항해사 한 명, 노잡이 여덟 명이 타고 있었다. 홀로 상선에 올라온 군복 차림의 장교는 뱃사람들로부터 정중한 대접을 받았다.

선장과 잠시 대화를 나누던 장교가 서류 한 장을 꺼냈다. 그것을 읽어 본 선장이 배에 탄 모든 선원과 승객들을 갑판에 불러 모으라고 명령했다.

장교는 갑판 위의 선원과 승객들 앞을 지나며 한 사람씩 살펴보았다. 밀레디 앞에 이른 장교는 그녀를 유심히 살펴보았지만 말을 걸지는 않았다.

장교는 밀레디의 짐이 어떤 거냐고 물은 다음, 그것을 보트에 옮겨 싣도록 했다. 일이 끝나자 장교는 밀레디에게 손을 내밀며 보트에 탈 것을 청했다.

밀레디는 장교를 바라보며 망설였다.

"누구시죠?" 밀레디가 물었다.

"군복을 보면 아실 텐데요. 저는 영국 해군 장교입니다." 젊은 장교가 대답했다.

"영국 해군 장교들은 자기 나라 사람이 영국 항구에 도착하면 이렇게 친절하게 육지까지 안내해 주나요?"

"예, 관례상 그렇습니다. 전시에는 외국인을 지정된 숙소로 안내하여 완벽하게 조사가 끝날 때까지 감시하도록 되어 있습니다."

"알았어요. 따라가지요."

밀레디는 장교의 손을 잡고 사다리를 내려갔다. 사다리 밑에서 보트가 기다리고 있었다.

보트는 5분 후 육지에 도착했고 거기에 마차 한 대가 대기하고 있었다.

"숙소까지는 먼가요?" 밀레가 물었다.

"도시 반대편 끝에 있습니다."

"가죠." 밀레디는 결심한 듯 마차에 올랐다.

마부는 전속력으로 마차를 몰았다. 15분쯤 지나 꽤나 먼 길을 왔을 때 밀레디는 어디쯤 왔는지 보려고 창문 쪽으로 몸을 기울였다. 이젠 집들도 보이지 않고 어둠 속에서 나무들만 쫓고 쫓기는 유령들처럼 나타났다 사라졌다.

"여기는 시내가 아니잖아요?"

젊은 장교는 아무런 대답도 없었다.

"나를 어디로 데려가는지 말해주지 않으면 더 이상 따라가지 않겠어요. 경고했어요!"

하지만 이런 위협에도 장교는 아무런 반응도 보이지 않았다. 밀레디는 문을 열고 밖으로 뛰어내리려 했다.

"조심하세요. 부인." 젊은이가 차갑게 말했다. "뛰어내리면 죽습니다."

한 시간 남짓 달린 끝에 마차는 마침내 철문 앞에 멈춰 섰다. 철문 안쪽으로는 성처럼 견고해 보이는 외딴 저택으로 이어진 길이 있었다. 마차가 고운 모래 위를 굴러갈 때 밀레디는 어디선가 포효하는 소리를 들었다. 바위투성이의 해안에 파도가 밀려와 부서지는 소리였다.

마차는 두 개의 아치문을 통과한 뒤 마침내 어두운 안마당에 멈쳐 섰다. 이윽고 젊은 장교가 가볍게 뛰어내려 마차 문을 열고 밀레디에게 손을 내밀었다. 밀레디는 그 손을 잡고 마차에서 내렸다.

장교는 여전히 침착하고 정중한 태도로 포로를 집으로 안내했다.

그들이 육중한 문 앞에 멈춰 서자 장교가 자물통에 열쇠를 꽂고 문을 열었다. 둔탁한 소리를 내며 문이 열렸다. 그곳이 밀레디가 묵을 방이었다.

가구는 포로가 지내기엔 너무 화려했고 자유인이 살기에는 너무 단출했다. 하지만 창문에 쳐진 창살과 문 바깥쪽으로 난 빗장을 보아선 영락없는 감옥이었다.

"당신을 위해 마련한 방입니다, 부인. 이제 제 임무는 끝났군요. 나머지는 다른 사람들이 알아서 할 겁니다…."

그때 문이 열리고 한 남자가 문간에 모습을 드러냈다. 옆구리에는 칼을 차고 있었고 손으론 손수건을 만지작거리고 있었다.

"아니, 아주버님 아니세요?" 밀레디가 놀라서 외쳤다.

"그렇소!" 윈터 경이 정중하면서도 빈정거리는 태도로 대답했다.

"그럼 이 저택은?"

"내 집이오."

"그럼 저는 아주버님의 포로인가요?"

"그런 셈이오."

"하지만 이건 권력 남용 아닌가요?"

"큰 소리 내지 말고 조용히 앉아서 얘기합시다. 시아주버니와 제

수 사이라면 그래야 하지 않겠소?"

그가 문 쪽을 돌아보며 말했다.

"좋아. 수고 많았네. 그만 돌아가 보게. 펠튼 군."

37. 시아주버니와 제수

"좋아요. 이야기해 보죠." 밀레디가 사뭇 명랑한 어조로 말했다.

윈터 경과의 대화를 통해 앞으로 일이 어떻게 돌아갈지 알아보려는 속셈이었다.

"결국 영국에 돌아오기로 결심한 모양이군. 다시는 영국 땅을 밟지 않겠다고 하더니….."

"아주버님을 뵈려고 왔지요."

"다른 꿍꿍이가 있는 게 아니고?"

"아니에요."

"저런, 나를 그토록 생각해줄 줄이야!"

"저는 아주버님의 가장 가까운 친척 아닌가요?"

"내 유일한 상속자이기도 하고, 그렇지 않소?"

자제력이 강한 밀레디였지만 가슴이 뜨끔하지 않을 수 없었다. 윈터 경은 그녀의 팔에 손을 올려놓고 있었으므로 그 떨림을 뚜렷이 느낄 수 있었다.

"필요한 건 뭐든지 말하시오. 당장 준비해 드리겠소."

"여긴 하녀와 하인도 없고…."

"하인과 하녀는 곧 준비해 드리리다. 당신의 첫 남편이 어느 정도의 비용으로 하녀와 하인을 고용했는지 말해주시오. 제수와 시숙 사이일지라도 그 정도 베풀 용의는 있으니까."

"제 첫 남편이라니요?" 밀레디가 놀란 눈으로 윈터 경을 보며 외쳤다.

"당신의 프랑스인 남편 말이오. 당신은 첫 남편을 잊었는지 모르겠지만 그는 아직 살아 있소. 편지로 요청만 하면 그 사람이 자세한 내용을 알려줄지도 모르오."

밀레디의 이마에 식은땀이 흘렀다.

"저를 모욕하시려는 거군요." 밀레디가 힘없는 목소리로 말했다.

"내가 당신을 모욕했다고?" 윈터 경이 경멸의 어조로 말했다. "그럴 리가 있겠소?"

"당신은 지금 취했거나 미친 게 틀림없어요. 그만 나가 주세요. 그리고 하녀를 보내 줘요."

"여자는 입이 가볍지. 내가 하녀 노릇을 하면 어떨까? 그렇게 되면 우리 사이의 일들은 영원히 집안의 비밀로 남을 텐데."

"무례한!" 밀레디가 외치더니 용수철처럼 튕겨 일어나 남작에게 덤벼들었다. 하지만 남작은 칼자루에 한 손을 얹은 채 무표정하게 그녀를 바라보기만 했다.

"이런, 이런! 당신이 암살을 취미로 한다는 건 익히 알지만 나는 충분히 내 몸을 지킬 수 있소."

"비겁하게 여자를 상대로 싸움이라도 하시게요?"

"그럴 수도 있지. 게다가 내게는 좋은 핑계거리도 있지 않소. 당신에게 손을 대는 남자가 내가 처음은 아닐 테니 말이오."

남작은 형을 선고하듯 천천히 손가락으로 밀레디의 왼쪽 어깨를 가리켰다.

밀레디는 낮게 으르렁대며 방구석으로 뒷걸음질 쳤다. 마치 달려들기 위해 몸을 움츠리는 암표범같았다.

맨몸뿐인 여자 앞에서 무기를 가지고 있음에도 공포의 전율이 윈터 경을 감쌌고 마음까지 오싹해졌다. 하지만 그럴수록 윈터 경의 분노는 더욱 커졌다.

"아우에 대한 나의 기억이 소중하지만 않았다면 당신은 벌써 감옥에서 썩고 있거나 타이번에서 뱃사람들의 호기심이나 채워주는 신세가 되었을 거야. 하지만 더 이상 말하진 않겠어. 보름 뒤에 나는 군대를 이끌고 라 로셸로 떠나야 해. 떠나기 전날 밤에 배 한 척이 와서 당신을 남쪽에 있는 우리 식민지로 데려갈 거야. 걱정할 건 없어. 당신이 영국이나 유럽 대륙으로 돌아오려는 기미가 보이면 즉시 당신 머리를 날려버릴 친구 하나를 붙여줄 테니. 보름 뒤라면 도망칠 시간이 충분하다 생각하겠지. 그렇다면 어디 한 번 해보시던가!"

윈터 경이 문 앞으로 가더니 문을 활짝 열었다.

"펠튼을 데려와." 그가 말했다.

젊은 장교가 들어왔다.

"자, 여기 이 여자를 잘 보게." 남작이 말했다. "젊고, 아름다운 이 여자는 세상 사람이 가질 수 있는 모든 매력을 갖추고 있어. 하지만 이 여자는 겨우 스물다섯의 나이에 재판소의 기록관이 1년은 읽어야 할 만큼의 범죄를 저지른 괴물일세. 아마 저 여자는 자네도 유혹하려 들 거야. 아니, 어쩌면 자네를 죽이려 들지도 모르지. 펠튼, 나는 자네를 중위로 임명했고 언젠가 목숨도 구해준 적이 있지. 자 이제, 자네의 구원을 걸고 이 여자가 응분의 처벌을 받을 때까지 감시하겠다고 맹세하게나. 난 자네의 언약과 충성심을 믿겠네."

"남작님!" 젊은 장교가 말했다. "맹세컨대 각하의 명령을 따르겠습니다."

"자, 이제 하느님께 용서를 빌도록 해 보시오. 사람들의 심판은 이미 받았으니까."

윈터 경은 펠튼에게 손짓을 하고는 밖으로 나갔다. 펠튼이 윈터 경을 따라 나가며 문을 닫았다.

밀레디는 천천히 고개를 들었다. 그녀의 얼굴은 또다시 표독하고 위협적인 표정으로 바뀌었다. 그녀는 문으로 다가가서 귀를 기울이고 창밖을 내다보고 하더니, 다시 커다란 안락의자에 몸을 묻은 채 생각에 잠겼다.

38. 감금

이제 다시 밀레디에게로 돌아가 보자. 그녀는 두 번이나 운명으로부터 버림받았고 두 번이나 정체가 탄로나 배반당했다. 두 번이나 그녀를 거꾸러지게 만든 것은 그녀를 물리치라고 하느님이 보낸 숙명의 정령 다르타냥이었다. 그는 사랑으로 그녀를 기만했고, 그녀의 자존심에 상처를 주었으며, 그녀의 야망을 좌절시켰다. 무엇보다 밀레디의 가면을 들춰냄으로써 그녀를 지켜주고 강하게 만들어주던 방패막이를 훼손시켰다. 자신의 무서운 비밀들을 윈터 경에게 알려줄 수 있는 것은 다르타냥뿐이었다. 그 편지도 윈터 경과 잘 아는 그가 쓴 게 틀림없었다.

그녀는 꼼짝 않고 앉아서, 이글거리는 눈빛을 한곳에 고정시킨 채, 언젠가 보나시외 부인과 버킹엄 공작과 다르타냥에게 멋지게 복수할 꿈을 꾸고 있었다.

하지만 복수하기 위해서는 먼저 몸이 자유로워야 했다.

삐걱거리며 빗장 벗겨지는 소리와 함께 문이 열렸다. 방으로 들어오는 발소리가 들렸다.

"탁자를 거기에 놔." 밀레디는 그것이 펠튼의 목소리라는 것을 알았다.

그의 명령대로 탁자를 내려놓는 소리가 들렸다.

"이렇게 휑하고 우울한 방에 언제까지 홀로 있어야 하죠?" 밀레디가 물었다.

"내일부터 인근에 사는 여자가 와서 시중을 들 겁니다. 필요할 때는 언제든지 그 여자를 부르실 수 있습니다."

"고마워요." 포로가 공손히 말했다.

펠튼은 가볍게 고개를 숙여 절하고 문 쪽으로 걸어 나갔다.

밀레디는 탁자에 앉아 음식을 먹고 포도주도 조금 마셨다. 그러자 잃었던 결단력이 되살아나는 느낌이었다.

이튿날, 사람들이 방에 들어왔을 때 그녀는 아직도 침대에 누워 있었다. 펠튼이 전날 얘기했던 여자를 데리고 온 것이었다. 밀레디의 얼굴은 창백했다.

"열이 나요." 밀레디가 말했다. "몹시 괴롭군요."

"의사를 부를까요?" 여인이 물었다.

"의사를 불러 뭐하게요?" 밀레디가 말했다. "아픈 것도 연극이라고 생각하겠죠."

"윈터 경을 모셔 올까요?" 펠튼이 물었다.

"오, 안 돼요." 밀레디가 소리쳤다. "그 사람을 부르지 마세요. 부탁이에요. 나는 괜찮아요. 아무것도 필요 없으니 그 사람만은 부르지 마세요."

그녀의 외침소리에는 사람의 마음을 움직이는 힘이 있었다. 펠튼도 마음이 흔들렸는지 어느 새 방 안으로 몇 걸음 더 들어와 있었다. 밀레디는 베개에 머리를 묻고 흐느끼기 시작했다.

펠튼은 그런 그녀를 잠시 바라보다 방에서 나갔다. 하녀도 뒤따랐다.

두 시간이 흘렀다.

"이제 아픈 척은 그만 하고 일어나야지." 밀레디가 혼잣말을 했다. "오늘부터 뭐라도 시작해야 해. 열흘밖에 남지 않았어."

펠튼이 다시 나타났다. 손에 책 한 권을 들고 있었다.

"윈터 경도 당신처럼 가톨릭 신자이시지요. 당신이 미사를 드리지 못해 불편할 거라며, 날마다 미사를 드리고 기도서를 읽어도 좋다는 허락을 내리셨습니다. 그래서 기도서를 가져왔어요."

밀레디는 기도서를 탁자에 내려놓는 펠튼의 태도와 '미사'라고 말할 때의 어조, 얼굴에 떠오른 경멸어린 미소에 주목했다. 그는 고개를 들어 장교를 좀 더 자세히 살펴보았다.

딱딱해 보일 만큼 단정한 머리, 지나칠 정도로 검소한 옷차림을 보고 밀레디는 그가 청교도임을 알 수 있었다. 그녀는 이미 예전에 많은 청교도들을 만난 적이 있었다.

불현듯 영감이 떠올랐다. 자신의 운명이나 인생이 걸린 중요한 순간, 중대한 위기에서 오직 천재적 재능을 가진 사람들만이 느낄 수 있는 영감이었다.

'미사'라는 말에, 펠튼의 모습을 힐끗 훔쳐보는 것만으로도 그녀는 이 순간 자신의 대답이 얼마나 중요한 것인지 깨달았다. 그리고 그녀의 영민한 머릿속에서는 이미 완전하게 형태를 갖춘 대답이 흘러나오고 있었다.

"미사라고요?" 그녀는 젊은 장교의 목소리에 담겼던 경멸의 어조 그대로 되물었다. "미사라고 하셨나요? 타락한 가톨릭 신자인 윈터 경은 내가 자기와 다른 종교를 갖고 있다는 걸 잘 알고 있을 텐데요? 그가 나를 능멸하려는 거군요!"

"그렇다면 당신의 종교는?" 펠튼이 놀란 얼굴로 되물었다. 표정 변화가 없는 펠튼조차 놀라움을 완전히 감추지 못했다.

"그건 나의 신앙적 고통이 모두 끝나는 날에 말해 주겠어요." 밀레디가 열병에 사로잡힌 사람처럼 말했다.

펠튼의 눈빛을 보며 밀레디는 이 한마디로 자기 앞에 얼마나 넓은 공간이 열리게 되었는지 알아차렸다.

"저는 지금 적들의 시험대에 올라 있어요." 그녀는 청교도 특유의 열광적인 어조를 흉내 내어 말했다. "아! 하느님이 나를 구해주시거나 내가 하느님을 위해 죽거나 둘 중 하나라고 윈터 경에게 전해 주세요."

펠튼은 아무 대답 없이 생각에 잠긴 모습으로 방을 나갔다. 그리고 오후 다섯 시쯤 윈터 경이 다시 나타났다.

"개종을 한 모양이더군." 윈터 경이 말했다.

"무슨 말씀이세요?"

"우리가 마지막으로 만난 후 종교를 바꾼 모양이야. 혹시 신교도 남자를 세 번째 남편으로 얻었나?"

"무슨 말인지 도통 모르겠군요."

"솔직히 말해, 난 아무래도 좋으니 말야."

"당신이 종교에 무관심하다고 솔직히 고백하는 편이 나을 걸요. 당신의 방탕과 범죄가 그 사실을 뒷받침해주고 있으니까!"

"뭐라고? 메살리나의 아내 같은 당신이 방탕을 말하고, 맥베스의 아내 같은 당신이 범죄를 말하다니! 내가 잘못 들었거나 당신이 뻔뻔스럽거나 둘 중 하나겠군!"

"당신의 간수와 하수인들이 날 나쁜 여자로 보도록 그런 식으로 말하는 거 다 알아요! 파렴치하고 사악해요!"

"드디어 미쳤군!" 윈터 경이 일어서면서 말했다. "자, 이제 진정하시지요 청교도 부인. 그렇지 않으면 지하 감방에 처넣어 버릴 테니까."

윈터 경은 악담을 퍼부으며 방에서 나갔다. 펠튼은 문 뒤에 서서 두 사람의 대화를 모두 듣고 있었다. 밀레디가 예상한 대로였다.

그로부터 두 시간이 흐른 뒤 사람들이 식사를 가져왔다. 밀레디는 큰 소리로 기도를 올렸다. 두 번째 남편의 늙은 하인이 독실한 청교도였는데, 그에게서 배운 기도문이었다. 그녀는 무아지경에 빠진 듯, 주위에서 일어나는 일은 아랑곳없이 기도에만 열중했다. 펠튼은 그녀를 방해하지 말라는 신호를 보냈다.

30분쯤 지난 뒤 낡은 저택에 정적이 찾아왔을 때, 갑자기 그녀가 맑고 낭랑한 목소리로 당시 청교도들이 즐겨 부르던 찬송가의 1절을 부르는 소리가 들렸다.

주님이 우리를 버리실지라도
그것은 우리의 굳셈을 시험하기 위함이니,
후에는 우리에게 손을 내밀어
상을 주시리로다.

갑자기 문이 벌컥 열렸다. 밀레디는 펠튼이 여느 때처럼 창백하지만 미칠 듯 이글거리는 눈빛으로 나타난 것을 보았다.

"왜 그렇게…. 그런 목소리로 노래를 부르는 것입니까?" 그가 말했다."

"죄송해요." 밀레디가 상냥하게 대답했다. "이 노래가 여기에 어울리지 않는다는 걸 깜빡했군요. 종파가 다른 당신에겐 이 노래가 불쾌했겠죠. 하지만 고의는 아니었어요."

그 순간의 밀레디는 너무나도 아름다웠다. 그녀에게 빠져들어 버린 펠튼은 지금껏 말로만 듣던 천사가 눈앞에 나타난 거라고 믿었다.

"그래요. 당신은 이 저택 사람들을 괴롭히고 있어요."

가엾게도 분별력을 잃은 사내는 자신의 말이 사리에 맞지 않는다는 것조차 인지하지 못하고 있었다. 살쾡이처럼 날카로운 밀레디의 눈은 그의 이런 마음 밑바닥까지 꿰뚫어 보고 있었다.

"이젠 조용히 할게요." 밀레디는 눈을 내리깔고 체념한 태도로 말했다.

"아니, 아닙니다. 다만 그렇게 큰 소리로 부르지만 않으시면 돼요. 특히 밤중엔…" 펠튼은 이렇게 말하고는 급히 방을 나갔다.

펠튼은 이미 넘어온 것 같았다. 하지만 그를 확실히 붙잡아두려면 여기서 한 걸음 더 내딛어야 했다.

'그가 스스로 이야기할 수 있도록 말을 시켜야 한다.'

자신의 가장 큰 매력이 목소리라는 것을 밀레디는 잘 알고 있었다. 그때부터 밀레디는 자신의 모든 언행, 사소한 눈짓과 몸짓까지 주의를 기울였다. 그리고 그녀는 새로운 배역을 맡게 된 노련한 배우처럼 모든 것을 연구했다.

정오 무렵, 윈터 경이 들어왔다. 맑은 겨울날이었다. 밀레디는 창밖을 보며 문 열리는 소리를 못 들은 척했다.

"오호!" 윈터 경이 말했다. "희극도 해보고, 비극도 해보고, 이젠 우울한 모습까지 연기하는 모양이군."

밀레디는 두 손을 모으고 아름다운 눈을 들어 하늘을 우러르며 말했다.

"주여! 주여!" 그녀는 천사처럼 그윽한 목소리와 몸짓으로 말했다. "제가 이 사람을 용서하듯 주님께서도 이 사람을 용서하소서."

"오냐, 기도해라. 저주받을 계집아!" 남작이 외쳤다. "맹세컨대 내 절대로 널 용서하지 않을 거야. 너 그럽게도 날 위해 기도까지 해

주다니!"

그리고 남작이 나갔다. 그가 방을 나가는 순간 반쯤 열린 문틈으로 얼른 비켜서는 펠튼의 모습이 보였다. 그녀는 다시 바닥에 무릎을 꿇고 기도를 시작했다.

"하나님, 나의 하나님! 이토록 성스러운 이유로 고통 받고 있는 저를 보고 계신지요! 부디 이 고통을 견뎌낼 힘을 주소서."

조용히 문이 열렸다.

"기도를 방해하려는 뜻은 없었습니다." 펠튼이 말했다.

"내가 기도하고 있다는 걸 어떻게 아셨죠?" 밀레디가 흐느끼는 목소리로 말했다.

"무슨 죄를 지었든, 하느님 앞에 엎드린 죄인은 거룩해 보입니다."

"죄인이라고요, 내가?" 밀레디가 말했다. "당신은 나를 죄인이라고 말씀하시는군요. 하지만 박해받는 이들을 사랑하시는 하느님은 때로 무고한 사람들을 심판대에 올리기도 하시죠."

"기도를 통해 당신을 돕겠습니다."

"오! 당신은 의로운 분이시군요!" 밀레디가 그의 발 아래 몸을 던지며 외쳤다. "그러면 당신은 윈터 경이 내게 무슨 짓을 하려는지 모르시는 건가요?"

"아니요, 모릅니다."

"그럴 수가? 당신은 윈터 경의 심복인데!"

"저는 절대 거짓말을 하지 않습니다. 부인."

"어머나, 그렇다면 당신은 그와 한통속이 아니었군요. 그가 내게 세상의 어떤 형벌보다도 끔찍한 치욕을 주려 한다는 걸 모르시는 건가요?"

"당신은 잘못 생각하고 계십니다. 윈터 경은 그런 죄악을 행할 분이 아닙니다."

"파렴치한 자와 친구라면 무슨 일이든 할 수 있죠."

"파렴치한 자가 대체 누굽니까?"

"그런 이름이 어울리는 자가 영국에 또 누가 있을까요?"

"조지 빌리어스 말인가요?" 펠튼의 눈이 불타올랐다.

"이교도와 이방인들 그리고 불신자들은 그를 버킹엄 공작이라 부르죠."

"하나님의 손이 그에게 닿아 있습니다." 펠튼이 말했다. "그는 응분의 벌을 피하지 못할 겁니다."

펠튼은 공작에 대한 증오를 감추려 하지 않았다. 영국인들 대부분이 버킹엄에 대해 반감을 품고 있었다. 구교도들조차 그를 착취자, 공금 횡령꾼, 난봉꾼이라고 불렀고 청교도들은 대놓고 그를 사탄이라고 불렀다.

"당신이 그를 아시나요?" 펠튼이 물었다.

"그럼요. 알고 말고요! 그것이 내게는 불행의 시작이었죠. 영원히 돌이킬 수 없는."

밀레디는 고통에 발작이라도 할 듯 두 팔을 뒤틀었다.

그때 복도에서 발소리가 들려왔다. 밀레디는 그것이 윈터 경의 발소리라는 것을 알아차렸다.

윈터 경의 발소리는 멈추지 않고 문 앞을 그냥 지나쳤다.

죽은 사람처럼 얼굴이 창백해져서 잠시 귀를 기울이고 있던 펠튼은 발소리가 멀어지자 꿈에서 깨어난 듯 한숨을 한번 내쉬고 방에서 뛰쳐나갔다.

"드디어 내 손 안에 들어왔어!" 윈터 경과 반대방향으로 멀어져가는 펠튼의 발소리에 귀를 기울이며 밀레디가 중얼거렸다.

그녀는 거울 앞으로 가 자신의 모습을 바라보았다. 지금처럼 자신이 아름다워 보인 적은 없었다.

밀레디는 전날 저녁때처럼 무릎을 꿇고 기도문을 큰 소리로 낭송했다.

39. 고전 비극의 수법

펠튼은 이미 그를 사로잡아버린 비밀스러운 힘 앞에 더 이상 저항할 수 없었다. 아름다운 그녀를 본다는 것, 괴로움과 아름다움의 지배를 동시에 감내한다는 것은 이 광신적 망상가에게 너무 벅찬 일이었다. 그것은 하느님에 대한 불타는 사랑과 인간에 대한 격렬한 증오에 침식당한 가슴이 견뎌내기에 너무 힘들었다.

다음날, 펠튼이 밀레디의 방을 찾았다. 그의 얼굴은 여느 때처럼 창백했지만 붉게 충혈된 눈이 지난 밤 그가 잠을 이루지 못하였음을 말해주고 있었다.

"댁은 자신의 소명을 이해하고 있나요?" 밀레디가 물었다. "내 죄를 벌하는 잔인한 임무를 부여받았지만, 만약 내가 결백하다면 주님께서 그 임무에 어떤 이름을 붙여주실까요?"

"당신은 어떤 분이죠? 당신은 누구시냐고요?" 펠튼이 그녀의 손을 마주잡으며 소리쳤다.

"아직도 모르시겠어요, 펠튼? 전 당신과 같은 신앙을 가진 자매일 뿐입니다."

"그래요, 그래요!" 펠튼이 말했다. "여태껏 의심했지만, 이제 당신을 믿을 수 있어요."

"당신이 나를 믿는다 해도, 결국 눈먼 자들이 버킹엄 공작이라 부르고 신앙인들이 적그리스도라 부르는 사악한 자의 손에 나를 넘길 거잖아요?"

"내가 당신을 버킹엄에게 넘기다니! 도대체 무슨 말씀을 하시는 거죠?"

"그들은 눈이 있어도 보지 못하고, 귀가 있어도 듣지 못해요." 밀레디가 외쳤다.

"그래요, 말해 봐요! 이젠 당신의 말을 이해 할 수 있을 것 같아요." 펠튼이 외쳤다.

"내가 겪은 치욕을 말해 달라고요?" 밀레디가 수치스러운 듯 얼굴을 붉히며 외쳤다. "오, 아니에요. 도저히 그럴 수 없어요!"

"나는 당신의 형제입니다." 펠튼이 외쳤다.

"좋아요. 그러면 형제님을 믿도록 하죠! 내 얘기를 해 볼게요. 불행히도 아직 젊고 아름다웠던 탓에 나는 올가미에 걸리고 말았어요. 저는 저항했지요. 하지만 그들은 거듭해서 나를 능욕했어요. 그래도 내 영혼을 파멸시키지 못하자 이번에는 내 육체를 영원히 욕되게 하려 했지요. 결국…."

"결국…." 펠튼이 말했다. "그래서 결국 어떻게 됐죠?"

"어느 날 저녁, 그들은 내 완강한 저항을 무력화시키기로 결심했어요. 내가 마실 물에 강한 마취제를 넣은 거예요. 식사를 마치자마자 몸이 마비되는 게 느껴졌죠. 점점 몸이 굳으면서 곧바로 쓰러질 것 같았어요. 소리쳐 보려 했지만 혀가 굳어 움직이지 않았어요.

결국 저는 바닥에 쓰러져 죽은 듯이 잠들고 말았어요. 잠들어 있는 동안 무슨 일이 일어났는지 전혀 기억할 수 없었어요. 깨어나 보니 둥근 방 안에 누워 있더군요. 호화스러운 가구들이 있는 방이었어요. 꿈을 꾸는 줄 알았죠. 그런데 내 옷들이 의자에 흩어져 있었어요. 옷을 벗은 기억도, 침대에 들어간 기억도 전혀 없었어요. 대체 무슨 일이 일어났던 건지…. 갑자기 삐걱 하고 문이 열리는 소리가 들렸어요. 나는 소스라치게 놀랐어요. 두세 걸음 떨어진 곳에 한 남자가 서 있는 것을 알아차리고 저는 전율했지요.

그 남자는 일 년 전부터 나를 쫓아다니면서 욕보이겠다고 맹세한 사람이었어요. 그의 입에서 처음 나온 말을 듣고 나는 전날 밤 그가 날 범했다는 걸 알았죠."

"비열한 놈!" 펠튼이 중얼거렸다.

"맞아요. 너무도 비열한 인간이에요." 밀레레디가 외쳤다. "자고 있는 사이에 범해버리면 어차피 더럽혀진 몸이니 내가 순순히 치욕을 받아들일 거라 생각했던 거예요. 나는 여자가 마음에 품을 수 있는 온갖 저주의 말을 퍼부었지요. 그는 팔짱을 낀 채 미소를 지으며 태연히 듣고 있다가 이렇게 말하더군요.

'그럼 또 봅시다. 당신 마음이 가라앉으면 다시 찾아오지.'

끔찍스런 순간이었어요. 그때까지만 해도 나의 불행을 반신반의했죠. 하지만 결국 그런 믿음은 절망의 현실 속으로 사라져 버렸어요. 내가 미워하고 경멸하던 남자의 손아귀에 떨어지고 만 거예요. 마음만 먹으면 무슨 짓이든 할 수 있는 그런 남자였어요."

"도대체 그자가 누구죠?" 펠튼이 물었다.

"거기서 탈출하려 발버둥 쳤지만 소용없었어요. 벽을 두드려 보고 방을 스무 바퀴는 맴돌았지만 탈출구는 어디에도 없었어요. 결국엔 기진맥진해 쓰러져 버리고 말았죠. 그런데 꼬박 이틀 동안 아무것도 먹지 못한 탓에 허기가 느껴지더군요. 옆의 식탁에 차려진 빵과 과일을 조금 먹었어요. 물도 한 모금 마셨지요. 그런데 30분도 지나지 않아서 전과 같은 증세가 나타나는 거예요. 그래도 이번에는 몇 모금 안 마신 덕에 좀 더 오래 견딜 수 있었어요.

그런데 더 무서운 것은 이번엔 닥쳐오는 위험을 느낄 수 있다는 거였어요. 마치 몸은 잠들어 있는데 영혼은 모든 걸 지켜보고 있는 것처럼 말이에요. 눈도 볼 수 있고 귀도 들을 수 있었어요. 모든 게 꿈속에서 일어나는 일 같았지요. 하지만 그런 만큼 더 두려웠어요.

누군가 다가오는 것이 느껴졌어요. 소리를 지르려고 했어요. 몸을 일으켰지만 곧 다시 쓰러져 버렸고…. 그리고 저는 날 괴롭히는 사내의 품에 안겨 있었어요."

"그자가 누군지 말해 주세요!" 젊은 장교가 외쳤다.

"나는 온 힘을 다해 싸웠어요. 비록 힘은 약했지만 꽤나 오랫동안 저항했을 거예요. 그가 이렇게 외치는 소리도 들었죠.

'독한 청교도 년들이 형리들을 진땀 빼게 한다는 소문은 들었지만, 자기를 유혹하는 사내에게도 이렇게 질길 줄은 몰랐어.'

필사적으로 저항했지만 언제까지 지속할 수는 없었어요! 힘이 빠지는 게 느껴졌죠. 그자는 내가 잠든 틈이 아니라 힘이 빠져 기절한 틈을 이용해 욕심을 채웠어요.

다음날 저녁 다시 나타난 그자의 태도가 바뀌어 있더군요.

'진정해, 아름다운 아가씨! 나는 강제로 여자를 소유하는 폭군이 아니야. 당신은 나를 좋아하지 않는군. 나는 자부심이 강한 사람이라서 혹시나 했을 뿐…. 좋아, 이제 그 마음을 알았으니 당신을 풀어주지.'

'명심해요! 당신이 나를 풀어주면 망신을 당할 거예요! 이곳을 떠나자마자 모든 걸 폭로해버릴 테니까요. 당신이 나를 폭행한 것도 나를 감금한 것도 모두요.' 제가 소리쳤죠.

그러자 그 비열한 자는 이렇게 말하더군요. '나는 당신의 입을 막을, 아니 적어도 다른 사람들이 당신 말을 아무도 곧이듣지 않도록 할 만한 힘을 가지고 있어.'

나는 온 힘을 다해 웃음을 터뜨리는 것으로 대답을 대신했지요.

이제 우리 사이에는 죽음으로밖에 끝날 수 없는 전쟁이 남아있다는 걸 그에게 알리기 위해서였어요.

그가 말하더군요. '똑똑히 들어. 내일까지 하루의 여유를 주지. 입을 다물겠다는 약속만 하면 재산과 명예 그리고 존경까지 누릴 수 있을 테지만 끝내 떠벌이겠다면 치욕스런 형벌이 널 기다릴 거야.'"

펠튼은 가구에 비스듬히 기댄 채 듣고 있었다. 밀레디는 자기 얘기가 결말에 이르기도 전에 이미 힘이 빠져버린 상대를 보며 악마와도 같은 희열을 느꼈다. 잠시 말을 멈추고 자신에게 귀 기울이고 있는 젊은이를 관찰하던 그녀가 이야기를 이어갔다.

"그날 그 비열한 자가 복면을 쓴 남자와 함께 들어왔어요. 그자도 복면을 쓰고 있었지만 인류를 구렁텅이에 빠뜨리는 지옥의 사자 같은 모습을 보고 단박에 그를 알아볼 수 있었죠.

'어때, 내가 요구한 대로 맹세하겠나?'

'청교도는 한 입으로 두말하지 않아요. 나는 이미 대답했어요. 땅에서는 사람들 앞에서, 하늘에서는 하느님 앞에서, 당신의 심판을 호소할 뿐이에요.'

'창녀 같으니라고. 넌 이제 창녀들이 받는 벌을 받게 될 거야!'

그리고 함께 온 남자에게 말했어요.

'형리, 집행하도록.'

펠튼이 다시 외쳤다. "오, 그자의 이름! 제발 그자의 이름을 말해주세요!"

"나는 죽음보다 더 심한 형벌이 기다리고 있다는 걸 깨달았어요. 소리를 지르고 저항했지만 형리는 나를 붙잡아 바닥에 내던져 버렸죠. 그리고 갑자기 견딜 수 없는 고통과 수치심에 비명을 지르고 말았어요. 시뻘겋게 달군 형리의 쇠 부지깽이가 내 어깨에 낙인을 찍은 거예요."

펠튼의 입에서 분노의 고함이 터져 나왔다.

"보세요." 밀레디가 여왕처럼 위엄 있게 일어나며 말했다. "잔악한 인간이 순결한 처녀에게 가한 이 순교의 자국을요. 당신도 인간의 마음이 어떤 것인지 똑똑히 보고 앞으로는 쉽사리 부당한 복수의 도구가 되지 마세요."

밀레디가 재빨리 드레스를 벌리자 가슴을 가렸던 얇은 천이 드러났다. 그리고 그녀는 분노와 수치심 가득한 표정을 지으며 아름다운 어깨에 박힌 치욕의 낙인을 젊은이에게 드러냈다.

"하지만 그것은 백합꽃인데요!" 펠튼이 외쳤다.

"그게 바로 그자의 비열함이지요." 밀레디가 대답했다. "영국 낙인이었다면…. 나에게 이런 형벌을 부과한 법정이 어딘지 입증해야겠죠. 그렇다면 저는 왕국의 모든 법정들을 찾아다니며 호소했을 거예요. 하지만 프랑스의 낙인이라면…. 오, 정말 나는 영원히 낙인찍히고 만 거지요!"

펠튼은 도저히 참을 수 없었다. 그는 순결하고 거룩한 순교의 여인들 앞에서처럼 그녀 앞에 무릎을 꿇었다.

"용서하세요. 제발 용서하세요!" 그가 외쳤다. "제가 당신을 박해한 자와 한 편에 있었다는 걸 용서해 주세요!"

이제 그는 사랑을 넘어 그녀에 대해 숭배의 감정을 품고 있었다.

"당신에게 물어보고 싶은 것은 단 한 가지, 그자의 이름뿐입니다."

"아직도 짐작이 안 가시나요?" 밀레디가 외쳤다.

"아, 그 사람! 또 그 사람이군요!"

"영국의 약탈자, 진정한 믿음 가진 자들을 박해하고 수많은 여자들의 정조를 유린한 비열한 남자…."

"버킹엄! 역시 버킹엄이었어!"

밀레디는 그 이름 앞에서 치욕스런 기억을 참을 수 없다는 듯 두 손으로 얼굴을 가렸다.

"사람들은 두려움 때문에 그런 자를 내버려두고 있어요."

"저는 그가 두렵지도 않고, 내버려두지도 않을 겁니다." 펠튼이 말했다.

40. 탈출

이제 의심의 여지가 없었다. 펠튼은 그녀의 것이었다. 이런 생각은 밀레디의 입가에 저절로 미소가 지어지게 했다. 그녀에게 펠튼은 이곳을 벗어날 수 있는 유일한 희망이자 구원의 끈이었다.

그녀는 아침식사가 배달될 때 펠튼이 올 것이라고 생각했지만 오지 않았다. 그녀는 저녁식사 시간까지 펠튼을 조용히 기다리기로 했다.

저녁 여섯 시에 윈터 경이 들어왔다. 완벽하게 무장을 한 채였다.

"그래! 당신이 가엾은 펠튼을 나쁜 길로 이끌기 시작했더군. 하지만 나는 그를 구원해 줄 작정이야. 이제 두 번 다시 펠튼을 볼 수 없을 거야. 다 끝났어. 옷가지들이나 챙겨 두시길. 내일 떠날 테니 말이야. 본래 승선 날짜는 24일이었지만 출항이 빠를수록 안전할 것 같군. 늦어도 내일 정오엔 버킹엄 경이 서명한 추방명령서가 도착할 거야. 그럼 편히 쉬도록. 오늘은 이게 전부야. 내일 마지막 인사를 하러 다시 오지."

남작은 이렇게 말하고 방을 나갔다. 협박조의 말에 입술에 경멸의 미소를 띠었지만 밀레디의 가슴속에는 분노가 치밀어 올랐다.

밤 열 시 경이 되자 폭풍우가 몰아치기 시작했다. 그때 갑자기 유리창을 두드리는 소리가 들렸다. 밀레디는 창살 너머로 나타난 남자의 얼굴을 보았다.

그녀는 달려가 창문을 열었다.

"펠튼!" 밀레디가 소리쳤다. "난 이제 살았어요!"

"네. 하지만 조용히! 창살을 자를 시간이 필요합니다."

"이제 나는 어떻게 해야 하죠?"

"아무것도. 아무것도 하지 마세요. 창문을 닫으세요. 옷차림을 다 갖추고 침대에 누워 계세요. 일이 끝나면 창문을 두드릴게요."

밀레디는 창문을 닫고 등불을 끈 뒤 침대 속으로 들어가 몸을 웅크렸다. 이렇게 한 시간쯤 숨을 죽이고 있었다. 그녀의 이마에는 땀방울이 맺혔고 복도에서 인기척이 들릴 때마다 무서운 불안감에 심장이 멈출 것 같았다.

한 시간쯤 지났을까? 펠튼이 창문을 두드렸다.

"준비 되셨죠?" 펠튼이 물었다.

"네, 뭘 가져가야 하죠?"

"돈이 있으면 챙겨 가세요. 많을수록 좋습니다. 배를 빌리느라 가진 돈을 모두 써 버렸거든요."

"자, 받으세요." 밀레디는 금화가 가득 든 자루를 건네면서 말했다.

펠튼이 돈 자루를 받아 벽 아래로 떨어뜨렸다.

"이제 갑시다."

밀레디는 의자 위에 올라서서 몸을 창문 밖으로 내밀었다. 펠튼은 절벽 위에서 내려온 밧줄 사다리에 올라타고 있었다.

창문에서 까마득한 낭떠러지를 내려다보자 오싹 소름이 끼쳤다.

"저를 믿지요?" 펠튼이 말했다.

"물어볼 필요도 없어요."

"두 손을 모아 깍지를 끼세요. 좋아요!"

펠튼은 그녀의 두 손을 손수건으로 묶은 다음 다시 손수건을 밧줄에 동여맸다.

"두 팔로 내 목을 감으세요. 겁내지 마세요."

잠시도 꾸물거릴 시간이 없었다. 밀레디는 펠튼의 목을 두 손으로 감고 창밖으로 나갔다. 펠튼이 한 계단 한 계단 조심스레 사다리를 내려갔다. 두 사람의 몸무게에도 불구하고 돌풍이 불어 사다리가 공중에서 춤을 추었다. 밀레디는 한숨을 내쉬더니 곧 기절해 버렸다.

사다리 끝에 이르자 더 이상 발 디딜 데가 없었다. 그는 손으로 사다리 지지대를 하나하나 잡으며 내려갔다. 그리고 마지막 지지대를 붙잡고 두 다리를 쭉 뻗어 땅에 발을 내디뎠다. 그가 허리를 숙이고는 금화 자루를 집어 입에 물었다.

펠튼은 밀레디를 두 팔에 안은 채 빠르게 달리기 시작했고 순찰로를 벗어나 바닷가로 내려오자 휘파람을 불었다.

어디선가 같은 신호가 응답해 왔다. 오 분쯤 지났을 때 네 명의 사내들이 탄 조각배 한 척이 다가왔다.

"본선을 향해 전속력으로 노를 저어." 펠튼이 말했다.

노잡이들은 있는 힘을 다해 노를 저었다. 조각배가 나아가는 동안 펠튼은 밀레디의 손에 묶였던 밧줄과 손수건을 풀어 주었다. 그리고 바닷물을 떠 밀레디의 얼굴을 뿌렸다. 밀레디는 다시 한숨을 내쉬며 눈을 떴다.

"여기가 어딘가요?" 그녀가 물었다.

"이젠 안전합니다." 젊은 장교가 대답했다.

"아! 살았어, 살았어…. 고마워요, 펠튼. 정말 고마워요."

젊은이가 그녀를 가슴에 안았다.

그들은 본선으로 다가갔다. 망을 보던 선원이 뭐라고 소리치자 조각배에서도 응답을 보내 왔다.

"저건 무슨 배죠?" 밀레디가 물었다.

"당신을 위해 빌렸습니다."

"나를 어디로 데려갈 건가요?"

"어디든 당신이 원하는 곳으로. 다만 도중에 나를 포츠머스에 내려주면 됩니다."

"포츠머스에서 뭘 하시게요?"

"윈터 경의 명령을 수행할 겁니다." 펠튼이 우울한 미소를 지으며 대답했다. "윈터 경은 저를 의심했어요. 그래서 저더러 직접 버킹엄에게 가 당신의 호송 명령서에 서명을 받아오라고 했어요.

"당신을 의심한다면서 왜 명령서를 맡겼을까요?"

"제가 그 내용을 알고 있는지 몰랐겠죠."

"그렇군요. 그래서 당신은 포츠머스에 가려는 거군요!"

"꾸물거릴 시간이 없습니다. 내일이 23일인데, 버킹엄은 내일 함대를 이끌고 라 로셸로 떠날 겁니다."

"그럴 순 없어요!" 라 로셸이란 말에 밀레디가 침착성을 잃고 소리쳤다.

"걱정 마세요. 그는 떠나지 못할 겁니다."

밀레디는 기뻐서 펄쩍 뛰고 싶은 심정이었다. 펠튼의 마음을 읽었기 때문이었다. 거기엔 버킹엄의 죽음이라는 글자가 또렷이 새겨져 있었다.

"펠튼…." 그녀가 말했다. "당신은 정말 위대한 분이세요! 당신이 죽으면 나도 따라가겠어요. 지금 내가 할 수 있는 말은 그것뿐이에요."

"조용!" 펠튼이 말했다. "다 왔어요."

정말로 그들이 탄 범선은 목적지에 도착해 있었다.

펠튼이 먼저 선교에 올라 밀레디에게 손을 내밀었다. 여전히 파도가 거칠었기 때문에 선원들이 밑에서 그녀의 몸을 받쳐주어야 했다.

"선장." 펠튼이 말했다. "내가 말씀드린 부인입니다. 프랑스까지 안전하게 모셔다드리도록 하세요."

"1천 피스톨을 약속하셨지요?" 선장이 말했다.

"5백 피스톨은 이미 받았지 않소?"

"맞습니다. 나머지 5백 피스톨은 불로뉴에 도착한 뒤에 받기로 했죠."

"도착할 수 있을까요?"

"무사히 도착할 겁니다. 제 이름을 걸고 맹세합니다."

"자, 먼저 포츠머스 앞에 있는 치체스터라는 작은 만으로 갑시다."

선장은 선원들에게 명령하는 것으로 대답을 대신했다.

밀레디는 열 시까지 펠튼을 기다리기로 약속했다. 만약 그때까지 돌아오지 않으면 혼자 떠나기로 했다. 혼자 떠날 경우, 무사하다면 프랑스로 건너와 베튄에 있는 카르멜회 수녀원에서 그녀를 다시 만나기로 약속을 정했다.

41. 1628년 8월 23일 포츠머스

펠튼은 밀레디에게 작별을 고했다. 평소처럼 침착해 보였지만 열에 들뜬 그의 눈은 이상한 광채를 띠고 있었다.

펠튼은 포츠머스로 달려가며 버킹엄이 저지른 명백한 죄악, 그러니까 유럽 전체에 끼친 죄악과 밀레디에게 들은 것과 같이 알려지지 않은 죄악들을 비교해 보았다. 그리고 버킹엄의 두 가지 죄악 중 더 비난받아야 할 것은 대중들이 모르는 죄악들이라고 결론을 내렸다. 걸음을 빨리할수록 그의 피는 점점 끓어올랐다.

그는 아침 여덟 시쯤 포츠머스 시내에 들어섰다. 모든 시민들은 깨어나 있었다. 거리와 항구에는 북소리가 요란하고 군인들이 배에 오르기 위해 바다 쪽으로 발걸음을 재촉하고 있었다.

해군 사령부에 도착했을 때 펠튼은 이미 먼지에 뒤덮여 뻘뻘 땀을 쏟아내고 있었다.

펠튼은 위병소 책임자를 불러 주머니에 있던 편지를 내밀었다.

"윈터 경이 보낸 긴급 전갈이오."

윈터 경은 버킹엄 공작과 가까운 친구였다. 게다가 펠튼이 해군 장교복을 입고 있었으므로 위병소장은 펠튼을 쉽게 통과시켜 주었다.

펠튼은 건물 안으로 뛰어 들어갔다. 그는 공작의 심복 시종인 패트릭을 따라 널따란 응접실로 들어갔다. 시종은 그를 곧바로 공작의 집무실로 안내했다. 집무실에서는 막 목욕을 마치고 나온 버킹엄이 여느 때처럼 정성들여 몸을 단장하고 있었다.

"윈터 경이 보낸 펠튼 중위입니다." 패트릭이 말했다.

펠튼이 안으로 들어갔다.

"왜 남작께서 직접 오시지 않았나?" 버킹엄이 물었다.

"각하를 뵙지 못해서 매우 유감이지만, 저택에서 감시해야 할 일이 있어서 그리 되었다고 하셨습니다."

"그래, 남작이 여죄수 하나를 데리고 있다고 하더군."

"각하," 펠튼이 말했다. "윈터 경이 일전에 샬로트 백슨이라는 젊은 여자의 호송 명령서에 서명해 달라는 서한을 올린 적이 있었지요?"

"그래, 그래서 명령서를 가져오면 서명해 주겠다고 했지."

"각하, 샬로트 백슨이 그 여자의 본명이 아니라는 건 알고 계십니까?"

"알고 있네."

"그렇다면 본명도 알고 계십니까?"

"알고 있지."

"그러면 본명을 알면서도 서명을 하시려는 겁니까?"

"물론이야. 그러니까 더욱 서명을 해야지."

"믿을 수 없군요." 펠튼의 목소리는 점점 딱딱하고 퉁명스러워졌다. "그 여자가 윈터 부인이라는 걸 알고 계시면서도…."

"나야 물론 알고 있지. 하지만 자네가 알고 있다니, 더 놀랍군!"

"그래서, 각하께서는 아무런 양심의 가책도 없이 명령서에 서명하시겠다는 겁니까?"

"양심의 가책이라니? 무슨 해괴한 얘기를 하는 건가?"

"대답해 주십시오, 각하." 펠튼이 말했다. "이건 매우 중대한 문제입니다."

"자책 같은 건 없네. 윈터 부인 같은 중죄인에게 유배는 거의 죄를 사면하는 거나 다름없어."

"서명하시면 안 됩니다. 각하! 밀레디는 천사입니다. 각하께서도 잘 아시잖습니까. 그분을 풀어 주십시오.

"그게 무슨 말인가, 자네 미쳤나?"

"제 말을 끝까지 들어주십시오. 각하는 그 처녀를 유혹하여 욕보이고 더럽혔습니다. 그녀에게 용서를 비십시오. 저의 요청은 이게 전부입니다."

"아니, 이런 괘씸한 자가! 지금 나를 협박하는 건가? 당장 물러가게. 그렇지 않으면 즉시 사람을 불러 체포하겠네!"

순간 펠튼이 윗옷 속에 감춰두었던 칼을 빼어들고 공작에게 달려들었다. 그 순간 패트릭이 집무실로 들어오면서 외쳤다.

"각하 프랑스에서 편지가 왔습니다."

"프랑스에서?" 버킹엄은 편지를 보낸 사람이 누구일까에 정신이 팔려 방심하고 말았다.

펠튼의 칼이 그 틈을 놓치지 않고 공작의 옆구리를 찔렀다.

"이 반역자!" 버킹엄이 외쳤다. "네 녀석이 나를 죽이려 들다니."

"살인이다!" 패트릭이 소리쳤다.

펠튼은 주위를 둘러보았다. 그는 달아날 길을 찾아 옆방으로 뛰어들었고 단숨에 방을 가로질러 계단 쪽으로 뛰어갔다. 하지만 계단 꼭대기에서 윈터 경과 마주쳤다. 핏발 선 눈, 납처럼 창백한 얼굴에 손과 얼굴에는 피가 얼룩져 있는 그를 보고 윈터 경은 모든 걸 짐작했다.

"내가 이럴 줄 알았다. 불운하게도 내가 한 발 늦었구나!" 그가 펠튼의 먹살을 잡으며 외쳤다.

펠튼은 저항하지 않았다. 윈터 경이 그를 근위병들에게 넘겼다.

근위병들은 그를 바다가 내려다보이는 작은 테라스로 끌고 가 다음 명령을 기다렸다.

공작의 비명소리와 패트릭의 고함소리에 응접실에서 대기하던 사람들이 공작의 집무실로 뛰어들었다.

"라 포르트." 공작이 꺼져가는 목소리로 말했다. "그분께서 보내서 왔나?"

"그렇습니다, 각하." 안 도트리슈 왕비의 충성스런 종복이 대답했다. "하지만 제가 너무 늦었나봅니다."

"오 하느님, 내가 이렇게 죽다니…." 그리고 공작은 의식을 잃었다.

그 사이 윈터 경과 라 로셸 대표단, 원정군 지휘관들이 집무실로 몰려왔다. 여기저기서 절망의 탄식소리가 들렸다. 버킹엄이 쓰러졌다는 소식은 순식간에 시내로 퍼져갔다. 불의의 사고가 일어난 것을 알리는 대포 소리가 울려 퍼졌다.

윈터 경은 머리칼을 쥐어뜯었다. 저택 창문 밖으로 밧줄 사다리가 내려와 있다는 보고를 받은 것은 아침 일곱 시쯤이었다. 그는 곧바로 밀레디의 방으로 달려갔다. 방은 텅 비어 있었고 창문은 열린 채 창살 두 개가 잘려나가 있었다. 순간 그는 다르타냥이 보낸 전갈을 기억하고 공작의 안위가 걱정되어 아무 말이나 잡아타고 전속력으로 달려온 것이었다.

하지만 공작은 아직 생명이 남아 있었고, 잠시 의식을 되찾았다.

"패트릭과 라 포르트만 남고 모두 나가 주게. 아, 윈터 경! 자네가 왔군. 오늘 아침에 미치광이 녀석을 하나 보냈더군. 그놈이 나를 어떤 꼴로 만들었는지 보게!"

"각하, 절대로 제 자신을 용서하지 못할 겁니다!"

"그건 잘못 생각한 걸세, 윈터 경." 버킹엄이 윈터 경에게 손을 내밀면서 말했다. "평생을 애도할 만한 가치가 있는 사람은 이제껏 본 일이 없어. 자 그만 물러가게나."

윈터 경이 흐느끼며 밖으로 나갔다.

"그분이 뭐라고 써 보냈나? 편지를 어서 읽어 보게."

"각하!"

"어서 읽어 봐. 이제 눈이 흐려져 보이지 않는군. 어서 읽어 주게! 잠시 뒤면 듣지도 못하게 될 테니, 그렇게 되면 그분이 뭐라고 쓰셨는지도 모른 채 죽게 될 거야."

라 포르트는 더 이상 주저하지 않고 편지를 읽어 내려갔다.

공작님,

당신을 알게 된 뒤 당신 때문에, 당신을 위해 많은 고통을 겪어왔습니다. 이 모든 것을 걸고 당신께 간청합니다. 제가 조금이라도 마음의 평온을 얻기 바란다면 프랑스와의 전쟁준비를 중단해 주십시오. 사람들은 종교 때문에 발생한 이 사건을 나에 대한 당신의 사랑 때문에 일어난 일이라며 수군대고 있습니다. 이 전쟁은 프랑스와 영국에 큰 재앙을 가져올 뿐만 아니라 당신에게도 큰 불행을 안겨줄지 모릅니다. 그렇게 된다면 저는 그 어떤 것으로도 위안을 얻을 수 없게 될 겁니다.

적으로 간주하지 않아도 될 날이 오면 나에게도 소중한 분이 될 당신의 생명을 노리는 자가 있을지 모르니 부디 조심하시기 바랍니다.

— 안

버킹엄은 남은 힘을 모두 짜내어 듣고 있었다. 편지를 다 읽고 나자 그는 몹시 실망한 듯 물었다.

"직접 말로 전한 것은 없느냐?"

"있습니다. 각하. 언제나 각하를 사랑한다고 전해 달라 하셨습니다."

"아! 왕비님에게 내 죽음이 아주 낯선 사람의 죽음이 되진 않겠구나!"

라 포르트가 울음을 터뜨렸다.

"패트릭, 다이아몬드 목걸이가 들어있는 상자를 가져오게."

패트릭이 공작이 지시한 것을 가지고 왔다.

"자, 라 포르트." 버킹엄이 말했다. "그분께 받은 기념품은 이 은제 상자와 편지 두 통이 전부야. 이것을 왕비님께 갖다 드리게. 그리고 마지막 기념품으로…."

그는 주위를 둘러보았다. 하지만 죽음의 그림자가 드리워진 그의 눈에 띈 것은 펠튼의 손에서 떨어진 칼뿐이었다. 칼날에 얼룩진 진홍빛 피에는 아직도 온기가 남아 있었다.

"저 칼도 갖다 드려라." 공작이 라 포르트의 손을 잡으며 말했다.

패트릭이 오열했다. 버킹엄은 미소를 짓고 싶었지만 죽음이 그것을 가로막았다. 미소는 마지막 사랑의 입맞춤처럼 그의 이마에 새겨졌다.

"운명하셨습니다. 운명하셨어요!" 패트릭이 외쳤다.

그의 절규를 듣고 많은 사람들이 방으로 몰려들었다. 경악과 혼란의 도가니였다.

버킹엄이 숨을 거두는 것을 보자마자 윈터 경은 펠튼에게 달려갔다.

"비열한 놈!" 그가 펠튼을 향해 소리쳤다. "대체 무슨 짓을 한 거냐?"

"복수한 겁니다."

"너는 그 저주받은 계집에게 이용당한 거야."

"도대체 무슨 말씀을 하시는지 모르겠군요." 펠튼이 침착하게 대꾸했다. "전 버킹엄의 불의를 응징했을 뿐입니다."

하지만 한 가지 생각이 펠튼의 이마에 어두운 그림자를 던졌다.

그의 눈이 테라스에서 훤히 보이는 바다 위의 한 점을 응시했다. 그는 뱃사람 특유의 독수리 같은 눈으로 프랑스 해안을 향해 멀어져 가는 범선의 돛을 똑똑히 알아보았다.

그는 얼굴이 창백해졌다. 그리고 자신이 배신당했다는 것을 깨달았다.

"마지막으로 여쭤볼 게 있습니다." 그가 남작에게 말했다.

"뭐냐?" 남작이 물었다.

"지금 몇 시입니까?"

"아홉 시 십 분 전이다."

밀레디가 출항을 한 시간 반이나 앞당긴 것이다. 중대한 사건이 일어났음을 알리는 포성이 울리자마자 그녀는 닻을 올리라고 명령했다. 펠튼은 한 마디도 하지 않고 고개를 떨구었다.

42. 한편 프랑스에서는…

그 동안 라 로셸의 프랑스 군 진영은 아무 일도 없는 듯 평온했다. 따분함을 견디지 못한 국왕은 신분을 숨기고 생-제르맹에서 성 루이 축일을 보내기로 했다. 그래서 왕은 총사 스무 명을 선발해 호위해 달라고 추기경에게 부탁했다.

추기경으로부터 통지를 받은 트레빌은 아끼는 네 총사가 뭔가 긴급한 일이 있어서 파리로 돌아가고 싶어 한다는 것을 알고 그들을 호위대원으로 선발했다.

총사들은 먼저 짐과 함께 하인들을 보낸 뒤, 16일 아침에 출발했다.

23일 밤, 마침내 호위대는 파리에 도착했다. 왕은 트레빌에게 사례한 뒤, 호위대 총사들 모두에게 나흘간의 휴가를 주도록 했다. 가장 먼저 휴가를 얻은 것은 우리의 네 친구였다. 게다가 아토스는 트레빌에게 청하여 나흘이 아니라 엿새의 휴가를 얻어냈다.

25일 저녁에 그들은 아라스에 도착했다. 다르타냥이 '에르스 도르' 여관 앞에 멈췄을 때 한 사내가 역참 마당에서 나왔다. 그는 방금 말을 갈아탔는지, 파리 쪽으로 쏜살같이 사라졌다. 사내가 여관 대문 앞을 지나갈 때, 때마침 바람이 불어 모자가 날아갈 뻔했지만 그는 잽싸게 손으로 모자를 붙잡았다.

그 남자를 지켜보던 다르타냥의 얼굴이 창백해졌다.

"그놈이에요! 그 저주받을 놈! 묑에서 봤던, 내게 악귀처럼 붙어다니는 그놈!"

"나리!" 마굿간 하인이 미지의 사내를 쫓아 달려가면서 소리쳤다.

"나리! 모자에서 이 쪽지가 떨어졌어요. 여보세요, 나리!"

"이봐, 친구." 다르타냥이 말했다. "그 쪽지를 나에게 주면 반 피스톨을 주지."

마굿간 하인은 횡재한 것을 기뻐하며 쪽지를 넘겨주고 여관 안마당으로 돌아갔다. 다르타냥이 쪽지를 펼쳤다.

"뭐야?" 친구들이 다르타냥을 둘러싸고 물었다.

"한마디밖에 적혀있지 않네요!"

"아르망티에르" 포르토스가 읽었다. "처음 듣는 이름인걸!"

"도시나 마을 이름 같은데? 그 여자가 쓴 게 틀림없어!" 포르토스가 소리쳤다.

"이 쪽지를 잘 보관해 둡시다." 다르타냥이 말했다. "말을 타세요, 여러분. 어서 출발합시다!"

네 친구는 베튄을 향해 전속력으로 말을 달렸다.

43. 베틴의 카르멜회 수녀원

큰 죄를 지은 사람들에게는 일종의 행운 같은 것이 따라다닌다.

하늘의 섭리가 그들에게 넌더리를 내며, 그의 운이 다하는 날을 지명해줄 때까지 그들은 온갖 장애를 극복하고 온갖 위험을 피해 다닐 수 있다.

밀레디도 마찬가지였다. 그녀는 두 나라의 순양함들 사이를 무사히 통과하여 불로뉴에 도착했다. 여기서 그녀는 포츠머스에서 영국인들의 박해를 받다가 돌아온 프랑스인 행세를 했다. 밀레디는 가장 효과적인 통행증을 가지고 있었다. 그것은 곱상한 얼굴과 고상한 몸가짐, 그리고 아낌없이 돈을 뿌리는 대범함이었다. 그녀는 다음의 편지 한 통을 부칠 동안만 불로뉴에 머물렀다.

라 로셸 주둔지, 리슐리외 추기경 예하께

예하, 안심하세요. 버킹엄 공작은 '결코' 프랑스로 떠나지 못할 것입니다.

– 25일 저녁, 불로뉴에서 밀레디

추신 – 베튄의 카르멜회 수녀원으로 가서 명령을 기다리겠습니다.

실제로 밀레디는 그날 저녁에 곧장 떠났고, 이튿날엔 아침 베튄에 도착하여 수도원을 찾아갔다.

수녀원장이 직접 나와서 그녀를 맞아주었다. 밀레디가 추기경의 명령서를 보여주자, 원장은 그녀에게 방 하나를 내주고 아침식사를 차려주었다.

밀레디는 원장의 환심을 얻고 싶었다. 그녀는 능숙한 화술과 남의 호감을 끌어내는 몸가짐으로 원장의 마을을 사로잡았다.

밀레디는 추기경이 적들을 어떻게 박해했는지에 대해 화제를 꺼냈다. 원장은 성호만 그었을 뿐 밀레디의 얘기에 찬성도 불만도 표시하지도 않았다. 이를 통해 밀레디는 원장이 추기경보다는 국왕 편에 더 가깝다고 판단했다.

"방금 이야기한 박해의 슬픈 실례를 우리도 경험했답니다." 원장이 말했다. "이 수녀원에도 추기경의 복수와 박해로 심한 고통을 겪은 분이 계시지요."

'그래!' 밀레디가 속으로 생각했다. '여기서 뭔가를 캐낼 수 있을지도 몰라. 나는 정말 운이 좋아!'

그녀는 순진무구한 표정을 지어 보이려고 애썼다.

"추기경님은 범죄만 처벌하는 게 아니에요. 때로는 미덕에 대해 더 엄격한 박해를 가하기도 하죠."

"추기경님이 보냈다기에 당신은 추기경님과 친한 분이실 줄 알았는데…."

"그런데 왜 그분에 대해 나쁘게 말하느냐는 거죠?" 밀레디가 원장의 생각을 대신 말했다. "사실 저는 그분과 친한 사이가 아니에요." 밀레디가 한숨을 내쉬며 말했다. "친구가 아니라 저 또한 피해자랍니다."

"그러면 당신도 핍박을 당하신 거군요?" 원장이 점점 흥미를 느끼는 듯 말했다.

"그래요." 밀레디가 말했다.

"안심하세요. 이곳은 무시무시한 감옥이 아니니까요. 이곳엔 젊은 여자도 머물고 있답니다. 아주 친절하고 우아한 분이지요."

"이름이 뭐죠?"

"키티라는 이름인데, 아주 높으신 분이 맡기셨어요."

"키티라고요?" 밀레디가 외쳤다. "정말인가요?"

밀레디는 그 젊은 여자가 옛날 자신의 시녀일지도 모른다는 생각에 속으로 웃음을 지었다. 복수의 욕망에 잠시 밀레디의 얼굴을 일그러뜨렸지만, 수백 가지의 표정을 지닌 여자답게 곧 평정을 되찾았다.

"그 여자를 언제 만나볼 수 있을까요?"

"오늘 저녁에요." 원장이 말했다. "먼저 휴식이 필요하실 테니,

한숨 푹 주무세요. 점심때 깨워 드릴게요."

그녀는 원장을 내보내고 침대로 갔다. 키티라는 이름을 듣자 자연스럽게 떠오른 복수심이 자장가처럼 그녀를 재워주었다.

그녀는 부드러운 목소리에 잠에서 깼다. 젊은 여자는 밀레디가 전혀 모르는 얼굴이었다. 원장은 서로를 소개한 뒤 두 여자만 남겨 놓고 나갔다.

밀레디는 젊은 여자의 손을 잡고 침대 옆에 놓인 안락의자로 끌어당겼다.

"오, 나는 정말 운이 없나 봐요. 모처럼 좋은 말벗이 되어줄 분이 오셨는데 이제 곧 수녀원을 떠나게 되었으니 말이에요!" 젊은 여자가 말했다.

"뭐라고요? 곧 떠난다고요?"

"그러길 기다리고 있어요."

"추기경 때문에 시달림을 받으셨다고 들었어요." 밀레디가 이어 말했다. "그렇다면 우리는 더욱더 마음이 잘 통할 텐데, 아쉽군요."

"원장님 말씀이 사실인가요? 당신도 악독한 추기경에게 고초를 당하셨다던데."

"쉿! 내가 이런 고초를 당하게 된 것도 실은 당신과 비슷한 이야기를 어떤 여자 앞에서 발설했기 때문이에요. 친구로 생각했는데 배신당한 거죠."

"내가 여기서 나가면 유력한 친구들이 생길 텐데, 그분들이 당신을 도와줄 수 있을지 몰라요."

"저도 몇몇 지체 높으신 분들을 알고 있어요. 영국에서는 뒤자르 씨와 알고 지냈고 트레빌 씨도 알고 지내지요."

"트레빌 씨! 트레빌 씨를 아신다고요?"

"그럼요. 아주 잘 알죠."

"근위총사대 대장님 말씀이죠?"

"트레빌 씨를 아신다면 그분 댁에도 가 보셨겠군요?"

"자주 갔었죠!" 밀레디는 거짓말이 효과가 있어 보이자 끝까지 밀어붙이기로 했다.

"그럼 그분 댁에서 총사들도 만나셨나요?"

"아시는 분의 이름을 말씀해 보세요. 제가 아는 분들일지도 모르니까."

"혹시 아토스라는 분은 모르세요?"

밀레디는 누워있던 침대의 시트만큼이나 얼굴이 하얘졌다. 그녀는 상대의 손을 잡고 뚫어지게 바라보았다.

"아니, 왜 그러세요?"

"아니에요. 하지만 그 이름을 듣고 깜짝 놀랐어요. 저도 그분을 잘 알고 있으니까요. 이렇게 아는 사람을 만나게 되니 기분이 이상하군요."

"아, 네. 아주 잘 알죠. 그분뿐 아니라 친구인 포르토스 씨와 아라미스 씨도 잘 알지요."

"어머나! 저도 그분들을 알아요." 밀레디는 오싹한 냉기가 심장을 꿰뚫는 것을 느꼈다. "사실은 그분들의 친구인 다르타냥 씨한테

이야기를 들어서 알고 있죠."

"다르타냥 씨도 아신다고요?" 수련 수녀가 소리쳤다. 그러다가 밀레디의 얼굴에 야릇한 표정이 스치는 것을 보고 말했다. "실례지만 어떤 관계이신지요?"

"그저 친구일 뿐이에요." 밀레디가 대답했다.

"거짓말을 하고 계시군요. 당신은 다르타냥 씨의 애인이었지요?"

"당신이야말로 애인이었나 보군요." 이번에는 밀레디가 소리쳤다. "아, 이제 당신이 누구인지 알겠어요. 보나시외 부인이시지요?"

젊은 여자는 놀라움과 두려움에 흠칫 뒷걸음질쳤다.

"부인하지 마세요!" 밀레디가 말했다.

"좋아요. 나는 그분을 사랑하고 있어요. 그럼 우리는 연적 사이인가요?"

밀레디의 얼굴이 사나운 빛으로 타올랐기 때문에 다른 상황이었다면 보나시외 부인은 깜짝 놀라서 달아났을 것이다. 하지만 그녀는 지금은 질투심에 사로잡혀 있었다.

"자, 말해보세요. 당신은 그분의 애인이었나요? 아니면 지금도 애인이신가요?" 보나시외 부인이 말했다.

"아니에요!" 밀레디는 진실성을 의심할 수 없을 만큼 단호하게 대답했다. "천만에요! 절대 그렇지 않아요. 다르타냥 씨와 나는 친구일 뿐이에요. 그분은 내게 속내를 다 털어 놓으시죠. 저는 그의 모든 사정을 알고 있어요. 당신이 생-클루의 작은 집에서 납치 된 것, 그때부터 그와 그의 친구들이 당신을 찾으려 애썼지만 찾지 못해 절망했던 것도 다 알고 있죠. 아, 콩스탕스! 그러니까 내가 당신을 찾은 거군요! 드디어 당신을 찾았어요!"

밀레디는 보나시외 부인에게 두 팔을 내밀었다. 보나시외 부인은 이제 그녀를 진실하고 헌신적인 친구로 믿게 되었다.

"그럼 당신은 제가 어떤 고초를 겪었는지 아시겠군요." 보나시외 부인이 말했다. "하지만 제 고통은 이제 거의 끝나 가요. 내일, 아니 어쩌면 오늘 저녁에 그분을 다시 만나게 될 거예요. 그러면 과거는 더 이상 존재하지 않겠죠."

"오늘 저녁? 내일?" 밀레디가 소리쳤다. "그게 무슨 뜻이죠? 그분에게서 소식이 오기로 했나요?"

"직접 오실 거예요."

"직접? 다르타냥이 여기에? 하지만 그건 있을 수 없어요. 그분은 라 로셸 주둔지에 계시잖아요."

"다들 그렇게 알고 있지만, 다르타냥 씨에게 불가능한 일이 뭐가 있겠어요? 이 편지를 읽어 보세요."

사랑하는 친구에게,

준비를 갖추고 있도록 해. '우리의 친구'가 곧 너를 만나러 갈 거야. 너를 만나는 이유는 네 일신의 안전 때문에 어쩔 수 없이 숨어야 했던 감옥에서 널 빼내주기 위해서야. 그러니까 떠날 준비를 갖추고, 절대 우리를 단념하지 말도록.

우리의 매력적인 가스코뉴 젊은이는 여느 때처럼 용감하고 충실하다는 것을 보여주었어. 그가 해준 경고에 사람들이 감사해한다는 걸 전해주길….

그 순간 전속력으로 달려오는 말발굽 소리가 들렸다.

"어머나!" 보나시외 부인이 창문으로 달려가면서 소리쳤다. "모르는 남자예요. 하지만 여기로 오고 있는 것 같아요. 문 앞에 멈췄어요. 초인종을 울리고 있네요."

밀레디가 침대에서 뛰쳐나갔다.

문이 열리고 수녀원장이 들어왔다.

"불로뉴에서 오신 분이 당신 맞나요?" 원장이 밀레디를 향해 물었다.

"예, 저예요. 누가 저를 찾나요?"

"어떤 남자분인데, 이름은 안 밝히고, 추기경을 대신해서 왔대요."

"이리로 안내해 주세요."

원장과 보나시외 부인이 방에서 나가고 밀레디만 혼자 남았다.

잠시 후 계단에서 박차 소리가 울리더니 발소리가 다가왔다. 곧이어 문이 열리고 한 남자가 나타났다.

밀레디는 기뻐서 속으로 환호성을 질렀다. 추기경의 심복인 로슈포르 백작이었다.

44. 두 악마

"아, 역시 당신이군요!" 밀레디와 로슈포르가 동시에 외쳤다.

"어디서 오시는 길이죠?" 밀레디가 물었다.

"라 로셸에서요. 당신은?"

"영국에서요."

"버킹엄은 어찌 되었소?"

"죽었거나 치명상을 입었을 거예요."

"아! 역시 당신은 운이 좋군." 로슈포르가 말했다. "예하께서 무척 기뻐하실 거요. 그래, 소식은 알렸소?"

"불로뉴에서 편지를 보냈어요. 그런데 당신은 여기 웬일이세요?"

"예하께서 걱정이 되어 당신을 찾아보라고 보냈소."

"나는 어제에야 도착했어요. 그런데 내가 여기서 누굴 만났는지 아세요?"

"그걸 내가 어찌 알겠소?"

"왕비가 감옥에서 꺼내준 그 젊은 여자예요."

"다르타냥의 애인인가 하는 그 여자 말이오?"

"네. 보나시외 부인이요. 그 여자가 어디 숨어있는지 추기경님도 모르고 계셨거든요."

"그 여자가 당신을 알아보진 않았소?"

"아니요. 하지만 그 여자와 둘도 없는 친구가 되었지요."

"맹세코, 그런 기적 같은 일을 해낼 사람은 당신밖에 없을 거요."

"내일이나 모레쯤 그 여자를 데려갈 사람들이 왕비의 명령서를 가지고 올 거예요."

"누가 온다는 거요?"

"다르타냥과 그의 친구들이죠. 추기경님은 나에 대해 뭐라고 하시던가요?"

"서면이나 구두로 당신의 보고를 받은 뒤 역마차를 타고 돌아오라고 하셨소. 당신이 한 일을 안 뒤에 다음 명령을 내리시겠다고…."

"나를 그곳으로 데려다줄 수 없나요?"

"천만에. 추기경님의 명령은 명료하오. 주둔지 근처에는 당신을 알아보는 사람이 있을지도 모르니 추기경님께 누를 끼치게 될 수도 있소. 추기경님의 전갈을 어디서 기다릴 것인지, 그것만 미리 알려주시오."

"아무래도 여기 계속 머무를 순 없을 것 같아요."

"하지만, 그렇게 되면 그 여자가 추기경님 손에서 벗어나게 될 텐데?"

"염려 마세요. 그 여자와 둘도 없는 친구가 되었다고 했잖아요."

"그럼 이제 나는 어떻게 할까?"

"지금 당장 여기를 떠나세요. 당신이 보고할 소식들은 서두를 가치가 있으니까요."

"릴리 마을을 지나면서 마차를 다시 내게 보내 주세요. 하인더러 내 지시에 따르라는 명령과 함께요. 추기경님께 받은 명령서는 지니고 있겠죠?"

"전권을 위임받았소."

"그걸 수녀원장에게 보여주세요. 그리고 오늘이나 내일 누군가 나를 찾아올 거라고, 당신 이름으로 찾아오는 사람과 함께 내가 떠날 거라고 말해 주세요."

"알았소!"

"원장 앞에서는 나를 함부로 대해야 해요. 나는 추기경님의 희생자처럼 행세하고 있으니까요."

"그렇군. 이제 어디로 가면 당신을 만날 수 있을지 알려주시오. 지도가 필요하오?"

"아뇨. 전 이 고장을 훤히 알아요. 여기서 자랐으니까요."

"어디서 기다리겠소?"

"잠시만 생각을…. 아, 아르망티에르가 좋겠어요."

"아르망티에르? 그게 어디요?"

"리스 강변에 있는 작은 마을이에요. 강 하나만 건너면 이국땅이죠."

"잊어버리면 곤란하니 그 마을 이름을 쪽지에 적어주시오. 이름 하나때문에 발각될 일은 없겠지. 안 그렇소?"

"그거야 모르죠. 하지만 걱정 마세요." 밀레디가 종이쪽지에 지명을 적어 주며 말했다. "아, 한 가지 잊으신 게 있어요…."

"뭐요?"

"돈이 필요하지 않느냐고 내게 묻는 것."

"아, 그렇군. 얼마나 필요하오?"

"가지고 있는 금화를 전부 주세요."

"5백 피스톨쯤 있소."

"나도 그만큼 갖고 있으니, 합치면 천 피스톨이네요. 그럼 주세요."

"여기 있소."

"좋아요. 그럼 안녕히 가세요. 추기경님께 잘 말씀드려 주세요."

"악마한테도 잘 말해주시오." 로슈포르가 대답했다.

밀레디와 로슈포르가 미소를 주고받으며 헤어졌다.

한 시간 뒤, 로슈포르는 말을 타고 전속력으로 출발했다. 다섯 시간 뒤 그는 아라스를 지나가고 있었다.

45. 한방울의 물

로슈포르가 나가자마자 보나시외 부인이 들어왔다. 밀레디는 웃는 얼굴로 그녀를 맞았다.

"추기경이 보낸 사람이 당신을 데리러 온다면서요?"

"이리 와서 내 옆에 앉아요." 밀레디가 말했다.

밀레디는 일어나서 문을 열고 복도를 살핀 다음, 다시 돌아와 보나시외 부인 옆에 앉았다.

"아까 왔던 사람은…." 밀레디가 말했다. "제 오빠에요. 이 비밀을 아는 사람은 당신뿐이에요. 오빠가 나를 여기서 빼내주려고 왔어요. 그런데 도중에 추기경의 심부름꾼을 만난 거예요. 그래서 오빠가 그를 죽이고 서류를 빼앗았대요."

"저런!" 보나시외 부인이 몸을 떨며 외쳤다.

"다른 수가 없었나 봐요. 오빠는 서류를 빼앗은 다음, 여기 와서 자기를 추기경의 심부름꾼이라고 소개했어요. 한두 시간 후 추기경이 보낸 마차가 나를 데리러 오기로 되어 있어요. 하지만 그게 다가 아니에요. 당신이 받은 그 편지는….”

“편지는?”

“가짜 편지에요. 오빠가 추기경의 심부름꾼들을 만났을 때 보니 총사 제복으로 변장하고 있었대요. 그들이 당신을 문으로 불러낸 다음, 친구들이 온 줄 알고 나가면 납치해서 파리로 끌고 갈 거예요.”

“오! 맙소사. 이런 혼란이 계속되면 전 미쳐버릴 거예요. 어떻게 해야 하죠?”

“나도 이 근처에 숨어서 오빠를 기다릴 작정이에요. 그러니까 당신도 함께 숨어서 기다려요.”

“당신은 정말 친절하세요! 다르타냥도 당신에게 무척 고마워할 거예요.”

“정원으로 내려오세요.”

두 여자는 매력적인 미소를 나누고 헤어졌다.

밀레디에게 가장 급한 일은 보나시외 부인을 데리고 나가서 안전한 곳에 붙잡아두는 것이었다. 만약 이 도박에 실패하면 그 여자를 인질로 삼을 속셈이었다. 보나시외 부인은 다르타냥의 생명과도 다름없는 존재였다. 그녀를 좋은 조건을 얻어낼 수 있는 협상카드로 사용할 수 있을 것이다.

한 시간 뒤, 밀레디는 자신을 부르는 상냥한 목소리를 들었다. 보니시외 부인이었다. 그녀들은 함께 저녁식사를 하기로 했다. 두 여인이 안마당으로 들어갔을 때 마차 한 대가 대문 앞에 멈춰서는 소리가 들렸다.

"오빠가 보낸 마차일 거예요. 용기를 내요! 방으로 올라가 가져갈 물건을 챙겨요."

"그이가 보낸 편지가 있어요."

"그럼 가서 편지를 가지고 내 방으로 와요. 서둘러 저녁을 먹읍시다. 밤중에 여행을 해야 할 테니 체력을 보충해야 해요."

밀레디는 재빨리 방으로 올라갔다. 로슈포르의 하인이 기다리고 있었다. 그녀는 하인에게 몇 가지 지시를 내렸다. 대문 앞에서 기다리고 있을 것, 혹시 총사들이 나타나면 마차를 전속력으로 출발시키고 수녀원을 빙 돌아가서 숲 건너편에 있는 작은 마을에서 기다릴 것 등이었다. 총사들이 나타나지 않을 경우엔 보나시외 부인을 마차에 오르게 한 후 그대로 데려갈 작정이었다.

잠시 뒤 보나시외 부인이 들어왔다.

하인을 내보낸 뒤 밀레디가 말했다. "보시다시피 모든 준비가 끝났어요. 방금 나간 하인이 마지막 지시를 줄 거예요. 동틀 녘이면 우리는 이미 피난처에 도착해 있겠죠…."

밀레디가 잠시 동작을 멈추었다. 멀리서 희미하게 이쪽으로 다가오는 말발굽 소리 같은 것이 들렸기 때문이다. 이 소리가 기쁨에 들떠있던 밀레디를 깨웠다. 그녀는 창백해져서 창문으로 달려갔다. 소리가 점점 커졌다. 밀레디는 모든 주의력을 기울여 그곳을 바라보았다. 아직 사람을 알아볼 수 있을 만큼은 날이 밝았다.

금빛으로 화려하게 장식한 모자와 펄럭이는 깃털이 길모퉁이를 돌아 나타났다. 두 명, 다섯 명, 마지막에는 여덟 명으로 늘어난 기사들이 보였다. 그중 하나는 다른 사람들보다 앞서 달려오고 있었다.

밀레디가 낮은 분노의 신음을 내뱉었다. 선두에 달려오는 사람이 다르타냥임을 알아본 것이었다.

"추기경 친위대 제복을 입었어요. 시간이 없어요! 달아나야 해요!" 밀레디가 외쳤다.

"그래요. 어서 달아나요." 보나시외 부인도 밀레디의 말을 되풀이했지만 한 발짝도 뗄 수 없었다. 공포가 그녀를 얼어붙게 만든 것이었다.

바로 그때, 마차 바퀴 소리가 들려왔다. 총사들을 발견한 하인의 마차가 전속력으로 출발하는 소리였다. 이어서 서너 발의 총성이 울렸다.

보나시외 부인은 두 걸음밖에 떼지 못하고 털썩 주저앉았다. 밀레디가 일으켜 세우려 했지만 소용없었다.

별안간 밀레디의 눈에서 섬뜩한 빛이 번득였다. 그녀는 식탁으로 달려가 반지에 박힌 보석을 열더니 그 속의 내용물을 보나시외 부인의 술잔에 넣었다.

불그레한 빛의 그 알갱이는 포도주에 넣자마자 녹아 버렸다.

"마셔요. 이 포도주를 마시면 기운이 날 거예요." 그러면서 술잔을 젊은 여자의 입술로 가져갔고 보나시외 부인은 아무 생각 없이 그것을 마셨다.

"아, 이런 식으로 복수하고 싶진 않았는데!" 밀레디가 악마처럼 미소를 지으면서 중얼거리더니 방에서 뛰쳐나갔다.

보나시외 부인은 밀레디가 달아나는 것을 지켜볼 뿐, 따라갈 수 없었다.

몇 분이 지났다. 마침내 대문이 삐걱 열리는 소리가 났다. 장화와 박차 소리가 계단을 올라왔다.

그녀는 갑자기 기쁨의 환성을 지르며 문으로 달려갔다. 다르타냥의 목소리를 들은 것이다.

"다르타냥! 다르타냥! 여기, 여기에요!" 그녀가 외쳤다.

"콩스탕스, 콩스탕스!" 젊은이가 대답했다. "어디 있어요?"

그 순간 여러 사람이 문을 박차며 방으로 뛰어들었다. 보나시외 부인은 안락의자에 쓰러진 채 꼼짝 않고 있었다.

다르타냥은 아직도 연기를 내고 있는 권총을 내던지고 애인 앞에 무릎을 꿇었다. 아토스는 권총을 다시 허리띠에 끼웠다. 칼을 빼 들고 있던 포르토스와 아라미스도 칼을 다시 칼집에 넣었다.

"오, 다르타냥! 내 사랑하는 다르타냥! 마침내 오셨군요. 거짓말이 아니었어요. 정말 당신이군요!"

"그래요, 콩스탕스!"

"그 여자는 당신이 오지 않을 거라고 했지만 전 기다렸어요."

"그 여자? 그 여자가 누구죠?" 다르타냥이 물었다.

"제 친구에요. 저를 박해자들의 손에서 구해주겠다고 했어요. 추기경의 친위대원이 온 거로 오해하고 방금 여기서 달아났어요."

"당신 친구라고요?" 다르타냥이 여인의 흰 베일보다도 창백해져서 외쳤다. "그 친구가 대체 누굽니까?"

"대문 앞에 있던 마차의 주인이에요. 당신과 잘 아는 사이라고 했어요. 당신과 모든 것을 털어놓는 사이라고…. 아, 이상해요. 왜 이러죠? 머리가 어지럽고 눈앞이 흐려져요."

"이것 좀 보세요. 손이 얼음장처럼 차가워요." 다르타냥이 외쳤다.

포르토스가 큰 소리로 도움을 청하는 동안 아라미스는 물잔을 가지러 식탁으로 달려갔다. 하지만 그는 무섭게 변한 아토스의 얼굴을 보고 걸음을 멈추었다. 식탁 옆에 서 있는 아토스가 심각한 표정으로 유리잔을 뚫어지게 바라보고 있었다.

"아닐 거야!" 아토스가 말했다. "설마 그럴 리가 없어! 이런 죄를 하느님이 허락하실 리가 없어!"

"물, 물!" 다르타냥이 외쳤다.

"부인, 이 빈 술잔은 누구의 것입니까?" 아토스가 말했다.

"제 잔이에요." 보나시외 부인이 죽어가는 목소리로 대답했다.

"누가 이 잔에 포도주를 따라주었지요?"

"그 여자요."

"그 여자라니 그게 누구죠?"

"아, 생각났어요. 윈터 백작부인…."

네 친구가 동시에 비명을 질렀다. 그중에서 아토스의 목소리가 가장 컸다.

그때 보나시외 부인의 얼굴이 납빛으로 변했다. 통증이 그녀를 덮쳤다.

"다르타냥! 어디 계세요?" 보나시오 부인이 외쳤다. "내 곁을 떠나지 마세요. 나는 이제 죽을 거예요."

잘생긴 다르타냥의 얼굴은 온통 일그러져 있었고 멍하니 뜬 그의 눈은 더 이상 아무것도 보고 있지 않았다. 경련이 일듯 온몸이 부들부들 떨렸고 이마에서는 땀이 줄줄 흘러내렸다.

"콩스탕스! 콩스탕스!" 다르타냥이 절규했다.

순간 보나시외 부인의 입에서 새어나온 숨결이 다르타냥의 입가를 스쳤다. 하늘로 올라가는 그녀의 따뜻하고 순결한 마지막 숨결이었다.

이제 다르타냥이 끌어안고 있는 것은 한 구의 시신일 뿐이었다.

다르타냥이 소리치며 애인의 옆에 쓰러졌다. 그의 몸은 연인의 그것처럼 창백하고 차가웠다.

그때, 한 남자가 문간에 나타났다.

새로 나타난 사내가 말했다. "여러분도 나와 마찬가지로 한 여자를 찾고 계셨군요! 이렇게 주검을 남겨둔 걸 보니 그 여자가 지나간 게 틀림없어요.

아토스가 일어나 그를 향해 손을 내밀었다.

"잘 오셨습니다, 남작님. 이제 당신도 우리와 한 편입니다."

"그 여자가 떠나고 다섯 시간 뒤에 저도 포츠머스를 떠났지요. 그 여자보다 세 시간 늦게 불로뉴에 도착했고, 생토메르에서는 20분 차이로 그 여자를 놓쳤고, 릴리에서 결국 그 여자의 행방을 잃어

버리고 말았어요. 그리고 전속력으로 달려가는 당신들을 보고 뒤따라온 겁니다."

아토스가 다르타냥에게 다가가서 그를 다정하게 끌어안았다. 울음을 터뜨리는 다르타냥에게 아토스가 품위 있고 결연한 목소리로 말했다.

"사나이답게 굴게. 여자는 죽은 사람을 위해 눈물을 흘리고, 남자는 죽은 사람을 위해 복수하는 법이라네."

"그래요!" 다르타냥이 말했다. "복수를 위해서라면 언제든지 당신을 따르겠어요!"

복수에 대한 일념으로 친구가 기력을 되찾는 것을 보고 아토스는 포르토스와 아라미스에게 수녀원장을 데려오라고 눈짓했다.

"원장님." 아토스가 말했다. "이 불운한 여인을 여러분의 자매로 받아주시고 경건하게 시신을 처리해 주시기 바랍니다. 우리도 곧 돌아와서 이 여인의 무덤 앞에 기도를 올리겠습니다."

그는 자애로운 아버지처럼, 다정한 신부처럼, 숱한 고난을 겪은 용사처럼 친구를 데리고 수녀원을 나섰다.

각자 하인들을 앞세운 다섯 사내는 베튄 시내 쪽으로 향했다. 그들은 가장 먼저 보이는 여관 앞에 멈추었다.

"그 여자를 쫓지 않을 생각인가요?" 다르타냥이 물었다.

"그 여자는 내가 책임질 거야." 아토스가 말했다.

"하지만…." 윈터 경이 말했다. "백작부인을 단죄하는 일이라면 내게도 책임이 있습니다. 그 여자는 나의 제수이니까요."

"무엇보다 그 여자는 내 아내입니다." 아토스가 말했다.

다르타냥은 전율했다. 이런 비밀까지 털어놓은 이상 아토스가 복수를 다짐한 게 틀림없다고 생각했기 때문이다.

"이 일은 내게 맡겨." 아토스가 말했다. "혹시 잃어버리지 않았다면…. 그 남자의 모자에서 떨어진, 지명이 적힌 종이쪽지를 내게 넘겨주게, 다르타냥."

46. 붉은 망토의 사나이

아토스의 절망은 그의 뛰어난 정신력을 더욱 명철하게 해 주었다.

그는 여관 주인에게 이 지방의 지도를 갖다 달라고 부탁했다. 지도를 한참 동안 들여다본 그는 베튄에서 아르망티에르로 가는 네 갈래 길이 있다는 사실을 알아내고 하인들을 불렀다.

플랑셰와 총사들의 하인 그리모, 무스크통, 바쟁은 아토스로부터 명확하고 엄격한 명령을 전달받았다. 하인들은 이튿날 새벽 출발하여 각자 다른 길을 택해 아르망티에르로 향했다.

하인들이라면 행인들을 붙잡고 탐문해도 비교적 의심도 덜 받고 사람들에게 더 많은 호감과 동정도 얻어낼 수 있었다. 또한 밀레디는 주인들의 얼굴은 다 알아도 하인들의 얼굴은 알지 못했다.

그들이 밀레디의 은신처를 발견하면 세 사람은 남아서 밀레디를 감시하고 나머지 한 사람은 베튄으로 돌아와 아토스를 안내하기로 약속되어 있었다.

이런 계획 아래 아토스는 망토로 몸을 감싼 채 여관 밖으로 나갔다. 밤 열 시, 시골에서는 인적이 거의 끊길 시간이었다. 그 시간에 아토스는 자신의 의문을 풀어줄 누군가를 찾아다니고 있었다. 마침내 행인 하나를 만날 수 있었다. 상대는 놀라서 뒤로 물러나더니 대답 대신 손가락으로 어딘가를 가리켰다. 아토스는 거기까지 동행해 주면 반 피스톨을 주겠다고 말했지만 상대는 손사래를 쳤다.

아토스는 행인이 손가락으로 가리킨 길을 따라 내려가다가 교차로에서 멈춰서고 말았다. 그가 길을 잃고 당황한 모습을 보일 즈음 마침 거지 하나가 지나갔다. 아토스는 목적지까지 동행해주면 일 에퀴를 주겠다고 했다. 거지는 잠깐 망설였지만, 진짜 은화를 보여주자 결심한 듯 앞장서서 걷기 시작했다.

길모퉁이에 이르자 거지가 멀리 있는 외딴집을 가리켰다. 허름하고 쓸쓸해 보이는 작은 집이었다. 약속한 돈을 받은 거지는 황급히 달아나 버렸다. 아토스는 홀로 그 집 쪽으로 향했다.

아토스가 작은 집의 문을 세 번 두드렸지만 응답이 없었다. 하지만 잠시 뒤 문이 빼꼼이 열리더니 검은 머리에 턱수염을 기른 키 큰 사내의 창백한 얼굴이 나타났다.

아토스와 나지막한 목소리로 몇 마디 나눈 사내가 그를 자기 작업실로 안내했다. 거기서 그는 철사로 해골들을 이어 맞추는 일을 하고 있었다.

실내에 있는 도구들로 보아 사내는 자연과학자인 듯했다. 뱀이 가득 들어 있는 유리병에는 종류에 따라 이름표가 붙어 있었고 말린 도마뱀들과 마른 들풀들이 천장에 매달려 있었다.

아토스는 자기가 찾아온 이유를 설명했다. 하지만 사내는 뜨악한 표정으로 뒷걸음치며 손을 내저었다. 그러자 아토스는 주머니에서 작은 종이를 꺼냈다. 그 종이에는 두 줄의 글이 적혀 있었고 서명과 날인까지 되어 있었다. 아토스가 그 종이를 사내에게 내밀었다. 종이에 적힌 글을 읽고 서명과 날인까지 확인한 사내가 총사에게 허리를 굽혀 절을 했다. 두말없이 명령에 따르겠다는 표시였다.

아토스는 더 이상 아무것도 요구하지 않았다. 그는 일어나 인사하고 밖으로 나왔고, 여관으로 돌아와 방문을 잠그고 틀어박혔다.

날이 밝자 다르타냥이 와서 자신이 할 일을 물었다.

"기다리게." 아토스가 대답했다.

잠시 후 수녀원장으로부터 밀레디에게 희생당한 여자의 장례식이 정오에 거행될 예정이라는 전갈이 왔다.

윈터 경과 네 친구는 지정된 시간에 수녀원으로 갔다. 종소리가 요란하게 울려 퍼지고 예배당 문은 활짝 열려 있었다. 성가대석 한복판엔 수련 수녀복을 입은 희생자의 시신이 누워 있었다.

다르타냥은 또다시 기운이 빠지는 것을 느꼈다.

한편, 정체 모를 마차가 향한 길을 따라갔던 플랑셰는 전날 밤 여덟 시쯤 사륜마차를 탄 귀부인 하나가 페스튀베르 마을에서 머물고 있다는 사실을 알아냈다. 플랑셰는 사륜마차를 몰았던 마부도 찾아냈다. 마부는 여자를 프로멜까지 태워다주었고 여자는 그곳에서 다시 아르망티에르로 떠났다고 말했다. 들판을 가로지른 플랑셰는 아침 일곱 시가 되기 전 아르망티에르에 도착할 수 있었다.

그곳에 여관이라곤 하나밖에 없었다. 플랑셰는 하인 일자리를 찾고 있다고 말했다. 그리고 여관 사람들과 이야기를 시작한 지 10분도 되지 않아 전날 밤 열한 시에 혼자 도착한 여자가 이 동네에 머무르기로 했다는 사실을 알아냈다.

더 알아낼 것도 없었다. 플랑셰는 약속 장소로 달려갔다. 다른 세 하인도 시간에 맞춰 와 있었다. 플랑셰는 다른 하인들에게 여관의 모든 출입구들을 지키게 한 뒤 자신은 아토스를 만나러 돌아왔다.

플랑셰의 보고가 끝났을 즈음 세 총사들이 들어왔다.

"이제 어떻게 하죠?" 다르타냥이 물었다.

"기다리게." 아토스가 대답했고 그들은 각자 방으로 돌아갔다.

저녁 여덟 시가 되자 아토스는 말에 안장을 얹으라는 지시와 함께 친구들과 윈터 경에게 떠날 차비를 하라고 알렸다.

"조금만 더 기다리게." 준비를 갖춘 친구들에게 아토스가 말했다. "한 사람이 더 올 거야. 곧 돌아올 테니 잠시만 기다려."

15분 뒤, 아토스가 붉은 망토를 걸친 사내와 함께 돌아왔다.

윈터 경과 세 총사는 서로 눈짓을 주고받았지만 그가 누구인지 아무도 몰랐다.

아홉 시에 플랑셰의 길안내로 작은 기마행렬이 길을 떠났다.

각자 생각에 잠긴 여섯 명의 남자가 냉혹한 복수자의 얼굴로 말 없이 말을 달리는 모습은 무척이나 음산해 보였다.

47. 심판

폭풍이라도 몰아칠 듯 캄캄한 밤이었다. 시커먼 구름장들이 별
빛을 가리면서 하늘을 가로질렀다. 당장 폭풍우라도 몰아칠 기세
였다. 번갯불이 연달아 번득였고 천둥이 요란하게 울기 시작했다.
폭풍의 전조인 듯 세찬 바람이 들판에 휘몰아쳤다.

프로멜을 지날 때쯤 마침내 폭풍우가 몰아쳐 그들의 망토가 휘
날렸다. 그들은 아직도 15킬로미터를 더 가야 했기에 억수같이 쏟
아지는 비를 맞으며 길을 재촉했다.

어둠 속에서 갑자기 나무에 바짝 붙어 비를 피하고 있던 사내가
길 한복판으로 나왔다.

아토스는 그가 그리모라는 것을 알아보았다.

"그 여자는 어디 있나?" 아토스가 물었다.

그리모는 리스 강 쪽을 손짓으로 가리켰다.

"여기서 멀어?"

그리모는 집게손가락을 구부려서 들어 올렸다.

"혼자 있던가?"

그리모는 그렇다는 뜻으로 고개를 끄덕였다.

"그 여자는 여기서 강 쪽으로 2킬로미터쯤 되는 곳에 혼자 있다는군." 아토스가 말했다.

그리모는 들판을 가로지르는 지름길로 일행을 안내했다.

얼마쯤 더 가서 그들은 개울을 건너야 했다. 갑자기 번개가 번쩍였고 그 불빛 아래서 그리모가 팔을 뻗어 보였다. 푸르스름한 번갯불 아래로, 나루터에서 백 걸음쯤 떨어진 강둑에 작은 외딴집 하나가 보였다. 창문으로 불빛이 새나오고 있었다.

"그 여자가 저기 있겠군."

"바쟁은?" 아토스가 물었다.

"바쟁은 출입문을 감시하고 있습니다."

아토스가 말에서 뛰어내렸다. 그는 나머지 일행에게 출입문이 있는 쪽으로 돌아가라는 신호를 한 뒤 자신은 창문으로 다가갔다.

창문에 덧창은 없었지만 커튼이 아래까지 늘어뜨려져 있었다. 아토스가 커튼 너머 안쪽을 들여다보려고 돌로 만든 창턱 위로 올라섰다.

등불에 어두운 색 망토로 몸을 감싼 여자가 보였다. 여자의 얼굴은 보이지 않았지만 아토스의 입술에 차가운 미소가 떠올랐다. 잘못 볼 리가 없었다. 그가 찾고 있던 바로 그 여자였다.

바로 그때 말 한 마리가 히이잉하고 울음소리를 냈다. 밀레디가 고개를 들더니 유리창에 달라붙어 있는 아토스의 파리한 얼굴을 보고 비명을 질렀다.

들켰다고 생각한 아토스가 손과 무릎으로 유리창을 힘껏 밀어젖혔다. 창문이 안으로 밀리며 유리가 깨졌다.

아토스가 복수의 화신처럼 방 안으로 뛰어들었다.

밀레디가 현관으로 달려가 문을 열었다. 하지만 문간에는 다르타냥이 아토스보다 더 창백하고 무서운 얼굴로 서 있었다. 다르타냥에 이어 포르토스와 아리미스, 윈터 경, 그리고 붉은 망토의 사내가 차례로 들어왔다. 네 하인들은 출입문과 창문을 지켰다.

"대체 무슨 짓이에요?" 밀레디가 외쳤다.

"우리는 샬로트 백슨을 찾으러 왔소." 아토스가 말했다. "처음에는 라 페르 백작부인으로 불렸고, 나중에는 윈터 부인이라고도 불렸던."

"그게 나예요! 바로 나라고요!" 그녀가 극심한 공포에 사로잡혀 중얼거렸다. "대체 나를 어쩌려는 거죠?"

"우리는 당신이 저지른 죄에 따라 당신을 재판하려고 왔소." 아토스가 말했다. "다르타냥, 첫 번째 고발을 할 사람은 자네일세."

다르타냥이 앞으로 나섰다.

"하느님과 사람들 앞에서 나는 이 여자를 어제 저녁에 죽은 콩스탕스 보나시외의 독살범으로 고발합니다."

그가 포르토스와 아라미스를 돌아보았다.

"우리가 증인입니다." 포르토스와 아라미스가 한 목소리로 말했다.

"이제 남작님 차례입니다." 아토스가 말했다.

"하느님과 사람들 앞에서 나는 이 여자를 버킹엄 공작 암살범으로 고발합니다."

"버킹엄 공작이 암살됐다고?" 그 자리에 있던 사람들이 일제히 소리를 질렀다.

"그렇습니다. 암살당했습니다! 여러분이 보낸 편지를 받은 뒤, 저는 이 여자를 체포해서 충실한 부하에게 감시를 맡겼지요. 그런데 이 여자가 그를 유혹해서 공작을 단검으로 찔러 죽이도록 사주했습니다."

재판관들은 지금까지 몰랐던 그녀의 죄악이 속속 폭로되는 것을 듣고 전율했다.

"그뿐이 아닙니다." 윈터 경이 말을 이었다. "이 여자를 상속인으로 지정한 내 아우는 온 몸에 검푸른 반점이 나는 괴질에 걸려 세 시간 만에 죽었소. 이봐요, 제수씨, 도대체 당신 남편이 어떻게 죽은 거지?"

"정말 끔찍하군!" 포르토스와 아라미스가 소리쳤다.

"버킹엄을 암살하고 내 아우를 독살한 이 여자를 재판해 줄 것을 요청합니다. 재판이 제대로 이루어지지 않으면 제가 직접 심판할 것을 맹세합니다."

윈터 경은 다음 고발자에게 자리를 내주고 다르타냥 옆에 가서 섰다.

"내 차례야." 아토스가 말했다. "이 여자가 젊었을 때 나는 이 여자와 결혼했습니다. 온 가족의 반대를 무릅쓰고요. 나는 이 여자에게 내 재산과 우리 집안의 이름까지 주었습니다. 그런데 어느 날 이 여자의 몸에 낙인이 찍힌 것을 보게 되었습니다. 이 여자의 왼쪽 어깨에 백합꽃 낙인이 찍혀 있었지요."

그때 밀레디가 벌떡 몸을 일으키며 말했다. "나한테 그 불명예스러운 형을 선고한 재판소가 있다면 찾아오세요. 나한테 그 형을 집행한 형리가 있다면 그를 찾아오세요."

"입 닥치시오." 어떤 목소리가 소리쳤다. "그에 대해선 내가 답변하지!"

붉은 망토를 걸친 사내가 앞으로 나섰다.

모든 사람의 눈길이 그 사내에게 쏠렸다. 아토스를 빼고는 아무도 그의 정체를 알지 못했다.

하지만 아토스도 다른 사람들처럼 놀란 눈으로 사내를 바라보았다. 곧 밝혀질 무서운 비극에 그 사내가 어떻게 관여했는지는 사실 아토스도 알지 못했다.

사내는 엄숙한 걸음으로 천천히 밀레디에게 다가가더니 복면을 벗었다.

그의 창백한 얼굴을 한참 동안 쳐다보던 밀레디의 얼굴이 점점 공포로 굳어졌다. 검은 머리와 구레나룻에 둘러싸인 창백한 그의 얼굴에는 얼음처럼 차가운 표정만 감돌고 있었다. 밀레디가 갑자기 소리를 질렀다.

그녀는 벌떡 일어나 벽 쪽으로 뒷걸음쳤다. "아니야! 아니야! 그는 지옥에서 온 것이 틀림없어!"

"당신은 도대체 누구죠?" 이 광경을 지켜보던 사람들이 외쳤다.

"이 여자한테 물어보시죠." 붉은 망토의 사내가 말했다. "분명 이 여자는 나를 알고 있는 것 같으니."

"릴의 형리! 릴의 형리!" 밀레디가 공포에 사로잡혀 외쳤다.

미지의 사내는 주위가 조용해지기를 기다렸다.

"이 여자가 나를 제대로 알아보는군요. 그렇습니다. 저는 릴의 형리입니다. 이제 내 사연을 이야기하지요. 이 여자는 옛날 처녀 때에도 지금처럼 아름다웠습니다. 이 여자는 탕플마르의 베네딕트 수녀원의 수녀였지요. 순박하고 믿음이 깊은 젊은 사제가 그 수녀원의 예배당에서 복무하고 있었는데, 이 여자가 그를 유혹하는 데에 성공했습니다. 성자라도 유혹할 수 있는 여자였습니다.

관계가 그 이상 지속되었다간 둘 모두 파멸의 길을 피할 수 없었지요. 여자가 사제를 꼬드겨 그 고장을 떠나기로 했습니다. 하지만 한 번도 가보지 못한 프랑스의 다른 고장으로 가서 편안히 살려면 돈이 필요했겠지요. 사제는 성물을 훔쳐 팔아서 돈을 마련했지만 함께 떠나기 직전에 발각되어 둘 다 체포되고 말았습니다.

그런데 일주일 뒤에 이 여자는 다시 간수의 아들을 유혹하여 탈옥했습니다. 젊은 사제는 낙인형과 10년 징역형을 선고받았습니다.

릴의 형리였던 나는 죄인에게 낙인을 찍어야 했지만, 그 죄인은 다름 아닌 내 아우였습니다! 나는 이 여자도 최소한 같은 형벌을 받게 하겠다고 맹세했습니다. 그리고 결국 이 여자가 숨어있는 곳

324

을 찾아냈지요. 그래서 이 여자에게도 아우에게 찍혔던 것과 똑같은 낙인을 찍었던 것입니다.

제가 릴로 돌아온 이튿날, 이번에는 아우가 감옥에서 탈출했습니다. 저는 아우와 공모했다는 혐의를 받고 아우가 자수할 때까지 대신 징역을 살아야 했습니다. 제가 자기 대신 갇혀있다는 사실을 모르는 아우는 여자와 함께 베리로 도망쳤습니다. 거기서 아우는 사제직을 얻을 수 있었고 이 여자는 아우의 누이동생 행세를 하며 살았습니다.

그런데 아우가 있는 지방의 영주가 이 여자를 보고 한눈에 반해 버린 겁니다. 그러자 이 여자는 자신 때문에 파멸에 빠진 남자를 버리고 장차 파멸하게 될 그 남자에게로 가 라 페르 백작부인이 되었습니다."

모두들 아토스 쪽을 돌아보았다. 아토스는 형리의 말이 틀림없다는 표시로 고개를 끄덕였다.

"내 아우는…. 거의 정신이 돌아버릴 지경으로 절망에 빠졌습니다. 릴로 돌아온 아우는 내가 자기 대신 감옥에 있다는 걸 알고 자수했습니다. 그리고 바로 그날 저녁 감방의 환기창에 목을 매 자살하고 말았습니다. 제가 고발하는 이 여자의 죄상은 이상과 같습니다. 제가 이 여자에게 낙인을 찍은 사연을 여러분도 이제 아셨을 겁니다."

"다르타냥 씨" 아토스가 말했다. "이 여자에게 어떤 형벌을 요구합니까?"

"사형을 요구합니다." 다르타냥이 대답했다.

"윈터 경, 당신은 이 여자에게 어떤 형벌을 요구합니까?"

"사형을 요구합니다." 윈터 경이 대답했다.

"포르토스와 아라미스 씨, 재판관인 당신들은 이 여자에게 어떤 형벌을 내리시겠습니까?"

"사형입니다." 두 총사가 한목소리로 대답했다.

"안 드 브뢰유, 라 페르 백작부인, 밀레디 드 윈터." 아토스가 밀레디를 손으로 가리키며 말했다. "그대의 범죄는 지상의 사람들과 천상의 하느님을 노하게 했다. 기도문을 알고 있다면 기도를 드려라. 그대는 유죄를 선고 받고 곧 죽게 될 것이다."

이 말에 밀레디가 벌떡 일어났다. 하지만 곧, 강력하고 무자비한 손이 마치 운명의 손처럼 자신의 머리카락을 움켜쥐고 질질 끌고 가는 것을 느껴야 했다. 그녀는 저항조차 하지 못하고 순순히 밖으로 끌려 나왔다.

윈터 경, 다르타냥, 아토스, 포르토스, 아라미스가 그녀를 따라 밖으로 나왔다. 하인들도 주인들을 따랐다. 작은 집만 텅 빈 채 황량하게 남아 있었다. 탁자 위에서는 등불이 그을음을 내면서 쓸쓸히 타고 있었다.

48. 처형

자정이 가까워지고 있었다. 폭풍우의 마지막 흔적과 함께, 핏빛으로 물든 달이 아르망티에 마을 뒤편에 떠올랐다.

이따금 번쩍이는 번갯불이 지평선을 갈랐다.

하인 두 명이 밀레디의 팔을 하나씩 잡고 끌고 갔다.

강가에 이르자 형리가 밀레디에게 다가와 손발을 묶었다. 그녀가 침묵을 깨고 소리를 질렀다. "당신들은 비겁쟁이야. 여자 한 명을 죽이려고 열 명씩이나 몰려오다니! 고결한 귀족들이 할 짓이 아니야! 명심해! 내 머리털 하나라도 건드리는 놈은 살인자가 될 테니까. 나는 죽고 싶지 않아. 죽기에는 너무나 젊어."

"당신이 베튄에서 독살한 여자는 당신보다 더 젊었소. 그런데도 당신은 그녀를 죽였지." 다르타냥이 말했다.

아토스가 밀레디 쪽으로 한 걸음 다가갔다.

"당신을 용서하겠다." 그가 말했다. "당신이 나에게 저지른 악행을 용서한다. 내 미래를 망친 것도, 내 명예를 떨어뜨린 것도, 내 사랑을 더럽힌 것도, 나를 절망에 빠뜨려 내 영혼의 구제를 영영 어렵게 만든 것도 다 용서한다. 평화롭게 죽어라."

이번에는 윈터 경이 앞으로 나섰다.

"당신이 내 아우를 독살한 것도, 버킹엄 공작을 암살한 것도 용서한다. 나를 암살하려 한 것도 다 용서한다. 평화롭게 죽어라."

그러자 이번에는 다르타냥이 말했다.

"내가 귀족답지 못한 속임수로 당신의 분노를 불러일으킨 것을 용서하기를. 대신 당신이 내가 사랑하는 여자를 죽여 나에게 복수한 것을 용서하겠소. 당신을 용서하고 애도해 주겠소. 평화롭게 죽으시오."

"아, 나는 이제 끝났어! 죽을 수밖에 없어." 밀레디가 중얼거렸다.

그리고는 일어나서 주위를 둘러보았다. 타오르는 듯 형형한 눈빛이었다.

"내가 죽을 곳은 어디죠?" 그녀가 말했다.

"건너편 강둑." 형리가 대답했다.

형리가 그녀를 조각배에 태운 뒤 자신도 배에 올라탔다. 그때 아토스가 그에게 돈을 건네주었다.

"자, 사형 집행의 보수요. 우리가 재판관으로서 떳떳하게 행동하고 있다는 것을 보여주시오."

"이제는 제가 직책이 아닌 소명을 다하고 있다는 걸 저 여자한테 보여주겠습니다." 형리가 이렇게 말하고 그 돈을 강물에 던져 버렸다.

배는 리스 강 왼쪽 기슭을 향해 멀어지더니 이윽고 강기슭에 닿았다. 두 사람의 모습이 불그스름한 지평선을 배경으로 검게 도드라져 보였다.

밀레디는 제방 위에 이르자마자 미끄러져 무릎을 꿇으며 쓰러졌다. 그녀는 고개를 숙이고 두 손을 맞잡은 자세로 가만히 있었다.

이윽고 강 건너편 사람들의 눈에 형리가 두 팔을 천천히 들어 올리는 것이 보였다. 달빛이 넓은 칼날에 닿아 번득였다. 형리의 두 팔이 다시 내려오고, 칼이 공기를 가르는 소리와 희생자가 내지르는 비명 소리가 들렸다. 머리통이 떨어져 나간 몸통이 털썩 쓰러졌다.

형리는 붉은 망토를 벗어 땅바닥에 펼쳐놓고 그 위에 몸통을 눕히고 머리통을 던져 넣었다. 그런 다음, 망토의 네 귀퉁이를 묶어서 어깨에 짊어지고 배로 돌아왔다.

강 한복판에 이르자 형리는 배를 세우고 어깨에 멘 짐을 강물 위로 들어 올렸다.

"하느님의 심판을 받아라!"

형리는 수심이 가장 깊은 곳에 송장을 떨어뜨렸다. 그 위로 물길이 닫혔다.

사흘 뒤 네 총사는 파리로 돌아왔다. 그날 저녁 그들은 평소처럼 트레빌을 찾아갔다.

"다들 여행은 즐거웠나?" 대장이 그들에게 물었다.

"예, 대단히 즐거웠습니다." 아토스가 이를 악물고 대답했다.

49. 결말

다음 달 6일, 왕은 수도 파리를 떠났다. 버킹엄이 암살되었다는 소식에 파리는 충격에 휩싸여 있었다.

처음 소식을 들었을 때 왕비는 그것을 믿으려 하지 않았다.

하지만 이튿날 라포르트가 버킹엄이 왕비에게 보낸 마지막 선물을 가지고 돌아왔다.

왕의 기쁨은 대단했고 왕비 앞에서 그 기쁨을 노골적으로 드러내기도 했다. 나약한 마음을 가진 사람이 모두 그렇듯 루이13세 또한 아량이 부족한 인물이었다.

하지만 왕은 얼마 지나지 않아 또다시 우울하고 기분이 언짢아졌다. 주둔지로 돌아가면 다시 속박의 나날이 시작될 것이라 느꼈지만, 왕은 결국 그곳으로 돌아갔다. 추기경은 왕을 호리는 뱀과 같았고 왕은 이 가지에서 저 가지로 날아다니면서도 끝내 추기경에게서 벗어날 수 없는 작은 새와 같았다.

라 로셸로 돌아가는 여행은 침울한 공기가 감돌았다. 하나같이 우울한 표정으로 고개를 숙인 채 나란히 길을 가는 네 총사들의 모습에 동료들은 의아해했다.

어느 날 네 친구가 길가에 있는 술집에 들렀을 때, 라 로셸 쪽에서 달려온 한 사내가 술집 앞에 말을 세웠다.

"다르타냥! 당신이 다르타냥 맞지?"

다르타냥은 고개를 들더니 환성을 질렀다. 그는 바로 묑에서 마주쳤던 미지의 사내였다.

"드디어 만났군." 다르타냥이 말했다. "이번에는 달아나지 못할 거야."

"나도 달아날 생각은 없어. 이번에는 내가 자네를 찾고 있었으니까. 국왕 폐하의 이름으로 당신을 체포하겠다. 저항하지 말고 순순히 칼을 넘겨라."

"도대체 당신은 누구지?" 다르타냥이 물었다.

"나는 로슈포르일세. 리슐리외 추기경님을 모시고 있지. 자네를 연행해오라는 추기경 예하의 분부를 받았다."

"우리는 지금 추기경 예하께 돌아가는 중이오." 아토스가 앞으로 나서면서 말했다. "약속하는데, 다르타냥은 지금 곧장 라 로셸로 돌아갈 것이오."

"나는 이 친구를 호위대에 넘겨야 하오. 호위대가 진지까지 압송할 것이오."

"그 일은 우리가 책임지지. 귀족의 명예를 걸고 약속하겠소. 또한 귀족으로서 맹세하는데…." 아토스가 덧붙여 말했다. "다르타냥이 우리와 헤어지는 일은 절대 없을 것이오."

로슈포르는 얼른 뒤를 돌아보았다. 뒤에 서 있는 포르토스와 아라미스가 보였다.

"좋소." 그가 말했다. "다르타냥 씨가 칼을 넘겨주는 데 동의하고 방금 당신이 말한 대로 한다면 약속을 받아들이겠소."

"약속하지요." 다르타냥이 말했다. "자, 칼을 받아요."

그들은 다시 길을 떠났다.

이튿날 오후 세 시에 쉬르제르에 도착했다. 추기경이 국왕을 기다리고 있었다. 재상과 국왕은 수차례 포옹의 인사를 나누며, 주변국들을 선동하여 프랑스에 맞서던 적이 제거된 행운을 자축했다. 이후 다르타냥이 체포되었다는 보고를 받은 추기경은 한시라도 빨리 다르타냥을 만나고 싶은 마음에 서둘러 왕에게 작별인사를 했다.

추기경이 머물고 있는 숙소 앞에 칼을 차지 않은 다르타냥과 함께 삼총사가 무장한 채 서 있었다.

추기경은 다르타냥에게 따라오라는 신호를 했다.

"다르타냥, 우린 여기서 기다리고 있겠네." 아토스가 추기경에게도 들릴 만큼 큰 소리로 말했다.

다르타냥은 추기경을 따라 숙소로 들어갔고, 로슈포르는 다르타냥을 뒤따라 들어갔다. 문에는 보초가 서 있었다.

추기경은 집무실로 쓰는 방으로 들어갔다. 로슈포르가 물러나자 다르타냥은 추기경 앞에 홀로 남게 되었다.

"자네는 내 명령에 따라 체포되었네."

"저도 그렇게 알고 있습니다, 예하."

"이유는 알고 있나?"

"모릅니다. 제가 체포될 만한 이유가 한 가지 있기는 하지만, 그 일은 예하께서도 아직 모르고 계실 테니까요."

"자네는 적국과 내통한 죄, 국가기밀을 누설한 죄, 사령관의 작전을 무산시키려 한 죄로 고발당했어."

"저에게 그런 죄를 뒤집어씌운 자가 누굽니까? 국가의 사법기관에 의해 낙인이 찍힌 여자, 프랑스에서 한 남자와 결혼했으면서 영국에서 또 다른 남자와 결혼한 여자, 두 번째 남편을 독살하고 저까지 독살하려 한 그 여자인가요?"

"도대체 무슨 말을 하는 건가" 추기경이 놀라는 표정으로 외쳤다.

"밀레디 드 윈터라는 여자 말입니다." 다르타냥이 대답했다. "예하께서도 자신이 신임하는 여자가 그토록 많은 죄를 저질렀다는 걸 모르셨을 겁니다."

"자네 말대로 밀레디 드 윈터가 그런 범죄를 저질렀다면 처벌을 받아야겠지."

"이미 처벌을 받았습니다."

"아니 누가?"

"저희가 그랬습니다."

"그 여자가 감옥에 있나?"

"죽었습니다."

"죽었다고?" 추기경은 자기 귀를 의심하며 되물었다. "죽다니? 지금 그 여자가 죽었다고 했나?"

"그 여자는 저를 세 번이나 죽이려고 했지만 저는 용서했지요. 하지만 그 여자는 제가 사랑하던 여자를 죽였습니다. 그 후 저와 친구들이 그녀를 붙잡아 재판하고 사형을 선고했습니다."

이어서 다르타냥은 베튄 카르멜회 수녀원에서 보나시외 부인이 독살당한 일, 외딴집에서 그녀를 재판한 일, 리스 강변에서 처형한 일 등을 추기경에게 자세히 이야기했다.

"그러니까…. 권한 없이 처벌하면 살인자가 된다는 사실을 알면서도 자네들 스스로 재판관 노릇을 했다는 거군!"

"맹세컨대, 저는 예하께 목숨을 구걸할 생각이 없습니다. 예하께서 어떤 벌을 내리셔도 달게 받겠습니다. 저는 죽음을 두려워할 만큼 삶에 애착을 갖고 있지 않습니다."

"그래, 자네가 대담한 자라는 것은 나도 알고 있네." 추기경이 다정한 목소리로 말했다. "그래서 나도 자네가 재판을 받고 사형 선고까지 받게 될 거라고 미리 일러두는 것일세."

"다른 사람이라면 주머니 속에 들어있는 추기경님의 사면장에 대해 이야기하겠지만, 저는 단지 각오가 되어 있다는 것만을 말씀드리겠습니다."

"사면장이라니?" 리슐리외가 놀라며 되물었다.

"그렇습니다, 예하."

"누가 서명한 사면장인가? 국왕 폐하인가?"

"예하께서 서명하신 겁니다."

"내가? 자네 미쳤나?"

"필적을 보시면 알 겁니다."

다르타냥은 아토스가 밀레디에게서 빼앗아 자신에게 안전장치로 건네준 그 특급증서를 추기경에게 내밀었다.

종이를 받아들고 읽던 추기경이 깊은 탄식을 토해냈다.

"나를 어떤 방법으로 죽일까 생각하고 있겠지." 다르타냥이 속으로 중얼거렸다.

추기경은 고개를 들더니, 이 순진하고도 영리한 젊은이의 얼굴을 독수리 같은 눈으로 뚫어지게 바라보았다. 그리고 이 스물 한 살의 젊은이 앞에 얼마나 창창한 미래가 놓여 있는지, 그의 실행력과 지혜와 용기가 훌륭한 주인을 만나면 얼마나 큰 도움이 될지를 몇 번이나 곱씹어 보았다.

추기경도 밀레디의 무서운 능력과 악마 같은 본능이 빚어낸 끔찍한 죄악에 경악했던 게 한두 번이 아니었다. 그래서 그는 이 위험한 공모자가 제거되었다는 사실에 은밀한 희열을 느끼고 있었다.

그는 다르타냥이 선선히 돌려준 그 종이를 천천히 찢었다.

'아, 이제 끝장이구나.' 다르타냥이 속으로 중얼거렸다.

추기경은 탁자로 다가가더니, 선 채로 이미 삼분의 이쯤 글씨로 채워져 있는 양피지에 몇 줄을 더 쓴 뒤 인장을 찍었다.

"자, 받게. 자네가 백지 위임장을 돌려주었으니 자네에게 다른 것을 주어야지. 이 위임장에는 이름이 적혀있지 않으니, 자네가 직접 적어 넣도록.”

다르타냥이 머뭇거리며 종이를 받아들고 얼른 훑어보았다.

그것은 총사대 부관 임명 사령장이었다.

다르타냥은 추기경의 발치에 엎드렸다.

“예하, 제 목숨은 예하의 것입니다. 마음대로 처분하셔도 좋습니다. 하지만 저는 예하께서 베풀어주시는 이 호의를 받을 자격이 없습니다. 저보다 훨씬 훌륭한 친구가 셋이나 있으니….”

“자네는 참으로 훌륭한 젊은이군, 다르타냥.” 추기경이 다르타냥의 말을 가로막으며 그의 어깨를 다정하게 두드렸다. 그는 이 반항적인 젊은이를 무릎 꿇게 한 것이 무엇보다도 기뻤다.

“이 서류는 자네 마음대로 사용하게. 이름은 써넣지 않았어도 내가 서류를 준 게 자네라는 사실은 잊지 말도록.”

추기경이 돌아서서 큰 소리로 불렀다.

“로슈포르!”

그가 바로 들어왔다.

“여기 있는 다르타냥을 내 친구로 맞아들였네. 그러니 서로 인사하게. 두 사람의 목이 한꺼번에 달아나는 걸 바라지 않는다면 현명하게 행동하도록!”

로슈포르와 다르타냥은 서로 포용하고 상대의 볼에 입을 맞추었다.

그들은 함께 방에서 나왔다.

“걱정하던 참이었는데, 마침 저기 오는군.” 아토스가 말했다.

“이렇게 무사히 돌아왔습니다.” 다르타냥이 말했다. “무죄 석방에다 포상까지 받았지요."

"무슨 말인가?"

"오늘 저녁에 다 말씀드릴게요."

저녁이 되자 다르타냥은 아토스의 숙소로 갔다. 다르타냥은 추기경과 만났던 이야기를 털어놓고, 주머니에서 부관 사령장을 꺼내며 말했다. "자, 받으세요. 이건 당연히 당신 거예요."

아토스는 온화하고 매력적인 미소를 지으며 말했다.

"이보게 친구, 이 사령장은 아토스에게는 과분하지만, 라 페르 백작에게는 너무 보잘것없어. 그러니 그건 자네 거야. 자네는 충분한 공을 세웠어."

다르타냥은 아토스의 방에서 나와 포르토스의 방으로 들어갔다.

포르토스는 멋진 자수로 덮인 화려한 옷을 입고 거울에 비친 자기 모습을 바라보고 있었다.

"당신에게 훨씬 잘 어울리는 옷을 권하러 왔어요. 자, 여기에 이름을 적고 저의 훌륭한 상관이 되어 주세요."

포르토스는 사령장을 훑어보고 나서 다르타냥에게 돌려주었다.

"그래, 내가 부관 제복을 입으면 아주 멋져 보일 거야. 하지만 그런 호사를 오래 누리기는 힘들지. 우리가 베튄에서 돌아오는 동안 공작부인의 남편이 죽었어. 고인의 금고가 내게 두 손을 내밀었으니 나는 그 미망인과 곧 결혼하게 될 거야. 이 옷은 결혼식 때 입을 예복이야. 부관 사령장은 자네가 갖게."

그래서 이번에는 아라미스의 방으로 들어갔다.

아라미스는 기도대 앞에 무릎을 꿇고서 기도서에 이마를 대고 있었다.

다르타냥은 추기경과 면담한 이야기를 하고, 세 번째로 부관 사령장을 내밀었다.

"이봐, 친구!" 아라미스가 말했다. "지난번 사건으로 난 총사 생활에 염증을 느꼈어. 이번엔 내 결심이 흔들리는 일이 없을 거야. 포위전이 끝나면 성 라자로 선교회에 들어갈 생각이야. 이 사령장은 자네가 가지게. 자네에겐 군인이 가장 잘 어울려. 틀림없이 훌륭한 대장이 될 거야."

다르타냥은 고마움과 감격에 빛나는 눈으로 아토스에게 돌아갔다. 아토스는 얼마 남지 않은 마지막 포도주 잔을 등불 쪽으로 들어 올리고 있었다.

"다른 친구들도 모두 거절했어요." 다르타냥이 말했다.

"그건 자네가 적임자라는 얘기야."

아토스는 펜을 들고 사령장에 다르타냥의 이름을 적어서 돌려주었다.

"이제 나에게는 친구가 없는 거군요, 아! 이제 남은 것은 추억뿐…."

다르타냥은 두 손으로 얼굴을 감쌌다. 두 줄기의 눈물이 볼을 타고 흘러내렸다.

"자네는 아직 젊어." 아토스가 말했다. "자네의 씁쓸한 추억도 세월이 흐르면 달콤한 추억으로 바뀔 거야."

에필로그

버킹엄이 약속했던 영국 함대와 병력의 지원을 받지 못하게 된 라로셸은 결국 포위작전 일 년 만에 항복하고 말았다. 1628년 10월 28일 항복 문서가 조인되었다.

왕은 같은 해 12월 23일 파리로 돌아왔다. 그는 동족이 아닌 적이라도 무찌르고 돌아온 것처럼 성대한 개선식을 거행했다. 왕은 파리 근교의 생-자크에서 푸른 나뭇가지로 장식된 개선문을 지나 시내로 들어왔다.

다르타냥은 총사대 부관이 되었다. 포르토스는 총사대를 떠났고 이듬해 코크나르 부인과 결혼했다. 그가 그토록 탐냈던 금고에는 고작 80리브르가 들어 있었다.

아라미스는 로렌 지방으로 떠난 뒤 갑자기 행방을 감추었고 친구들과도 소식을 끊었다. 나중에 슈브뢰즈 부인은 자기 애인들에게 아라미스가 낭시의 수도원에 들어갔다고 털어놓았다.

아토스는 계속 총사대에 남아 다르타냥의 지휘 하에 있었다. 하지만 1633년 투렌 지방을 여행한 뒤 루시용에 있는 작은 영지를 유산으로 물려받았다며 총사대를 떠났다.

다르타냥은 로슈포르와 세 번 결투했고, 세 번 모두 그에게 상처를 입혔다.

"네 번째에는 아마 당신을 죽이게 될 거요." 다르타냥이 로슈포르를 일으키려고 손을 내밀면서 말했다.

"이쯤에서 결투를 그만두는 게 자네에게나 나에게나 좋겠군." 부상을 입은 로슈포르가 말했다. "자네를 처음 보았을 무렵에도 내가 추기경에게 한마디만 하면 언제든 자네 목을 날려버릴 수 있었어. 하지만 나는 자네가 생각하는 것 이상으로 자네에게 호의를 갖고 있었다네."

플랑셰는 로슈포르 덕분에 근위대 부사관이 되었다.

보나시외는 아내가 어떻게 되었는지도 모르고 아내의 운명을 걱정하지도 않은 채 아주 태평스럽게 살았다. 하루는 추기경에게 자신의 존재를 떠올리기 위해 편지를 보내는 어리석은 짓을 저질렀다.

추기경은 앞으로 무엇 하나 부족한 것 없이 살게 해주겠다는 답장을 그에게 보냈다.

그리고 이튿날 루브르궁에 가기 위해 저녁 일곱 시에 집을 나간 보나시외는 다시는 포수아뢰르 거리에 모습을 나타내지 않았다. 관대한 추기경 예하의 선처로 그가 어느 호화로운 성에서 숙식을 제공받으며 살고 있다는 소문이 들려왔다.

끝

뒤마가 완성해낸 드라마의 공식

지난 2002년, 알렉상드르 뒤마의 유해는 탄생 200주년 되던 해에 프랑스의 위대한 인물들이 묻히는 팡테옹에 안치되었습니다. 이날 기념식에는 다르타냥, 아토스, 아라미스, 아토스로 분장한 네 명의 '총사대원'들이 그의 운구를 보좌했습니다. 자크 시라크 대통령은 추도사에서 다음과 같이 뒤마가 이루어 놓은 문학적 성취를 기렸습니다.

> "당신과 함께 있을 때 우리는 말을 타고 프랑스의 길을 달리고 전쟁터를 누비고 궁전과 성채를 넘나드는 다르타냥이거나 몬테크리스토이거나 발사모였습니다. 우리는 당신과 함께 다시 꿈을 꿉니다."
>
> – 알렉상드르 뒤마 탄생 200주년
> 자크 시라크 프랑스 대통령 추도사

오늘날 뒤마는 세계에서 가장 많은 독자를 보유한 작가 중 한 사람입니다. 소설 『삼총사』 또한 세계 170개국 70여 개 언어로 번역되어, 1억4천만 부가 판매된 기록을 가지고 있습니다.

하지만 한때 그의 조국 프랑스뿐만 아니라 세계의 독자들조차 그의 이름 앞에 '대문호'나 '거장'이라는 수식을 붙이기를 꺼렸던 적이 있습니다. 뒤마의 이름 뒤에는 늘 대중작가, 통속작가, 상업작가 등의 꼬리표가 붙어 다녔기 때문입니다.

당시 막 인기를 끌기 시작하던 신문 연재소설과 역사소설의 유행은 그를 일약 유명 작가로 만들어 주었습니다. 글쓰기에 대한 병적 허기증과 함께 호사스런 생활을 유지해야 했던 작가는 밀려드는 집필계약서에 닥치는 대로 서명하고 많은 작품을 생산해냈습니다. 개인이 소화하기에 벅찬 작업량을 맞추기 위해 그는 분업화된 집필 시스템을 가동했습니다. 오늘날로 치면 시나리오 작업이나 만화 창작 등에서 볼 수 있는 공동 창작 시스템이었습니다.

작가의 순수한 창의성을 중시하던 당시의 풍토에서 그의 '공장 생산 소설'에는 의문과 비판이 쏟아질 수밖에 없었습니다. 사망과 동시에 팡테옹에 안장된 동시대의 작가 빅토르 위고와 달리 뒤마는 팡테옹에 묻히기까지 130년이나 되는 세월이 필요했던 것도 그런 이유에서였을 겁니다.

하지만 그의 작가로서의 명성에 의문을 품게 만들었던 대중성은 이제 작가로서 그의 위대함을 밝혀주는 지표가 되었습니다.

뒤마가 시도했던 빠른 스토리 전개, 극적인 사건 전환, 역동적인 캐릭터, 인물들의 대립 구도 등은 오늘날 많은 장르에서 차용되며 '드라마의 공식'처럼 되었습니다.

현대의 창작물들 속에서 우린 수없이 많은 다르타냥과 아토스와 밀레디 등을 만날 수 있습니다. 엉뚱하고, 천진난만하지만 정의감에 불타는 좌충우돌형의 인물 다르타냥은 오늘날 우리들에게 너무나 친숙한 캐릭터입니다. 치명적인 매력 속에 교활함과 사악함을 감추고 있는 밀레디 또한 오늘날의 창작물에 빠지지 않는 인물 유형입니다.

『삼총사』는 오늘날로 치면 '퓨전사극'의 성격도 가지고 있습니다. 작품에는 리슐리외 추기경을 비롯해서 루이13세, 버킹엄 공작, 안 도트리슈 왕비 같은 실존인물들이 등장합니다. 하지만 이런 역사적 인물들과 사건들은 뒤마에게 작은 모티브만을 제공할 뿐, 이야기는 철저히 작가가 창조한 캐릭터에 의해 움직입니다. 심지어 리슐리외나 루이13세 같은 인물들은 우리가 역사책에서 보는 것과 완전히 다른, 새로운 성격을 부여받습니다.

음모와 모험, 사랑과 배신, 선악의 대립, 치밀한 두뇌싸움, 권력을 둘러싼 암투, 장대한 스케일 등은 만화, 드라마, 영화, 뮤지컬, 게임 같은 현대의 창작물들의 전범이 되었습니다. 심지어 작가로서의 위치를 의심받게 했던 '공장형 창작' 방식도 오늘날엔 매우 효과적으로 활용되고 있습니다.

뒤마가 만들어낸 인물들과 함께 어린 시절의 꿈과 모험과 꿈을 공유한 것은 비단 프랑스 아이들만은 아니었습니다. 어린 시절 보자기 망토를 걸치고, 나무를 깎아 만든 막대기 검으로 적을 무찌르며 골목을 누비던 우리들 또한 뒤마가 펼쳐놓은 신나는 활극活劇 세상을 누비던 '뒤마의 아이들'이었습니다. 이렇게 뒤마가 세상에 풀어놓은 꿈과 모험과 욕망의 드라마는 시공을 넘어 비슷하면서도 다른 형태로 되풀이해 펼쳐지고 있습니다.

뒤마의 소설을 편역하는 데엔 많은 고충이 따릅니다. 그의 작품은 장황한 묘사나 설명 대신 군더더기 없는 이야기와 대화들로 진행되기 때문입니다. 결국 편역자는 작품의 줄거리를 구성하는 수많은 에피소드들 가운데 전체 줄거리를 훼손하지 않는 부분들을 과감하게 생략하는 방법을 택해야 했습니다. 이를테면 소설에서는 다르타냥이 왕비의 목걸이를 찾으러 영국으로 떠날 때 세 명의 총사들은 여정을 같이하며, 각 총사들이 겪는 에피소드들이 독립된 이야기로 펼쳐집니다. 하지만 이 편역본에서는 다른 총사들이 펼치는 모험들을 생략하고 다르타냥의 에피소드만 다루었습니다. 그 밖에도 사건의 본 줄기에서 곁가지로 뻗어나간 몇 개의 에피소드들이 생략되었습니다.

그럼에도 이 책의 기획 의도대로 독자들이 지루함을 느끼지 않고 고전소설의 참맛을 만끽할 수 있다면 '편역이 고전작품에게 범하는 약간의 실례'는 충분히 용서되리라 믿습니다. 위대한 이야기꾼인 뒤마의 소설은 어떤 각색을 거치고 어떤 장르로 풀어놓아도

344

빛이 바라지 않는 서사의 힘을 가지고 있으니 말입니다!

편역자 조정훈

편역 조정훈

1970년 군산에서 태어났다. 이화여자대학교 불어불문과를 졸업한 뒤 보르도3대학과 파리3대학에서 수학했으며 현재는 프랑스어 전문 번역가로 활동하고 있다. 『세잔과의 대화』(다빈치), 『르코르뷔지에의 동방기행』(다빈치), 『경제는 거짓말을 하지 않는다』(문학세계), 『원더풀 월드』(문학세계), 『좁은 문』(더클래식), 『인간들은 왜 신을 두고 싸우는가』(구름서재) 등과 『샤를의 기적』(키즈엠), 『1층에 사는 키 작은 할머니』(키즈엠), 등 다수의 어린이 책들을 번역했다.

청소년 모던클래식 3

삼총사

개정판 1쇄 발행 2020년 5월 30일
개정판 2쇄 발행 2022년 5월 15일

저자 알렉상드르 뒤마
편역자 조정훈
펴낸이 박찬규
디자인 신미연
펴낸곳 구름서재
등록 제396-2009-000058호
주소 서울시 마포구 서교동 375-24 그린홈 403호
이메일 fabrice1@chol.com
블로그 http://blog.naver.com/fabrice
ISBN 979-11-89213-07-7 (43860)